Série

AS AVENTURAS DO CAÇA-FEITIÇO

E VEM MAIS AVENTURA
POR AÍ... AGUARDE!

AS AVENTURAS DO CAÇA-FEITIÇO
O PESADELO

JOSEPH DELANEY

Tradução
Ana Resende

3ª edição

BERTRAND BRASIL
Rio de Janeiro | 2015

Copyright © Joseph Delaney, 2010
Publicado originalmente pela Random House Children's Books.

Título original: *The Spook's Nightmare*

Ilustrações de capa e miolo: David Wyatt

Editoração: FA Studio

Texto revisado segundo o novo
Acordo Ortográfico da Língua Portuguesa

2015
Impresso no Brasil
Printed in Brazil

CIP-Brasil. Catalogação na publicação
Sindicato Nacional dos Editores de Livros – RJ

P378p
3ª ed.
	Delaney, Joseph, 1945-
	  O pesadelo / Joseph Delaney; tradução Ana Resende. —
	3ª ed. — Rio de Janeiro: Bertrand Brasil, 2015.
	  320 p.: il.; 21 cm. (As aventuras do caça-feitiço; v. 7)
	
	  Tradução de: The Spook's Nightmare
	  Sequência de: O sacrifício
	  Continua com: O destino
	  ISBN 978-85-286-1670-5
	
	  1. Ficção infantojuvenil inglesa. I. Resende, Ana. II. Série

	CDD – 028.5
13-01999	CDU – 087.5

Todos os direitos reservados pela:
EDITORA BERTRAND BRASIL LTDA.
Rua Argentina, 171 – 2º andar – São Cristóvão
20921-380 – Rio de Janeiro – RJ
Tel.: (0xx21) 2585-2070 – Fax: (0xx21) 2585-2087

Atendimento e venda direta ao leitor:
mdireto@record.com.br ou (0xx21) 2585-2002

Impresso no Brasil pelo Sistema Cameron da Divisão Gráfica da
DISTRIBUIDORA RECORD DE SERVIÇOS DE IMPRENSA S.A.

PARA MARIE

O ponto mais alto do Condado
é marcado por um mistério.
Contam que ali morreu um homem
durante uma grande tempestade, quando
dominava um mal que ameaçava o mundo.
Depois, o gelo cobriu a terra e, quando
recuou, até as formas dos morros e os
nomes das cidades nos vales tinham
mudado. Agora, no ponto mais alto das
serras, não resta vestígio do que ocorreu
no passado, mas o nome sobreviveu.
Continuam a chamá-lo de

WARDSTONE,
A PEDRA DO GUARDIÃO

CAPÍTULO 1
VERMELHO-SANGUE

O Caça-feitiço, Alice e eu cruzávamos Long Ridge no caminho de volta a Chipenden com os três cães, Patas, Sangue e Ossos, latindo alegremente em nossos calcanhares.

A primeira parte da subida fora bastante agradável. Chovera durante toda a tarde, mas agora era noite clara e sem nuvens de fim de outono, com apenas uma suave brisa fria agitando nossos cabelos. Era o tempo perfeito para uma caminhada. Lembro-me de pensar que tudo parecia muito tranquilo.

No entanto, ao chegarmos ao ponto mais alto, uma terrível surpresa nos aguardava. Além das montanhas mais ao norte, via-se uma fumaça escura. Era como se Caster estivesse em chamas. Será que a guerra finalmente nos alcançara?

Uma aliança de nações inimigas invadira nossa terra mais ao sul havia alguns anos. Desde então, apesar dos esforços de todos os condados para evitar o avanço dos inimigos, aos poucos, eles estavam sendo empurrados para o norte.

— Como conseguiram avançar tanto sem que tomássemos conhecimento disso? — indagou o Caça-feitiço, cofiando a barba, evidentemente agitado. — Sem dúvida, deveríamos ter ouvido as notícias ou, ao menos, algum aviso, não é?

— Talvez tenha sido um ataque surpresa, vindo do mar — sugeri. Era muito provável que tivesse sido isso. Barcos inimigos haviam desembarcado antes, atacando os povoados ao longo da costa, embora esta parte do Condado tivesse sido poupada até agora.

Balançando a cabeça, o Caça-feitiço começou a descer o morro com passos furiosos. Alice me deu um sorriso preocupado, e nós nos apressamos atrás dele. Carregando meu bastão e as duas bolsas, eu me esforçava para acompanhar suas passadas na grama úmida e escorregadia. Mas eu sabia o que incomodava meu mestre. Ele estava preocupado com sua biblioteca. No sul, falava-se de pilhagens e incêndios, e ele temia pela segurança de seus livros, um estoque de conhecimento acumulado por gerações de caça-feitiços.

Agora eu estava no terceiro ano de meu aprendizado com o Caça-feitiço, descobrindo como lidar com fantasmas, sombras, ogros, feiticeiras e todo tipo de criaturas das trevas. Meu mestre me dava as lições na maior parte do tempo, mas minha outra fonte de conhecimento era aquela biblioteca. Sem dúvida, era muito importante.

Ao chegarmos à base do morro, dirigimo-nos para Chipenden, e as montanhas ao norte iam ficando maiores a cada passo. Nem bem havíamos cruzado um pequeno rio, abrindo caminho entre as pedras, com água borrifando ao redor dos tornozelos, Alice apontou para a frente.

— Soldados inimigos! — gritou ela.

Ao longe, um grupo de homens se dirigia para leste, atravessando nosso caminho. Eram duas dúzias ou mais, e as espadas reluziam em seus cintos, à luz do sol poente, que agora estava muito baixo no horizonte.

Paramos e nos encolhemos na margem do riacho, torcendo para que eles não nos tivessem visto. Ordenei aos cães que se deitassem e ficassem quietos, e eles me obedeceram imediatamente.

Os soldados vestiam uniformes cinzentos e capacetes de ferro, com proteções para o nariz verticais e largas, de um tipo que eu nunca vira antes. Alice estava certa. Era uma grande patrulha inimiga. Infelizmente, eles nos viram no mesmo instante, e um deles apontou, gritando uma ordem, enquanto um pequeno grupo se separava do restante e começava a correr em nossa direção.

— Por aqui! — gritou o Caça-feitiço, puxando sua bolsa para me liberar do peso extra. Em seguida, ele partiu, margeando o rio acima; Alice e eu o acompanhamos junto com os cães.

Bem à nossa frente, via-se uma grande floresta. Talvez houvesse uma chance de nos livrarmos deles por lá, pensei.

Mas, assim que alcançamos a linha das árvores, minhas esperanças foram frustradas. A floresta havia sido cortada recentemente: nada de mudas nem de moitas; apenas árvores velhas muito espaçadas. Não havia lugar para nos escondermos.

Olhei para trás. Nossos perseguidores estavam agora dispersos em uma linha desorganizada. A maioria não avança muito, mas um dos soldados à frente deles estava ganhando terreno e brandia a espada de modo ameaçador.

Percebi que o Caça-feitiço estava parando. Jogou a bolsa a meus pés e disse:

— Continue andando, rapaz! Vou lidar com ele — ordenou, virando-se novamente para encarar o soldado.

Fiz com que os cães me acompanhassem e parei, franzindo a testa. Não podia abandonar meu mestre daquela maneira. Peguei novamente sua bolsa e preparei meu bastão. Se fosse necessário, eu iria em seu auxílio, levando os cães comigo; eles eram grandes e ferozes, totalmente destemidos.

Olhei para Alice. Ela também parara e agora me fitava com uma expressão estranha no rosto. Parecia estar murmurando algo para si mesma.

A brisa cessou de repente e o frio parecia uma lâmina de gelo cortando meu rosto; tudo ficara subitamente em silêncio, como se cada ser vivo na floresta estivesse prendendo a respiração. Gavinhas de névoa saíam das árvores até onde estávamos, aproximando-se de todas as direções. Olhei mais uma vez para Alice. Não tinha havido nenhum sinal de mudança do tempo. Aquilo não parecia natural.

Era magia negra? Os cães se encolheram, deitados de barriga para baixo, e choramingaram baixinho. Mesmo que a intenção fosse nos ajudar, meu mestre ficaria aborrecido se Alice fizesse uso de magia negra. Ela passara dois anos treinando para ser uma feiticeira, e ele sempre temia que ela retornasse às trevas.

O Caça-feitiço assumiu, então, uma posição defensiva, segurando o bastão diagonalmente. O soldado o havia alcançado e tentava golpeá-lo com a espada. Meu coração foi parar na boca, mas eu não precisava temer. Ouviu-se um grito de dor, que partiu do soldado e não de meu mestre. A espada caiu girando sobre a grama e, em seguida, o Caça-feitiço deu um golpe forte na têmpora do agressor, fazendo com que ele caísse de joelhos.

A névoa nos envolveu rapidamente, e, por alguns instantes, perdi meu mestre de vista. Até que o ouvi correndo em nossa direção. Assim que nos alcançou, partimos seguindo o rio. O nevoeiro tornava-se mais denso a cada passo. Em pouco tempo, deixamos para trás a floresta e o rio, e seguimos uma densa sebe de pilriteiro rumo ao norte por algumas centenas de metros até o Caça-feitiço fazer um gesto com a mão para que parássemos. Abaixamo-nos dentro de uma fossa, acocorando-nos com os cães, prendendo a respiração e prestando atenção no perigo. No início, não ouvimos sons de perseguição, mas depois escutamos vozes ao norte e ao leste. Eles continuavam nos procurando, embora a luz começasse a diminuir e, a cada minuto que passava, se tornasse menos provável que fôssemos descobertos.

Mas, justamente quando acreditávamos estar seguros, as vozes que vinham do norte tornaram-se mais altas e, pouco depois, ouvimos passos se aproximando cada vez mais. Era provável que eles estivessem andando às cegas direto para o local de nosso esconderijo; por isso, meu mestre e eu seguramos com firmeza os bastões, prontos a lutar por nossas vidas.

Os perseguidores não passaram mais de alguns metros à nossa direita, e pudemos distinguir os vultos sombrios de três homens. Porém, como estávamos agachados no fundo da fossa, eles não nos viram. Quando os passos e as vozes desapareceram, o Caça-feitiço balançou a cabeça.

— Não sei quantos deles estão atrás de nós — murmurou —, mas parecem determinados a nos encontrar. Melhor ficarmos aqui pelo restante da noite.

Assim, nós nos ajeitamos para passar uma noite fria e desconfortável dentro da fossa. Tive um sono agitado, como costuma ocorrer nessas situações, e dormi profundamente quando era quase hora de levantar. Fui acordado por Alice sacudindo meu ombro.

Sentei-me com rapidez, lançando um olhar ao meu redor. O sol já nascera e eu podia ver nuvens cinzentas passando acima de nossas cabeças. O vento soprava através da sebe, torcendo e dobrando os galhos frágeis e desfolhados.

— Está tudo bem? — indaguei.

Alice sorriu e fez que sim com a cabeça.

— Não tem ninguém a menos de um quilômetro de distância. Os soldados desistiram e foram embora.

Então, ouvi um ruído próximo, uma espécie de gemido. Era o Caça-feitiço.

— Parece que ele está tendo um pesadelo — observou Alice.

— Será que devemos acordá-lo? — sugeri.

— Deixe-o assim por alguns minutos. O melhor é que ele saia do sonho sozinho.

No entanto, os gritos e gemidos tornaram-se mais altos e seu corpo começou a sacudir; ele estava ficando cada vez mais agitado; por isso, sem perda de tempo, eu o balancei gentilmente no ombro para despertá-lo.

— O senhor está bem, sr. Gregory? — perguntei. — Parecia que estava tendo uma espécie de pesadelo.

Por um momento, seus olhos se mantiveram distantes e ele me fitou como se eu fosse um estranho ou mesmo um inimigo.

— Sim, foi um pesadelo — respondeu, finalmente. — Foi com Lizzie Ossuda...

Lizzie Ossuda era a mãe de Alice, uma feiticeira poderosa que agora se encontrava amarrada em uma cova no jardim do Caça-feitiço, em Chipenden.

— Ela estava sentada em um trono — prosseguiu meu mestre —, com o Maligno de pé ao seu lado, a mão no ombro esquerdo dela. Estavam em uma sala grande que, de início, não reconheci. O assoalho começou a ficar vermelho por causa de sangue. Os prisioneiros gritavam de terror antes de serem executados — estavam lhes cortando as cabeças. Mas foi a sala o que mais me incomodou e deixou meus nervos à flor da pele.

— Onde ficava a sala? — indaguei.

O Caça-feitiço balançou a cabeça.

— Lizzie estava na grande sala do castelo de Caster! Era a governante do Condado...

— Foi apenas um pesadelo — falei. — Ela está bem amarrada...

— Talvez — disse o Caça-feitiço. — Mas não creio que já tenha tido um sonho mais vívido que esse...

Partimos, cautelosos, para Chipenden. O Caça-feitiço não mencionou a névoa que repentinamente se erguera na noite anterior. Afinal, era época de nevoeiros, e, na hora, ele estava ocupado, preparando-se para enfrentar o soldado. Mas quem era eu para dizer alguma coisa? Afinal, eu também havia sido contaminado pelas trevas.

Tínhamos voltado recentemente da Grécia, depois de derrotar a Ordeen, um dos deuses antigos. Isso nos custara caro, pois minha mãe morrera para nos dar a vitória, bem como Bill Arkwright, o caça-feitiço que exercia o ofício ao norte de Caster. Por essa razão, os cães tinham ficado conosco.

Eu também pagara um preço terrível. Para tornar possível a vitória, vendera minha própria alma ao Maligno.

Tudo que o impedia de me arrastar para as trevas agora era o cântaro de sangue que Alice me dera e que eu trazia no bolso. O Maligno não poderia se aproximar de mim enquanto eu o tivesse comigo; por isso, Alice precisava ficar perto de mim para dividir a proteção, caso contrário, o Maligno a mataria para vingar-se da ajuda que me dera. Se eu dissesse ao Caça-feitiço o que tinha feito, seria o fim de meu aprendizado.

À medida que subíamos a encosta na direção de Chipenden, meu mestre ia ficando cada vez mais ansioso. Víramos trechos de destruição: algumas casas incendiadas, muitas abandonadas; uma casa com um cadáver na fossa ao lado dela.

— Eu tinha esperança de que eles não avançassem tanto para o interior. Temo pensar no que encontraremos, rapaz — disse em tom sinistro.

Normalmente, ele teria evitado passar pela aldeia de Chipenden: a maior parte das pessoas não gostava de ficar muito perto de um caça-feitiço, e ele respeitava o desejo dos moradores. Mas, quando avistamos os telhados de ardósia cinzenta, um olhar atento foi o suficiente para nos dizer que havia algo terrivelmente errado por lá.

Estava claro que os soldados inimigos haviam passado por ali. Muitos telhados estavam bastante danificados, com as vigas carbonizadas expostas. Quanto mais nos aproximávamos, pior ficava o cenário. Quase um terço das casas fora completamente incendiado, e as pedras enegrecidas eram meras cascas do que haviam sido os lares das famílias do local. E as casas que não queimaram com as chamas tinham janelas quebradas e portas rachadas, que pendiam das dobradiças, indicando que haviam sido saqueadas.

A aldeia parecia totalmente abandonada, até que ouvimos som de pancadas. Alguém estava martelando. Rapidamente, o Caça-feitiço nos conduziu pelas ruas com calçamento de pedra em direção ao som. Estávamos a caminho da rua principal que cortava a aldeia, no local onde ficavam as lojas. Passamos pelo verdureiro e pela padaria, que foram saqueados, indo direto para o açougue, que parecia ser a fonte do barulho.

O açougueiro ainda se encontrava ali, com a barba ruiva reluzindo sob a luz da manhã, mas não estava fazendo reparos na construção; ele pregava a tampa de um caixão. Havia mais três caixões alinhados perto dele, já fechados e prontos para serem enterrados. Um deles era pequeno, e não restava dúvida ser de uma criança. O açougueiro ficou de pé ao nos ver entrar pelo pátio, e veio apertar a mão do Caça-feitiço. Ele era o único contato verdadeiro de meu mestre entre os aldeões; a única pessoa com quem já conversara sobre outras coisas, além do ofício de caça-feitiço.

— É terrível, sr. Gregory — lamentou o açougueiro. — Talvez as coisas nunca voltem a ser as mesmas.

— Espero que não seja... — murmurou o Caça-feitiço, lançando um olhar para os caixões.

—Ah, não, graças ao bom Deus por isso, pelo menos — disse o açougueiro. — Aconteceu há três dias. Tirei minha família daqui em segurança bem a tempo. Não, esses pobres coitados não foram rápidos o suficiente. Eles mataram todos que encontraram. Era somente uma patrulha inimiga, mas muito numerosa. Estavam atrás de mantimentos. Não havia necessidade de incendiar as casas nem de matar as pessoas; nem razão para assassinar essa família. Por que fizeram isso? Podiam simplesmente pegar o que quisessem e ir embora.

O Caça-feitiço assentiu. Eu sabia qual era a resposta, embora ele não a tenha dito em voz alta ao açougueiro. Ele teria dito que era porque agora o Maligno estava solto no mundo. Ele tornava as pessoas mais cruéis e as guerras mais selvagens.

— Lamento por sua casa, sr. Gregory — prosseguiu o açougueiro.

O Caça-feitiço empalideceu.

— O quê? — indagou ele.

— Oh, lamento muito... o senhor não sabe? Imaginei que o senhor já tivesse ido lá. Ouvimos o ogro uivando e rosnando a muitos quilômetros de distância. Devia ser um número muito grande para ele enfrentar. Saquearam a casa, levando o que podiam carregar; em seguida, atearam fogo nela...

AINDA NÃO ESTÁ MORTO NEM ENTERRADO!

Sem dizer nem uma palavra, o Caça-feitiço deu meia-volta e partiu morro acima, quase correndo. Em pouco tempo, as pedras deram lugar a uma trilha enlameada. Depois de subir o morro, chegamos ao limite do jardim. Ordenei aos três cães que esperassem, enquanto avançávamos em meio às árvores.

Pouco depois, encontramos os primeiros corpos. Eles estavam lá havia algum tempo, e o fedor dos mortos era muito forte; usavam os uniformes cinzentos e os capacetes característicos do inimigo, e tiveram um fim violento: suas gargantas foram cortadas ou os crânios, esmagados. Sem dúvida, havia sido trabalho do ogro. Mas depois, à medida que deixávamos as árvores para trás e seguíamos a alameda até perto de casa, vimos que era verdade o que o açougueiro dissera. Houvera homens demais para o ogro enfrentar. Enquanto ele matava os invasores de um lado do jardim, outros soldados se aproximaram e atearam fogo à casa.

Somente as paredes vazias e enegrecidas estavam de pé. A casa do Caça-feitiço em Chipenden não passava agora de uma casca: o telhado desabara e o interior fora destruído, incluindo sua preciosa biblioteca.

Ele olhou aquilo por um longo tempo, mudo. Decidi romper o silêncio.

— Onde estará o ogro a essa altura? — indaguei.

O Caça-feitiço respondeu sem olhar para mim.

— Fiz um pacto com ele. Em troca de guardar a casa, cozinhar e limpar, dei-lhe o domínio sobre o jardim: ele poderia pegar qualquer criatura viva que encontrasse depois que escurecesse, após dar três gritos de aviso, com exceção dos aprendizes e das criaturas amarradas sob nosso controle. O sangue dela seria dele pela captura, mas o pacto somente valeria enquanto a casa tivesse um telhado. Portanto, após o incêndio, o ogro ficou livre para partir. Ele se foi, rapaz. Para sempre.

Caminhamos lentamente ao redor do que sobrara da construção e chegamos a uma imensa pilha de cinzas negras na alameda. Eles haviam tirado uma grande quantidade de livros das prateleiras da biblioteca e feito com eles uma enorme fogueira ao ar livre.

O Caça-feitiço caiu de joelhos e começou a remexer nas cinzas frias. Quase tudo se desfez em suas mãos. Em seguida, pegou uma capa de couro chamuscada; a lombada de um livro que, por alguma razão, havia escapado de ser totalmente queimada. Ergueu-a e limpou-a usando os próprios dedos. Por cima de seu ombro, pude distinguir o título: *Os malditos, os tontos e os desesperados*. Tratava-se de um livro que ele escrevera havia muito tempo, na juventude; era a obra definitiva sobre possessão. Uma vez, ele a emprestara para mim quando eu estava em perigo terrível por causa da Mãe Malkin. Agora tudo que restava dele era a capa.

A biblioteca de meu mestre se fora; palavras escritas por muitas gerações de caça-feitiços, a herança de incontáveis anos enfrentando as trevas, um grande estoque de conhecimento, haviam sido consumidos pelas chamas.

Eu o ouvi soluçar, e me virei, envergonhado. Será que ele estava chorando?

Alice farejou rapidamente três vezes; em seguida, agarrou meu braço esquerdo.

— Venha comigo, Tom — sussurrou ela.

Ela caminhou com dificuldade em meio a algumas vigas chamuscadas e entrou na casa, passando pelo buraco irregular que havia sido a porta dos fundos. Abriu caminho nas ruínas da biblioteca, agora pouco mais que madeira chamuscada e cinzas. Então, parou e apontou para o assoalho. Mal se via a lombada de outro livro, mas eu o reconheci imediatamente: era o Bestiário do Caça-feitiço.

Sem querer manter a esperança, estiquei a mão e peguei o livro. Estaria como o outro que encontráramos, só restando a capa? Mas, para minha alegria, vi que as páginas estavam conservadas. Folheei o livro. As páginas estavam chamuscadas nas beiradas, mas intactas e legíveis. Com um sorriso e um gesto de cabeça dizendo "obrigado" para Alice, levei o Bestiário de volta ao meu mestre.

— Um livro foi conservado — falei, estendendo-o para ele. — Alice o encontrou.

Ele o segurou e fitou a capa por um longo tempo, com o rosto sem qualquer expressão.

— Só um livro, entre todos eles; o restante, queimado e perdido — conseguiu dizer, enfim.

— Mas o seu Bestiário é um dos livros mais importantes — insisti. — É melhor que nada.

— Vamos deixá-lo sozinho por algum tempo — sussurrou Alice, segurando meu braço com delicadeza e afastando-me dali.

Eu a segui pela grama até as árvores do jardim oeste. Ela balançou a cabeça, cansada.

— Só está ficando pior — disse. — Ainda assim, ele vai superar.

— Espero que sim, Alice. Espero que sim. Aquela biblioteca significava muito para ele. Conservá-la e aumentá-la eram uma parte importante da obra de sua vida. Era um legado a ser passado para as gerações futuras de caça-feitiços.

— Você será o próximo caça-feitiço por essas bandas, Tom. E conseguirá resolver tudo sem aqueles livros. Comece a escrevê-los você mesmo, é o que terá que fazer. Além disso, nem tudo está perdido. Nós dois sabemos onde se encontra a outra biblioteca e precisaremos de um telhado sobre nossas cabeças. Não adianta irmos para o sul, para a casa úmida e fria do Velho Gregory em Anglezarke. Ficaremos atrás das linhas inimigas e, de qualquer forma, lá não é um bom lugar para passarmos o inverno. E lá também não tem livros.

O pobre Bill Arkwright não pode mais morar no moinho; por isso, deveríamos seguir imediatamente para o norte, para o canal. Os soldados não irão tão longe assim.

— Talvez você tenha razão, Alice. Não faz sentido ficar esperando por aqui. Vamos sugerir exatamente isso para o sr. Gregory. A biblioteca de Arkwright é muito menor que a do Caça-feitiço, mas é um começo, algo para ser construído a partir dali.

Deixamos as árvores para trás e começamos a percorrer novamente a alameda, aproximando-nos do Caça-feitiço, vindo de outra direção. Ele estava sentado na grama, fitando o Bestiário com a cabeça entre as mãos, e não percebeu a nossa chegada. De repente, Alice parou e olhou ao redor do jardim leste, onde as feiticeiras ficavam enterradas. Novamente, ela farejou com força três vezes.

— O que foi, Alice? — indaguei, percebendo a preocupação em suas feições.

— Tem alguma coisa errada, Tom. Sempre consegui farejar Lizzie quando cruzava essa parte da alameda.

Lizzie Ossuda treinara Alice durante dois anos. Era uma poderosa feiticeira malevolente, que praticava a magia dos ossos, e fora enterrada viva em uma cova, aprisionada definitivamente pelo meu mestre. E ela, sem dúvida, merecera isso, pois havia matado muitas crianças e usado seus ossos em rituais de magia negra.

Alice seguia na frente, movendo-se com cautela entre as árvores do jardim leste. Passamos pelas sepulturas onde as feiticeiras mortas estavam enterradas. Tudo parecia tranquilo ali, mas, quando chegamos à cova onde a feiticeira de ossos se encontrava confinada, levei um choque. As barras tinham sido forçadas e ela estava vazia. Lizzie Ossuda havia escapado.

— Quando ela saiu, Alice? — indaguei, nervoso, temendo que a feiticeira pudesse estar escondida ali por perto.

Alice voltou a farejar.

— Há dois dias, mas não se preocupe, pois ela está bem longe agora. Sem dúvida, voltou para Pendle. Já vai tarde, é o que tenho a dizer.

Caminhamos de volta até o Caça-feitiço.

— Lizzie Ossuda escapou da cova — contei para ele. — Alice acredita que isso aconteceu um dia depois de queimarem a casa.

— Havia outras feiticeiras aqui — acrescentou Alice. — Como o ogro se foi, elas conseguiram entrar no jardim e soltá-la.

O Caça-feitiço não deu mostras de ter ouvido o que dissemos. Agora ele apertava o Bestiário junto ao peito e fitava as cinzas com expressão sombria. Não parecia uma boa hora para sugerir irmos até o norte, para a casa de Arkwright. Começava a escurecer, e fora uma viagem difícil para o oeste, com notícias ruins no final. Eu só podia torcer para que meu mestre estivesse um pouco mais parecido com o antigo caça-feitiço pela manhã.

Agora que o ogro não constituía uma ameaça, assobiei, chamando os cães para o jardim. Desde o nosso retorno da Grécia, Patas e os filhotes já crescidos, Sangue e Ossos, tinham ficado com um pastor aposentado que vivia além de Long Ridge. Infelizmente, os cães se tornaram um fardo para ele, e por isso nós os pegamos e estávamos fazendo o caminho de volta para Chipenden quando vimos a fumaça sobre Caster. Os três tinham sido usados pelo falecido mestre, Bill Arkwright, para capturar ou matar feiticeiras da água.

Fiz uma pequena fogueira na alameda, e Alice saiu para caçar coelhos. Pegou três e, pouco depois, eles estavam sendo cozidos, dando água na minha boca. Quando ficaram prontos, cruzei a alameda e convidei o Caça-feitiço para se juntar a nós na refeição perto da fogueira. Mais uma vez, ele mal tomou conhecimento da minha presença. Era o mesmo que falar com uma pedra.

Pouco antes de nos deitarmos, meus olhos foram atraídos para o oeste. Havia uma luz no alto do morro do Farol. Enquanto eu observava, a luz ficava cada vez mais brilhante.

— Eles acenderam o farol para convocar mais tropas, Alice. — Parece que uma grande batalha está prestes a acontecer.

Por todo o Condado, do norte ao sul, uma sequência de fogueiras, como uma chama que pulava de morro em morro, estava convocando a última das reservas.

Embora Alice e eu tivéssemos deitado bem perto do carvão em brasa da fogueira, a atmosfera estava gelada e tive dificuldade para dormir, especialmente com Patas deitando sobre meus pés. Finalmente, cochilei, mas acordei de repente nem bem a aurora irrompeu. Ouvi um barulho alto, feito estrondos surdos e estrépitos. Seriam trovões?, perguntei-me, ainda confuso por causa do sono.

— Ouça os grandes canhões, Tom! — gritou Alice. — Não parecem muito distantes, parecem?

A batalha tivera início em algum lugar ao sul. A derrota significaria que o Condado seria tomado pelos inimigos. Tínhamos que ir para o norte rapidamente enquanto ainda podíamos. Fomos até o Caça-feitiço para falar com ele. Ele ainda estava sentado na mesma posição, com a cabeça baixa, agarrado ao livro.

— Sr. Gregory — comecei —, o moinho de Bill Arkwright tem uma pequena biblioteca. É um começo. Algo para ser construído a partir dali. Por que não vamos para o norte e moramos lá por enquanto? Será mais seguro também. Mesmo que os inimigos vençam, eles não irão querer se arriscar além do norte de Caster...

Eles poderiam enviar patrulhas de busca, mas provavelmente apenas ocupariam Caster, que era a maior cidade ao norte do Condado. Talvez nem mesmo avistassem o moinho, que ficava escondido do canal pelas árvores.

O Caça-feitiço continuava na mesma posição.

— Se esperarmos mais, talvez não possamos ir até lá. E não podemos ficar aqui.

Mais uma vez, meu mestre não respondeu. Ouvi Alice ranger os dentes com raiva.

— Por favor, sr. Gregory — implorei. — Não desista...

Finalmente, ele ergueu os olhos e balançou a cabeça com tristeza.

— Não creio que você compreenda plenamente o que foi perdido aqui. A biblioteca não pertencia a mim, rapaz. Eu era apenas seu guardião. Era minha obrigação ampliá-la e conservá-la para o futuro. Agora fracassei. Estou cansado, cansado de tudo isso — respondeu ele. — Meus velhos ossos estão exaustos demais para continuar. Já vi muitas coisas, vivi demais.

— Ouça, Velho Gregory — disse Alice rispidamente. — Ponha-se de pé. Não adianta ficar sentado aí até apodrecer.

O Caça-feitiço pôs-se de pé de um salto, com os olhos cintilando de raiva. "Velho Gregory" era como Alice o chamava em particular. Até então, ela nunca tinha tido coragem de dizer aquele nome na frente dele. Ele estava segurando o Bestiário na mão direita e o bastão na esquerda, e ergueu-o como se estivesse prestes a lançá-lo na cabeça dela.

No entanto, sem hesitar, Alice prosseguiu com seu sermão.

— Há coisas que ainda devem ser feitas: combater as trevas, escrever novos livros. O senhor ainda não está morto nem enterrado, e, enquanto puder mover esses velhos ossos, sua obrigação é continuar. Sua obrigação é manter Tom em segurança e treiná-lo. É seu dever com o Condado!

Lentamente ele baixou o bastão. A última frase dita por Alice causara uma mudança na expressão dos olhos dele. "O dever acima de tudo", era nisso que ele acreditava.

Seu dever com o Condado era guiar e moldar o caminho durante uma vida longa, árdua e perigosa.

Em silêncio, ele pôs o Bestiário chamuscado na bolsa e partiu rumo ao norte. Alice e eu seguimos com os cães da melhor maneira que podíamos. Parecia, afinal, que o Caça-feitiço decidira ir até o moinho.

CAPÍTULO 3
O "VELHOTE"

Nunca chegamos ao moinho. Talvez, simplesmente não tivesse que acontecer. A viagem sobre as serras transcorreu sem dificuldades, porém, ao nos aproximarmos de Caster, vimos que as casas ao sul estavam queimando e a fumaça escura obscurecia o sol poente. Mesmo que a força invasora principal tivesse saído vitoriosa, ela ainda não poderia ter avançando até o norte: provavelmente, era um ataque surpresa vindo do mar.

Normalmente, teríamos descansado nos declives inferiores, mas tínhamos uma pressa muito grande e avançamos em meio à escuridão, prosseguindo mais ao leste de Caster que o usual. Assim que chegamos ao canal, ficou claro que seria impossível viajar mais para o norte até o moinho. Os dois caminhos de sirga estavam apinhados de refugiados que iam para o sul.

Demorou algum tempo até que conseguíssemos convencer alguém a nos dizer o que havia acontecido: as pessoas continuavam a forçar a passagem, com os olhos cheios de medo. Finalmente, encontramos um velho apoiado a um portão, tentando recuperar o fôlego, com os joelhos tremendo por causa do esforço.

— A situação está muito ruim mais ao norte? — indagou o Caça-feitiço, com a voz mais amável possível.

O homem balançou a cabeça, e foi preciso algum tempo até que estivesse suficientemente recuperado para responder:

— Uma grande força de soldados desembarcou a noroeste da baía. — Ele ofegou. — Eles nos pegaram de surpresa. A aldeia de Kendal é deles agora, ou o que restou dela, após o incêndio, e nesse momento estão se deslocando para cá. Está tudo acabado. Minha casa se foi. Vivi ali durante toda a vida, e estou velho demais para recomeçar...

— As guerras não duram para sempre — disse o Caça-feitiço, dando-lhe um tapinha no ombro. —Também perdi minha casa. Mas temos de continuar. Um dia, nós dois voltaremos para casa e a reconstruiremos.

O velho assentiu e arrastou os pés para juntar-se à fila de refugiados. Ele não parecia convencido das palavras do Caça-feitiço e, a julgar pela própria expressão, meu mestre também não acreditava nelas. Virou-se para mim, com rosto carrancudo e cansado.

— Do modo como vejo as coisas, minha primeira tarefa é mantê-lo a salvo, rapaz. Mas nenhuma parte do Condado está segura — disse. — Por enquanto, nada podemos fazer aqui. Voltaremos um dia, mas agora temos de ir para o mar.

— Para onde estamos indo, para Sunderland Point? — indaguei, imaginando que fôssemos tentar alcançar o porto do Condado e fazer a travessia em um navio.

— Se ainda não estiver nas mãos inimigas, estará cheio de refugiados — disse o Caça-feitiço, balançando a cabeça. — Não. Vou pegar o que é meu.

Dito isso, ele nos conduziu rapidamente para o oeste.

Muito raramente, o Caça-feitiço era pago de imediato, e não foram poucas as vezes em que nem foi pago. Por isso, foi cobrar uma dívida. Havia muitos anos, ele expulsara um espectro marinho da cabana de um pescador. Agora, em vez de moedas, o pagamento que exigia era uma cama para passar a noite, além de uma passagem segura para a ilha de Mona, a grande ilha que se encontrava no Mar da Irlanda, a noroeste do Condado.

Relutante, o pescador concordou em nos receber. Embora não quisesse fazê-lo, temia o homem com os olhos cruéis e brilhantes que o confrontara e que agora parecia cheio de uma nova determinação.

Pensei que já havia me habituado ao movimento do navio com a viagem à Grécia no verão. No entanto, eu estava muito errado. Um pequeno barco de pesca era uma proposta muito diferente do *Celeste*, um navio de três mastros. Mesmo antes de nos afastarmos da baía, rumo ao mar aberto, ele começou a inclinar e ondular de modo alarmante, e os cães, em pouco tempo, choramingavam, nervosos. Em vez de observar o Condado recuando para longe, passei a maior parte da viagem com a cabeça apoiada na lateral do barco, vomitando violentamente.

— Sente-se melhor, rapaz? — indagou o Caça-feitiço quando finalmente parei de vomitar.

— Um pouco — respondi, lançando um olhar na direção de Mona, que agora era uma mancha verde no horizonte. — O senhor já visitou a ilha antes?

Meu mestre balançou a cabeça.

— Nunca fui chamado. Tive trabalho mais que suficiente para me manter ocupado no Condado. Mas os habitantes da ilha tiveram sua dose justa de problemas com as trevas. Há, pelo menos, meia dúzia de bugganes ali...

— O que é um buggane? — indaguei, recordando-me vagamente de ter visto a palavra no Bestiário do Caça-feitiço, mas sem conseguir me lembrar de nada sobre eles. Eu sabia que, atualmente, não havia nenhum no Condado.

— Bem, rapaz, por que você não dá uma olhada e descobre? — disse o Caça-feitiço, retirando o Bestiário da bolsa e entregando-o a mim. — É um tipo de demônio...

Abri o Bestiário, folheando-o até a seção sobre demônios e rapidamente encontrei o título: BUGGANES.

— Leia em voz alta, Tom! — insistiu Alice. — Também gostaria de saber o que ele é.

Meu mestre franziu a sobrancelha para ela, achando, provavelmente, que aquilo era negócio de caça-feitiços e não tinha nada que ver com ela. Mas comecei a ler em voz alta, como ela pediu:

"O buggane é uma categoria de demônio que frequenta ruínas e, em geral, se materializa como um touro negro ou um homem peludo, embora outras formas sejam escolhidas, se elas servirem a seus propósitos. Sabe-se que, em solo pantanoso, os bugganes transmutam-se em serpentes do pântano.

"Os bugganes fazem dois sons distintos: um mugido, semelhante ao de um touro enfurecido, avisando que quem se arrisca em seus domínios deve se afastar, ou sussurra para as vítimas com uma voz humana sinistra. Ele diz aos afligidos que está drenando sua força vital, e o horror empresta ao demônio uma força maior ainda. Cobrir os ouvidos não serve de proteção, pois a voz do buggane é ouvida no interior da cabeça. Sabe-se que mesmo pessoas surdas foram vítimas do som insidioso. Quem ouve o sussurro morre em questão de dias, a menos que possa matar o buggane primeiro. Ele guarda a energia vital de cada pessoa que mata em um labirinto, construído bem longe, no subterrâneo.

"Os bugganes são imunes a sal e ferro, o que os torna difíceis tanto de matar quanto de confinar. A única coisa a que são vulneráveis é uma lâmina feita de liga de prata, que deve ser enfiada no coração do buggane, quando ele se materializar completamente."

— Parece muito assustador — comentou Alice.

— Sim, há uma boa razão para ter medo e cautela no que se refere aos bugganes — disse o Caça-feitiço. — Conta-se que eles não têm caça-feitiços em Mona, mas, pelo que ouvi falar, certamente precisam de alguns. Por essa razão, os bugganes prosperaram ali, pois não há ninguém para controlá-los.

De repente, começou a cair uma chuva fina, e meu mestre rapidamente tirou o Bestiário de minhas mãos, fechando-o e guardando-o na bolsa, fora de perigo. Era seu último livro, e ele não queria estragá-lo mais ainda.

— Como são os habitantes da ilha? — indaguei.

— São um povo teimoso e orgulhoso. São belicosos também e têm uma força poderosa com recrutas pagos, chamados "alabardeiros". Mas uma pequena ilha como essa não teria chance, se o inimigo olhasse além do Condado e decidisse invadi-la.

— Os moradores não vão nos dar as boas-vindas, não é? — perguntou Alice.

O Caça-feitiço assentiu, pensativo.

— Você poderia ter razão. Refugiados raramente são bem-vindos em alguma parte. Isso apenas significa bocas extras para serem alimentadas. E um monte de gente fugirá do Condado, seguindo para Mona. A Irlanda está mais a oeste, mas é uma viagem muito mais longa e eu preferia ficar o mais perto possível de casa. Se as coisas se tornarem difíceis, sempre poderemos rumar depois para o oeste.

Ao nos aproximarmos da ilha, as ondas amansaram, mas a garoa estava mais pesada agora e chovia direto em nossos rostos. O clima e os morros verdes que se estendiam à nossa frente lembravam-me os do Condado. Era quase como voltar para casa.

O pescador nos desembarcou no sudeste da ilha, amarrando o barco por um breve período de tempo a um pontão de madeira que se projetava acima da praia de pedras.

Os três cães saltaram do barco em turnos, felizes por estarem de volta à terra firme, porém, nós os seguimos mais lentamente, com as juntas rígidas depois de ficarmos confinados no barco por tanto tempo. Bastaram poucos minutos para o pescador voltar para o mar. Silencioso e carrancudo durante a viagem, agora ele quase sorria. A dívida com o Caça-feitiço fora paga, e ele estava feliz em nos ver pelas costas.

No fim do pontão, vimos quatro pescadores da região sentados sob um abrigo de madeira, remendando as redes; eles observaram a nossa aproximação com olhos apertados e hostis. Meu mestre seguia à nossa frente, com o capuz puxado por causa da chuva, e fez um gesto com a cabeça na direção deles. A única reação foi: três dos homens desviaram o olhar e continuaram com o trabalho, e o quarto cuspiu no sarrafo.

— Bem que eu estava certa, não é? Não somos bem-vindos aqui, Tom — disse Alice. — Devíamos ter navegado mais para oeste até a Irlanda!

— Bem, agora estamos aqui, Alice, e teremos de tirar o melhor partido disso — disse a ela.

Avançamos pela praia até chegarmos a uma trilha estreita e enlameada, que subia morro acima entre uma dúzia de pequenas cabanas com telhados de palha; em seguida, desaparecia em um bosque. Ao passarmos pela última porta, um homem desceu das árvores, bloqueando nosso caminho. Ele trazia um porrete grande e pesado de madeira. Patas saltou para a frente e rosnou para o estranho de modo ameaçador, ao mesmo tempo que os pelos pretos se eriçavam.

— Chame o cachorro de volta, rapaz. Eu vou lidar com isso! — gritou o Caça-feitiço, por cima do ombro.

— Patas! Aqui... boa garota! — disse, e, relutante, ela voltou para o meu lado. Eu sabia que, mesmo sozinha, ela era capaz de lidar com um homem que carregava apenas um porrete como arma.

O desconhecido tinha feições bronzeadas e enrugadas e, apesar do frio e da umidade, havia enrolado as mangas acima dos cotovelos. Era atarracado e corpulento, com um ar de autoridade, e não acreditei que fosse um pescador. E então vi que, na verdade, ele vestia um uniforme militar: um colete justo de couro marrom com um símbolo no ombro — três pernas movendo-se num círculo; pernas com armaduras. Abaixo do desenho, a inscrição em latim: QUOCUNQUE JECERIS SABIT. Suspeitei que fosse um dos alabardeiros da ilha.

— Vocês não são bem-vindos aqui! — disse ele para o Caça-feitiço, lançando-lhe um olhar hostil, enquanto erguia o porrete de modo ameaçador. — Vocês deveriam ficar em sua própria terra. Já temos bocas suficientes para alimentar!

— Tivemos poucas opções, além de partir — disse o Caça-feitiço calmamente. — Soldados inimigos incendiaram minha casa, e nossas vidas corriam risco. Tudo que pedimos é ficar por aqui durante pouco tempo até podermos voltar em segurança. Viemos preparados para trabalhar e ganhar nosso sustento da melhor forma que pudermos.

O homem baixou o porrete, assentindo.

— Vocês vão trabalhar, sim, se tiverem chance; vão trabalhar duro como os outros. Até agora, a maioria dos que vieram procurando refúgio do Condado chegou ao litoral de Douglas, ao norte. Mas sabíamos que alguns tentariam se esgueirar feito seu bando; por isso, temos ficado observando — disse ele, olhando, primeiro, para o Caça-feitiço, depois, para mim. Vi quando ele percebeu as capas com capuz características; em seguida, os bastões e as bolsas. Mesmo os habitantes de Mona reconheceriam os trajes e acessórios de nosso ofício.

Depois, estudou Alice, baixando os olhos para os sapatos de bico fino, e vi seus olhos se arregalarem. Rapidamente, fez o sinal da cruz.

— O que um caça-feitiço faz em companhia de uma feiticeira? — indagou.

— A garota não é uma feiticeira — respondeu o Caça-feitiço com tranquilidade. — Ela tem trabalhado para mim, fazendo cópias de meus livros. E este é meu aprendiz, Tom Ward.

— Bem, ele não será seu aprendiz enquanto estiver aqui conosco, velhote. Não precisamos de gente que pratica o seu ofício e temos nossos próprios métodos para lidar com feiticeiras. Depois de escolhidos, todos vão trabalhar em terra firme. É de comida que precisamos, não de truques de mágica.

— Escolhidos? — perguntou o Caça-feitiço. — Explique o que isso quer dizer!

— Não pedimos que viessem até aqui — resmungou o alabardeiro, erguendo mais uma vez o porrete. — O rapaz é jovem e forte, e certamente vai poder trabalhar. Mas alguns voltam para o mar, e podemos ter soluções diferentes para os outros... — E seu olhar desceu sobre Alice.

Não gostei daquilo; por isso, dei um passo à frente, parando ao lado de meu mestre.

— O que você quer dizer com "voltam para o mar"? — indaguei.

O Caça-feitiço pôs a mão no meu ombro.

— Fique calmo, rapaz. Acho que nós dois sabemos o que ele quer dizer.

— Isso mesmo. Quem não pode trabalhar vira comida de peixe. Velhotes como você. E, quanto às bruxas — falou o alabardeiro, fitando Alice de cara feia —, você não é a primeira que tenta esgueirar-se na praia, na última semana. Todas terão o que está reservado para vocês. Aqui temos nosso próprio método para lidar com o seu tipo!

— Acho que já ouvimos o suficiente — disse o Caça-feitiço, enquanto a chuva escorria pela ponta de seu nariz. Ele ergueu o bastão, cruzando-o sobre o corpo, em posição de defesa. O homem abriu um sorriso tristonho e deu um passo à frente, agressivo.

Tudo aconteceu muito rápido, então. O estranho balançou o porrete na cabeça do meu mestre, mas não acertou. O "velhote" não estava mais ali. O Caça-feitiço deu um passo para o lado, acertando dois golpes rápidos.

O primeiro bateu no pulso do agressor e fez o porrete cair, girando de sua mão, acompanhado de um grito de dor que irrompeu dos lábios do homem. O segundo foi uma pancada forte na lateral da cabeça, que o fez cair, inconsciente, aos nossos pés.

— Esse não foi exatamente o melhor dos começos, rapaz! — disse meu mestre, balançando a cabeça.

Olhei para trás. Os quatro pescadores haviam saído do abrigo e tinham os olhos fixos em nós. O Caça-feitiço seguiu meu olhar, então apontou para o morro.

— Melhor pormos alguma distância entre nós e a praia — falou imediatamente, caminhando com passos furiosos que Alice e eu nos esforçamos para acompanhar.

CAPÍTULO 4
RATOS COM ASAS

Subimos em meio às arvores, e o Caça-feitiço estava um pouco mais à frente.

Na meia hora seguinte, mais ou menos, meu mestre fez o melhor que pôde para seguir uma rota que despistasse nossos perseguidores e até os cães. Atravessamos dois córregos diferentes, com água até os joelhos: da primeira vez, saindo na outra margem, da segunda vez, saindo do mesmo lado. Quando finalmente ficou satisfeito, o Caça-feitiço nos conduziu para o norte, com passos mais lentos.

— Seria melhor arriscarmos ficando no Condado — observou Alice. — Não importa quantos córregos atravessemos, eles com certeza virão atrás de nós. E logo vão nos encontrar, numa ilha deste tamanho.

— Não acredito que Mona seja tão pequena, Alice. Teremos muitos lugares para nos esconder — disse para ela. E torcia para estar certo.

O Caça-feitiço chegou ao cume de um morro e estava fitando ao longe.

— O senhor acha que eles farão um grande esforço para nos encontrar? — perguntei, alcançando-o, finalmente.

— Poderiam fazer, rapaz. Acho que o nosso amigo lá embaixo vai acordar com um pouco de dor de cabeça e, sem dúvida, não vai querer vir atrás de nós sozinho. Os pescadores não nos perseguirão; então, ele mesmo vai ter que buscar ajuda, e isso levará tempo. Você viu o símbolo e a insígnia no ombro dele?

— As três pernas com armaduras num círculo — respondi.

— E a frase latina embaixo delas significa...? — indagou meu mestre.

— "Não importa onde me joguem, cairei de pé"?

— Isso, quase isso... Sugere autoconfiança, rapaz. Trata-se de um povo corajoso, resistente, e, sem dúvida, viemos para o lugar errado. Dito isso, creio que nós os despistamos agora. E eles têm que se preocupar com outras coisas além de nós — continuou, apontando para o sopé do morro.

Mais abaixo, eu podia ver uma grande cidade e um porto, cheio de barcos de todos os tamanhos. Além deles, havia uma baía ampla, em formato de meia-lua, com navios maiores espalhados, alguns deles a uma boa distância de terra firme. Barcos menores estavam transportando as pessoas para a praia. Um imenso bando de gaivotas circulava sobre o porto, fazendo uma algazarra que podíamos ouvir do alto do morro.

—Ali é Douglas, a maior cidade da ilha. Outras pessoas estão buscando refúgio como nós — disse o Caça-feitiço. —Alguns dos navios vão navegar novamente em breve, mas é provável que não voltem para o Condado. Talvez eu tenha dinheiro suficiente para uma passagem para mais a oeste até a Irlanda. Poderemos ter uma recepção mais calorosa por lá. Certamente, não poderia ser pior.

— Mas será que vão nos deixar ir embora? — perguntei.

— Melhor irmos sem que eles percebam, rapaz. Aguardaremos até o cair da noite; então, você descerá até a cidade. A maioria dos marinheiros gosta de uma bebida ou duas. Você os encontrará nas tavernas no cais. Com um pouco de sorte, conseguiremos contratar alguém com um barco pequeno.

— Eu vou com Tom — disse Alice rapidamente — e manterei os olhos bem abertos, em caso de perigo...

— Não, garota. Você fica comigo e com os cães. Desta vez, o rapaz ficará melhor sozinho...

— Por que Alice não pode vir comigo? Dois pares de olhos são melhores que um — sugeri.

O Caça-feitiço nos olhou de cara feia.

—Vocês dois estão amarrados por uma corrente invisível? — perguntou, balançando a cabeça. — Praticamente não têm se separado nos últimos tempos. Não, já decidi. A garota fica aqui!

Alice olhou para mim, e vi o medo cintilar em seus olhos ao pensar no cântaro de sangue, a única coisa que impedia o Maligno de se aproximar. No interior do cântaro, havia seis gotas de sangue: três dela e três minhas. Alice estava segura também, desde que permanecesse perto de mim. Mas, se eu descesse sozinho para a cidade, nada poderia impedir o Maligno de se vingar dela. Por isso, eu sabia que, embora ela não discutisse agora, desobedeceria ao Caça-feitiço e me acompanharia.

Desci o morro pouco depois do anoitecer, deixando a capa, a bolsa e o bastão para trás. Parecia que os habitantes da ilha não recebiam muito bem os caça-feitiços nem seus aprendizes. Por enquanto, eles poderiam estar nos procurando na cidade. As nuvens haviam se afastado, e era uma noite clara e estrelada, com uma pálida lua crescente no alto do céu. Após caminhar cerca de cem metros, parei e aguardei. Não demorou muito até Alice estar ao meu lado.

— O Sr. Gregory não tentou impedi-la? — perguntei.

Alice balançou a cabeça.

— Disse a ele que ia caçar coelhos, mas ele balançou a cabeça e baixou os olhos para os meus pés; por isso, sei que não acreditou em mim.

Vi que seus pés estavam descalços.

— Enfiei meus sapatos na sua bolsa, Tom. Desse jeito, tem menos chance de alguém pensar que sou uma feiticeira.

Partimos morro abaixo e, pouco depois, saímos da floresta para um declive relvado que, por causa da chuva recente, tornara-se escorregadio. Alice não estava acostumada a andar descalça e escorregou, caindo sentada duas vezes, antes de chegarmos à primeira das cabanas e encontrarmos uma trilha de areia grossa.

Dez minutos depois, estávamos na cidade, abrindo caminho entre as estreitas ruas com calçamento de pedra, na direção do porto. Douglas estava apinhada de marinheiros, mas havia umas poucas mulheres andando por ali também, algumas delas descalças como Alice que, por não chamar a atenção pela beleza, não se destacava de modo algum.

Havia quase tantas gaivotas quanto pessoas, e elas pareciam agressivas e audaciosas, descendo sobre a cabeça de toda a gente. Vi uma delas tentando agarrar uma fatia de pão da mão de um homem, no exato momento em que ele ia dar uma mordida.

— Aves horríveis — disse Alice. — São ratos com asas, isso sim.

Depois de algum tempo, chegamos a uma via pública, ampla e movimentada, na qual, de cada cinco casas, uma parecia ser uma estalagem. Dei uma olhada pela janela da primeira taberna. Parecia cheia, mas não notei o quanto até abrir a porta. O ar quente e um forte odor de cerveja sopraram na minha direção, e a multidão barulhenta e rude de fregueses em seu interior estava de pé, uns ao lado dos outros. Vi que teria de abrir caminho à força; por isso, virei-me e balancei a cabeça para Alice, voltando a caminhar pela rua.

Todas as outras estalagens pelas quais passamos pareciam igualmente cheias, mas então olhei para o outro lado da rua, que descia em direção ao porto, e vi o que parecia ser outra taberna. Quando abri a porta, ela estava quase deserta, com uns poucos homens sentados em tamboretes junto ao balcão. Estava prestes a entrar, quando o proprietário agitou os punhos para mim e para Alice.

— Vão embora! Nós não queremos gentalha aqui! — gritou ele.

Não precisei ouvir duas vezes, pois a última coisa que eu queria era chamar atenção. Estava prestes a voltar para a via pública principal, quando Alice apontou na direção contrária.

— Então, tente ali, Tom. Parece outra taberna mais embaixo...

Pouco depois, ela mostrou que estava certa. Ficava bem no fim da rua estreita, na esquina, e a porta principal estava virada na direção do porto. Como a última taberna, estava quase vazia, e apenas algumas pessoas se encontravam de pé junto ao balcão, segurando canecas de cerveja. O proprietário fixou os olhos em mim com interesse em vez de hostilidade, e essa curiosidade me fez tomar uma decisão rápida: era melhor sair dali. No entanto, nem bem dei meia-volta, alguém falou meu nome em voz alta:

— Ora, se não é Tom Ward! — E um homem de rosto corado com costeletas proeminentes caminhou na minha direção.

Era o capitão Baines, do *Celeste*, o navio que minha mãe fretara para nossa viagem à Grécia no verão anterior. Ele saía de Sunderland Point. Sem dúvida, navegara até aqui com um porão cheio de pessoas fugindo dos invasores.

— É bom vê-lo, rapaz. E a garota também! — disse, olhando para Alice, que estava de pé na entrada. — Venham até aqui para se aquecer perto da lareira.

O capitão vestia um comprido e escuro casaco impermeável com uma túnica grossa de lã cinza por baixo: sem dúvida, os marinheiros sabiam se vestir no tempo frio. Ele nos conduziu até uma mesa de madeira vazia no canto, e sentamos em tamboretes à frente dele.

— Estão com fome? — indagou.

Fiz que sim com a cabeça. Eu estava faminto, pois além de alguns bocados de queijo, a última coisa que havíamos comido eram os coelhos que Alice preparara na noite anterior.

— Senhorio, traga-nos duas tortas de carne na cerveja fumegando! — gritou ele, na direção do balcão, voltando em seguida a nos fitar. — Quem os trouxe pelo mar? — perguntou, baixando a voz.

— Viemos num pequeno barco de pesca. Ele nos deixou ao sul de Douglas, mas, mesmo assim, nós nos metemos em confusão. Tivemos sorte de escapar, pois um homem com um porrete tentou nos prender, mas o sr. Gregory o derrubou.

— Onde está seu mestre agora?

— No alto da encosta, ao sul da cidade. Enviou-me aqui para ver se eu conseguia alugar um barco que nos levasse mais a oeste para a Irlanda.

— Não há muita chance disso acontecer, jovem Tom. Meu próprio barco, o *Celeste*, foi confiscado e tem guardas armados a bordo. Quanto às pessoas que eu trouxe, todas estão sob custódia. E o mesmo aconteceu aos refugiados dos outros navios. No entanto, não podemos realmente culpar os habitantes da ilha. A última coisa que querem é que os invasores cheguem até aqui. E também temem que as feiticeiras fujam do Condado — e por uma boa razão. Um pequeno barco de pesca aportou ao norte, e os dois tripulantes estavam mortos. Tiveram o sangue drenado e os ossos dos polegares cortados.

Ao ouvir isso, Alice soltou um gritinho. Eu sabia o que ela estava pensando. As feiticeiras de Pendle certamente não sairiam do lugar para ver o que ia acontecer. Mas isso poderia muito bem ter sido obra de outra feiticeira — alguém que fugira do Condado. E se fosse a mãe de Alice?

E se Lizzie Ossuda estivesse andando pela ilha?

CAPÍTULO 5
O AB-HUMANO

D evoramos as tortas quentes de carne na cerveja, enquanto o capitão nos contava o que sabia. Parecia que quase todos os refugiados estavam sendo levados de volta ao Condado. Os líderes do Conselho Governante da ilha temiam que, se não fossem levados de volta, Mona se tornasse o próximo lugar a sofrer os ataques.

— Por essa razão, o *Celeste* foi confiscado. Em breve, navegaremos de volta a Sunderland Point, devolvendo as pessoas que fugiram à compaixão do inimigo. Ainda haverá guardas armados a bordo para se ter certeza de que farei apenas isso. Os únicos a ficarem aqui serão as feiticeiras que eles encontrarem; não que eu estivesse transportando alguma. Veja você, algumas mulheres que não são realmente feiticeiras serão testadas e consideradas culpadas. Sem dúvida, as inocentes vão sofrer...

Ele estava se referindo ao que o Caça-feitiço chamava de "falsamente acusadas". E tinha razão: sem dúvida, pelo menos uma feiticeira de verdade havia alcançado Mona, mas muitas outras mulheres inocentes seriam forçadas a pagar um preço terrível pelo que ela havia feito.

— Meu conselho seria avançar para o interior e depois para a costa a sudoeste. Há uma cidade pesqueira, Port Erin, e muitas aldeias pequenas mais ao sul naquela península. Não é provável que os refugiados desembarquem por ali; então, haverá menos pessoas vigiando. Vocês poderiam encontrar uma passagem para a Irlanda ali...

— Para mim, parece um bom conselho, Tom — disse Alice com um sorriso.

Retribuí o sorriso, mas então a expressão de seu rosto mudou, demonstrando medo e pavor. Ela estava fitando a porta, como se pressentisse o perigo.

De repente, a porta se abriu com violência, e meia dúzia de homens grandes, brandindo porretes, avançou. Vestiam coletes de couro com a insígnia das três pernas — eram alabardeiros. Um homem alto com bigodes escuros trazendo uma espada no quadril — sem dúvida, o líder deles — acompanhou-os ao entrarem. Todos pararam bruscamente próximo à porta, e seus olhos examinaram o local, observando os ocupantes de cada uma das mesas, bem como os que estavam de pé no bar. Foi então que percebi que eles tinham um prisioneiro.

Ele também vestia um colete de couro com a insígnia, o que acentuava seu tamanho. Era alto e muito forte. Por que manteriam um deles prisioneiro? O que ele fizera de errado? Então, vi que o homem estava amarrado, mas de uma maneira cruel e estranha. Um pedaço de corrente fina de prata descia de cada orelha até as mãos dos guardas que o ladeavam. As orelhas tinham sido furadas bem próximo à cabeça e os buracos pelos quais passavam as correntes estavam vermelhos e inflamados.

O prisioneiro farejou alto três vezes e falou, com uma voz tão rouca quanto uma lixa raspando metal:

— Sinto cheiro de mulher! Tem uma mulher aqui, comandante Stanton — disse ele, virando-se para o homem alto, de bigodes.

Todos os guardas fixaram os olhos em Alice, pois ela era a única mulher no local.

O prisioneiro começou a se aproximar de nossa mesa, acompanhado pelos dois guardas que o ladeavam, além de Stanton, um pouco mais afastado. Ao fazer isso, notei duas coisas ao mesmo tempo: a primeira era que ele era cego, e os globos oculares tinham uma cor branca-leitosa; a segunda fez um tremor de medo descer pelas minhas costas, e senti os cabelos da minha nuca se eriçarem.

Ele tinha cabelos escuros, cacheados e desgrenhados — mais parecidos com pelo de animal do que com cabelos humanos. Dois pequenos chifres curvos projetavam-se muito alto na sua testa. Eram brancos e terminavam numa ponta afiada. Não se tratava de um ser humano; era um ab-humano, o resultado da união do Maligno com uma feiticeira.

— Não tem mulher aqui! — disse Stanton, rindo. — É apenas uma garota magricela, de pés sujos. Tente de novo!

Desta vez, o ab-humano não farejou; examinou Alice como se os olhos cegos pudessem, na verdade, enxergá-la. Uma expressão confusa vincou suas feições.

— Bem, vamos lá — ordenou o comandante com voz impaciente. — A garota é ou não é uma feiticeira?

— Ela traz as trevas dentro dela! — gritou o ab-humano. — Poder das trevas!

— Bem, é tudo que precisamos saber! Agarrem-na, rapazes! — gritou ele, e dois dos homens deram um passo à frente e tiraram Alice do tamborete. Ela não tentou resistir, mas seus olhos estavam arregalados e cheios de medo.

Eu sabia apenas de uma coisa: não importava aonde levassem Alice, eu também teria de ir. Se ela fosse separada do cântaro de sangue, o Maligno se vingaria dela. No entanto, no fim das contas, não precisei fazer coisa alguma.

— Examine os outros dois! — ordenou Stanton. — Eles estavam conversando com a feiticeira, e bem poderiam ser um grupo. Talvez um deles seja feiticeiro...

Em seguida, o ab-humano fitou o capitão Baines.

— As trevas não estão nele — rosnou.

— E quanto ao garoto?

Agora era a minha vez; porém, depois de me examinar com os olhos cegos, a criatura pareceu ainda mais confusa. A boca se abriu duas vezes, revelando duas fileiras de dentes amarelos e afiados, mas não emitiu nenhuma palavra.

— Não temos o dia inteiro. Qual é o problema?

— Tem um pouco das trevas enterrado bem fundo na alma dele. Uma quantidade bem pequena...

— Já basta! Tragam-no também! — interrompeu Stanton. — Há muito tempo não testamos um feiticeiro. Eles são muito raros.

Apenas tive tempo de olhar para o rosto ansioso do capitão Barnes, antes de ser agarrado também. Instantes depois, minhas mãos foram amarradas nas costas e eu estava do lado de fora da taberna com Alice, sendo arrastado por mãos rudes morro acima, na direção da via pública principal.

Depois da marcha forçada através das ruas movimentadas, durante a qual nos empurraram, xingaram e cuspiram em nós, chegamos finalmente nas imediações da cidade e nos meteram dentro de uma carroça puxada por quatro cavalos enormes e fortes. O condutor estalou o chicote e partimos ao longo da trilha; depois de erguer os olhos para as estrelas e observar a posição da constelação do Carro de Davi, avaliei que estavam nos levando aproximadamente para noroeste. Alice e eu não estávamos sozinhos no carro. Éramos guardados por três homens atarracados que seguravam porretes e pareciam dispostos a usá-los. Nossas mãos ainda estavam amarradas, e não havia a menor chance de escapar.

De início, os homens não disseram nem uma palavra e pareciam satisfeitos em manter os olhos fixos em nós. Baixamos a cabeça, sem querer dar a eles uma desculpa para usar a violência, e ficamos calados; porém, pouco menos de uma hora depois, calculei, um deles me cutucou com o porrete.

— Está vendo, garoto? — disse, apontando para a sua direita.

Ao longe, iluminado pela lua, via-se um tipo de fortificação. Consegui avistar uma torre, cercada por muros com ameias, e uma montanha mais além.

— Aquele é o Torreão de Greeba! — prosseguiu ele. — Talvez você consiga sobreviver para vê-lo novamente!

Os outros alabardeiros deram risadas.

— Mas quando estiverem lá dentro, desejarão ter morrido! Os que são retirados mortos é que têm sorte! — disse um deles.

Não me incomodei em perguntar-lhe o que ele queria dizer e permaneci em silêncio até que a carroça finalmente parasse. Parecia que havíamos chegado a uma aldeia, cercada por árvores, com montanhas que se erguiam de cada lado. Fomos retirados da carroça e levados até um grande monte de terra, de aparência curiosa. Tinha a forma de um túmulo de terra e de pedras, porém, com quatro fileiras. Nunca tinha visto nada como aquilo. Mais além, havia outra torre de pedra, desta vez, muito menor que a primeira. Fiquei imaginando se servia para prender os prisioneiros, o que, pouco depois, mostrou-se correto.

Fomos arrastados alguns passos até uma porta mais ou menos na metade do caminho até a torre, e, depois que nossas mãos foram desamarradas, jogaram-nos dentro dela. A porta rangeu atrás de nós, uma chave girou na fechadura, e os guardas desceram as escadas com passos que ecoavam nas pedras.

Lancei um olhar ao meu redor. Havia uma única vela, num recesso na parede, tremeluzindo com a corrente de ar de uma janela estreita bem acima dela. A cela era circular, sem mobília e apenas havia palha suja cobrindo as lajes úmidas no piso.

— Não gosto muito deste lugar — disse Alice, em voz tão baixa quanto um sussurro.

— Você pode não gostar, garota — falou uma voz que vinha do nosso lado direito —, mas é melhor aproveitar enquanto pode. É o máximo de conforto que vocês terão daqui para a frente. Esta é a torre das feiticeiras de Tynwald e, depois que você sair daqui, só o que vai estar à sua espera serão a dor e a morte.

Uma pessoa saiu das sombras para nos encarar. Era uma garota alta, de dezoito ou dezenove anos, com cabelos negros e brilhantes que desciam até os ombros. Ela trajava um belo vestido azul, e a pele estava limpa e tinha um brilho saudável. Não se parecia muito com uma prisioneira.

— Vocês vieram por mar desde o Condado, não foi? — perguntou ela.

Fiz que sim com a cabeça.

— Meu nome é Tom Ward e esta é minha amiga, Alice.

Ela olhou para Alice; em seguida, deu-me um sorriso brando.

— Meu nome é Adriana Lonan — falou. — Nasci e cresci em Mona, e até agora eles me deixaram em paz.

Mas tudo está ficando confuso, e eles estão testando até as próprias conterrâneas para ver se são feiticeiras.

— Você é uma feiticeira? — indaguei.

Adriana assentiu.

— Sou uma feiticeira dos pássaros — respondeu ela.

— Você quer dizer que um pássaro é seu familiar — corrigiu Alice.

A garota balançou os cabelos e franziu a sobrancelha.

— Não tenho um familiar. Não dei meu sangue a ninguém numa magia familiar. Nada dessas coisas das trevas. Sou uma feiticeira dos pássaros, pois os pássaros são meus amigos. Nós nos ajudamos. E quanto a você, Alice? Você é uma feiticeira?

Alice balançou a cabeça.

— Venho de um clã de feiticeiras de Pendle, e aprendi as artes das trevas durante dois anos. Mas não, não sou uma feiticeira. Não foi certo terem nos trazido para cá, especialmente o Tom. Ele é um Caça-feitiço e combate pela luz. Dizem que ele é feiticeiro, mas não é verdade.

Adriana fixou os olhos em mim, com uma expressão muito séria.

— O Chifrudo farejou você?

— O ab-humano? Sim — respondi-lhe. — Ele disse que Alice trazia as trevas dentro dela, e que eu tinha um pouco das trevas também.

— Então, talvez, você tenha — murmurou Adriana. — Nenhum de nós é perfeito. Mas isso não importa, não vai fazer muita diferença quando formos testados amanhã.

— O que vão fazer? — indagou Alice. — Eles vão nos fazer flutuar? Não vão usar a prensa, vão?

Flutuar era o teste mais popular para ver se uma pessoa era ou não uma feiticeira. As mãos eram amarradas aos pés e a pessoa era jogada em um lago. Algumas vezes, o polegar direito era amarrado ao dedão esquerdo, e o polegar esquerdo era amarrado ao dedão direito. Era um nome engraçado para o teste — como alguém poderia *flutuar* dessa maneira? Se afundasse e, provavelmente, se se afogasse, a pessoa era inocente. Se, de alguma maneira, a pessoa conseguisse flutuar, então, era considerada culpada, retirada da água e queimada, amarrada a uma estaca.

A prensa era pior ainda. A pessoa era acorrentada a uma mesa, e, durante certo tempo, pedras pesadas eram colocadas sobre seu corpo, e frequentemente chegavam a treze. Depois de um tempo, mal dava para respirar. Se a pessoa confessasse por causa da dor, eles a queimavam. Se não confessasse, era lentamente esmagada até morrer. E se conseguisse sobreviver por mais de uma hora, supunha-se que o Maligno a salvara, e, de qualquer forma, ela era queimada.

— Não. Nós, habitantes da ilha, temos outro método de fazer as coisas — retrucou Adriana. — Uma pessoa suspeita de feitiçaria é levada ao cume do Slieau Whallian, um grande morro ao sul, e é fechada dentro de um barril com pontas de ferro afiadas no interior. Em seguida, ela é empurrada morro abaixo. Se ainda estiver viva ao chegar à base do morro, acham que foi protegida pelas trevas, e então ela é retirada e... — A voz falhou antes que Adriana terminasse a frase, e vi seus olhos se encherem de medo.

— Muitas pessoas sobrevivem? — indaguei.

— O guarda me disse que duas sobreviveram — e que uma delas ficou bastante machucada —, de sete que eles empurraram ontem. Tentei ensinar-lhes o que fazer. Tem um meio de chegar ao sopé do morro sem ficar muito machucado. Nem todos os barris são iguais, então, é preciso um pouco de sorte, mas, se der para encontrar espaço entre as pontas, você poderá usar os braços e as pernas para se apoiar no interior. Quando o barril gira, a força centrífuga empurra na direção das pontas, e basta segurar e ficar longe delas. Então, supondo que o barril não atinja uma grande saliência ao descer, você não dá solavancos em seu interior nem é empurrado contra as pontas.

— Como você sabe que isso funciona?

— Conheço um homem na cervejaria que faz alguns desses barris especiais. Quando um novo aprendiz de tanoeiro começa a trabalhar, eles têm um ritual. Eles o põem num barril com pontas e o empurram lentamente de um lado da oficina para o outro, enquanto os demais artesãos batem os martelos no tampo das bancadas e aplaudem. Primeiro, porém, eles ensinam como se comprimir ali dentro. Na pior das hipóteses, o aprendiz pode sofrer alguns cortes, mas é tudo. Mas nunca consegui falar com ninguém que tenha sobrevivido até a base do Slieau Whallian. Se as feiticeiras ainda estiverem vivas, são levadas embora imediatamente.

— Mas faz uma grande diferença ser empurrado lentamente e quicar por aí — disse Alice. — Se você lhes disse o que fazer, por que não houve mais sobreviventes ontem?

— Algumas delas provavelmente estavam apavoradas e confusas demais para prestar atenção ao que eu lhes dizia — explicou Adriana. — Talvez elas *quisessem* morrer no barril...

— Por que iriam querer uma coisa dessas? — perguntei.

— Por causa do que acontece quando se sobrevive. É ainda pior do que ser empurrado. Eles dão você para o buggane...

CAPÍTULO 6

OUTRA MORTA

—Existem muitos bugganes em Mona — prosseguiu Adriana —, mas eles dão você para o mais perigoso de todos, que assombra as ruínas da capela próxima ao Torreão de Greeba.

— E o buggane se alimenta das feiticeiras? — indagou Alice, com olhos arregalados de medo.

Adriana fez que sim com a cabeça.

— Eles trancam as vítimas nas masmorras da ala sul do torreão, que fica bem nos limites do domínio do buggane. Lentamente, ele retira o espírito de cada corpo e o guarda em alguma parte debaixo da capela. Depois disso, o corpo ainda se locomove e respira, mas está oco. Até o buggane aparecer para beber seu sangue e comer sua carne, caminhando nas duas pernas, com a aparência de um homem peludo e grande. Ele come alguns dos ossos também, triturando-os com os grandes dentes. Por isso, nós o chamamos de Triturador. Depois disso, o que sobra é enterrado numa cova de cal no pátio.

Ficamos em silêncio, pensando no destino triste que nos aguardava, mas então uma coisa começou a me deixar perplexo. Adriana havia dito que tentara contar às outras prisioneiras como sobreviver ao serem empurradas no barril com pontas — mas por que ela também não fora empurrada?

— Adriana, por que eles não a testaram ontem com as outras?

— Porque lorde Barrule — senhor do Torreão de Greeba e chefe do Conselho Governante da ilha — me deu uma última chance de mudar de ideia: se eu fizer o que ele me pede, vai me salvar. Caso contrário, ele me deixará ser testada... — O lábio inferior de Adriana começou a tremer, e lágrimas surgiram em seus olhos.

— Mudar de ideia sobre o quê? — perguntei.

— Quero me casar com Simon Sulby, um tanoeiro — foi ele quem me contou sobre os barris —, mas lorde Barrule me quer como sua esposa. Há dez anos ele vive sozinho, desde que a primeira esposa faleceu. Ele nunca olhou para outra mulher, mas dizem que sou muito parecida com a falecida esposa — sua imagem cuspida e escarrada, diz ele. Por isso, ele me quer. E é muito poderoso, acostumado a ter tudo do jeito dele. Eu recusei e continuo recusando — até que, finalmente, ele perdeu a paciência e me denunciou como bruxa.

"Ele ainda poderia me salvar se realmente quisesse, pois é um homem poderoso. Uma palavra dele, e me deixariam ir embora. Mas é muito orgulhoso e não pode suportar que lhe neguem algo. Preferia que eu estivesse morta a pertencer a outro. Em breve, será tarde demais. Eles deram início aos testes no começo da noite, mas isso atraiu grandes multidões e elas se tornaram rebeldes. Eles vão nos empurrar morro abaixo quando tudo estiver quieto, pouco antes do amanhecer."

Após ouvir essas palavras, nem Alice nem eu falamos por um longo tempo. As coisas pareciam realmente sombrias.

Fiquei imaginando o que o Caça-feitiço estaria fazendo agora. Ele deveria estar preocupando, perguntando-se por que eu não retornara. Sem dúvida, percebera que Alice tinha me acompanhado. Só esperava que ele não se arriscasse na cidade, pois, certamente, seria capturado.

O longo silêncio foi subitamente interrompido pelo desagradável som metálico de uma chave girando na fechadura. Será que já tinham vindo atrás de nós? Ainda faltavam muitas horas até o amanhecer.

Lentamente a porta da cela se abriu e apenas um vulto entrou. Não era um alabardeiro nem um guarda. Era Chifrudo, o ab-humano. As correntes haviam sido retiradas das orelhas e ele estava nu até a cintura, vestindo apenas uma calça e botas pesadas. O peito tinha pelos eriçados e escuros, e os músculos se projetavam nos ombros largos e nos braços compridos. Ele parecia forte e perigoso; capaz de matar usando apenas as mãos.

Enquanto ele caminhava pesadamente pelo local, ficamos de pé e demos passos para trás até nossas costas encostarem na parede mais distante da porta. O que ele queria? Não gostei da expressão em seu rosto. Mesmo sem os chifres, seria um rosto com mais que um mero vestígio de selvageria.

Ele avançou direto para Alice. Quando tentei me meter entre os dois para protegê-la, ele me bateu no ombro. Era como ser atingido com a perna de uma mesa, e ele me derrubou. Caí, mas me levantei tão rápido quanto consegui e voltei a caminhar na direção de Alice. O ab-humano deu meia-volta para me encarar, com os olhos selvagens brilhando perigosamente; ele baixou a cabeça para que os chifres ficassem apontados para mim. Continuei me aproximando dele com mais cautela, mas Alice estendeu a mão para me impedir.

— Não, Tom! Fique longe dele! — gritou ela. — Ele vai matá-lo. Deixe-me lidar com ele.

Obedeci, mas me preparei para atacar a criatura ao primeiro sinal de perigo para Alice, embora sem o bastão e a corrente eu não pudesse fazer muita coisa. Tinha herdado o dom de desacelerar o tempo de minha mãe, mas usá-lo era extremamente difícil e decidi tentar somente se Alice estivesse em perigo real.

O ab-humano voltou a girar na direção dela. A distância que os separava era menor que o comprimento dos braços dele.

— Irmã? — disse, e sua voz era um rugido baixo.

— Eu não sou sua irmã! — disse Alice, balançando a cabeça com raiva.

O ab-humano inclinou a cabeça para o lado e farejou três vezes.

— Temos o mesmo pai. Você deve ser minha meia-irmã. Não negue. Lá na cidade, eu não tinha certeza, mas agora tenho. Não resta dúvida.

Era verdade. Ambos tinham mães humanas diferentes, mas o Maligno era pai dos dois.

De repente, Alice deu um breve sorriso.

— Bem, se somos irmão e irmã, você vai querer me ajudar, não vai? Não vai querer que eu morra, não é? Você é grande e forte, isso sim. Não pode nos tirar daqui?

— Não posso fazer isso. O comandante Stanton me castigaria. Ele mandaria me dar chicotadas.

— Nós poderíamos fugir, escapar juntos — sugeriu Alice.

— Não posso abandonar meu mestre, lorde Barrule. Ele tem sido bom para mim.

— Bom para você? — indaguei. — E que tal você ser arrastado pela cidade com correntes penduradas em suas orelhas? Isso não é bom.

O ab-humano rosnou em desaprovação.

— O comandante Stanton faz isso porque tem medo de mim, mas lorde Barrule nunca me machuca. Não, ele, não. Poderia ter me matado, mas, em vez disso, deixou que eu o servisse. É um bom mestre.

— Então, qual é o assunto? — perguntou Alice. —Você deve querer alguma coisa; caso contrário, não estaria aqui.

— Apenas queria vê-la. Isso é tudo — retrucou ele. — Apenas queria ver minha irmãzinha.

Com essas palavras, deu meia-volta e começou a caminhar na direção da porta.

— Espero que você esteja feliz em me ver, porque em breve estarei morta! — gritou Alice. — Que belo irmão você é! Irmãos e irmãs deveriam ficar juntos!

Mas ele fechou a porta atrás de si, e ouvimos a chave girar mais uma vez na fechadura.

— Bem, valeu a tentativa — disse Alice. — Fico me perguntando quantos ab-humanos existem... Me pergunto se todos os outros são como ele e Tusk...

Tusk era o filho da Velha Mãe Malkin, um ab-humano com dentes grandes — dentes grandes demais para caber na boca. O Caça-feitiço o havia matado com o bastão, atingindo-o na testa.

Quantos ab-humanos o Maligno havia gerado? Essa era uma pergunta interessante. Tusk era mau. Ele havia ajudado Mãe Malkin a matar as mães e os bebês — e foi assim que a feiticeira ganhou seu nome. Ela havia criado uma casa para mães desamparadas. Mas muitas delas haviam desaparecido, e quando os habitantes locais finalmente reuniram coragem para investigar, encontraram um campo cheio de ossos. A maioria das mulheres fora espremida até a morte, e suas costelas, esmagadas e quebradas — e isso fora obra de Tusk. Os ab-humanos eram incrivelmente fortes, e Chifrudo parecia muito perigoso.

— Não adianta negar — prosseguiu Alice. — Divido o mesmo pai com Tusk também, mas eu nunca o considerei, nem por um momento, meu meio-irmão.

— O Chifrudo não parece ser nem de longe tão malvado quanto Tusk. Acho que ele tem passado momentos difíceis — falei.

— Sem dúvida, isso é verdade — concordou Adriana. — Stanton é cruel com ele, mas não entendo por que continua a ser tão leal a lorde Barrule. Será que não consegue ver que é seu mestre que permite que Stanton faça essas coisas? Algumas pessoas dizem que Chifrudo é leal porque Barrule o deixa ser o guardião do buggane.

— O guardião? — perguntei.

— Chifrudo trabalha com o buggane, dizem. Ele o ajuda a escolher as vítimas...

A noite passou rapidamente, e muito antes do amanhecer havia outras três prisioneiras dividindo a cela conosco: duas eram refugiadas do Condado, mocinhas no início da adolescência; a outra era uma mulher idosa da região.

Adriana não tardou em explicar como era possível proteger-se dentro do barril. As duas garotas do Condado ouviram com interesse, mas a mulher da região simplesmente começou a chorar. Ela ouvira histórias demais sobre o que enfrentava. A ideia de ser dada para o buggane a apavorava tanto que ela quase preferia a possibilidade de ser perfurada pelas pontas.

Pouco antes do amanhecer, os guardas — uma dúzia deles — vieram até nós e nos arrastaram de volta aos degraus da torre e pela cidade, rumo ao sul. Adriana nos acompanhava; evidentemente, Barrule havia perdido a paciência com ela. Então, eles nos forçaram a subir um morro imenso, que devia ser o Slieau Whallian. A subida era longa e íngreme. Será que iam nos empurrar morro abaixo? Nesse caso, certamente teríamos pouca chance de sobreviver.

A leste, o céu começava a se tingir de vermelho, enquanto, mais abaixo, no horizonte, uma única estrela brilhante era visível. Não tinha vento, o ar era gelado, e nós ficamos parados lá, tremendo, ao lado de uma fileira de grandes barris. Uma fila de archotes em postes descia o morro, mas eles não eram necessários, pois já havia luz suficiente para enxergar. A maior parte dos guardas nos aguardava no ponto mais alto. No sopé do morro, à beira de uma grande floresta, pude distinguir apenas seis homens. Um deles tinha uma espada no cinto, e imaginei que, provavelmente, tratava-se de Stanton, o comandante dos alabardeiros que nos havia prendido.

— Ela, primeiro! — gritou um dos guardas, apontando para a mulher idosa; quando a agarraram, ela começou a soluçar, histérica, e todo o seu corpo se sacudia e tremia.

— Covardes! — exclamou Adriana com raiva, balançando o punho para os homens. — Como podem fazer isso a uma mulher — a uma das habitantes da ilha?

— Fique de boca fechada ou vamos lhe pôr uma mordaça! — gritou em resposta um dos maiores alabardeiros. Outro a segurou pelo ombro, mas ela o afastou.

Agora o barril estava em posição, pronto para ser empurrado morro abaixo; quando ergueram a tampa, vi as pontas afiadas em seu interior. Imediatamente, percebi que Adriana fora otimista sobre as nossas chances de sobrevivência. Como você poderia se posicionar em segurança dentro daquilo?

Eles obrigaram a mulher a se ajoelhar diante do barril.

— Isso! Entre!

Ela fitou as pontas, com o rosto contorcido por causa do horror, certa de que estava olhando para a própria morte.

— Será pior para você se tivermos que empurrá-la para dentro dele! — ameaçou o guarda com voz áspera.

A mulher reagiu, engatinhando para dentro do barril e chorando quando as pontas afiadas cortaram sua pele. Uma vez lá dentro, eles puseram a tampa de volta e a prenderam no lugar com apenas dois pregos.

Rap! Tap!

Um empurrão e o barril partiu, rolando morro abaixo. Os alabardeiros realmente trabalharam rápido, refleti, e agora eu estava preocupado. Teríamos apenas alguns segundos para nos colocar em posição.

Três gritos terríveis saíram do barril antes que ele alcançasse a base do morro, e ele parou, batendo com força no tronco de uma árvore. Dois homens se aproximaram, e um deles trazia um pé-de-cabra. Ouviu-se um som de algo arranhando e esmagando, enquanto ele levantava a tampa.

Estávamos muito longe para vermos com clareza, mas quando retiraram a mulher do barril, ela não parecia estar se movendo. Eles jogaram o corpo dela para o lado como um saco de batatas.

— Esta está morta! Mande a próxima! — gritou o comandante Stanton para quem estava no morro.

As duas garotas do Condado choravam e tremiam; elas haviam dado as mãos, mas agora, quando os guardas se aproximaram, agarraram-se com firmeza uma à outra, e tiveram de ser separadas à força.

Observei, horrorizado, enquanto a primeira delas recebia o mesmo tratamento. A pobre garota gritava e lutava ao ser jogada dentro do barril. Desta vez, o barril bateu numa rocha na descida e saiu do chão brevemente, voltando a descer com uma pancada. Quando parou, os guardas retiraram o corpo da garota e o jogaram no chão, ao lado do outro.

Eu estava horrorizado com o que acabara de acontecer, e meu coração batia forte por causa do medo. Era realmente possível proteger-se no interior do barril e sobreviver?

Mas a terceira mulher a ser "testada" ainda estava viva quando chegou ao sopé do morro. Quando dois dos alabardeiros levaram-na embora, pude ouvi-la soluçando e arfando. Certamente, estava machucada, mas, ao menos, sobrevivera. Então *era* possível...

Adriana virou o rosto para encarar Alice e a mim. O lábio inferior tremia e a coragem de antes subitamente a abandonara; ela parecia aterrorizada.

— Dá para sentir quando se está prestes a morrer? — indagou. — Porque é assim que me sinto agora — como se não tivesse muito tempo neste mundo...

— Meu mestre não acredita nessas cosias — disse a ela. — Ele não acha que alguém possa predizer a própria morte.

— Mas sinto tão forte. — Ela soluçou. — Sinto que virá em breve!

Inclinei-me para a frente e sussurrei em seu ouvido.

— Você vai ficar bem — tranquilizei-a. — Apenas proteja-se no barril como nos ensinou.

Antes que pudesse responder, os guardas vieram para buscá-la. Ela nos deu um sorriso nervoso; então, caminhou até o barril e engatinhou para dentro dele sem dizer uma palavra.

Rap! Tap!

Agora o barril estava indo morro abaixo. Foi uma descida suave, sem solavancos. Será que ela havia sobrevivido? Mais uma vez, ouviu-se um som de madeira partindo quando eles levantaram a tampa.

— Outra viva aqui! Esta é uma feiticeira, com certeza! — gritou Stanton.

Assim que Adriana rastejou para fora do barril, ela foi erguida até ficar de pé e outros dois guardas a levaram embora. Percebi que ela estava mancando, mas também havia sobrevivido à descida. Subitamente, eu me senti mais otimista. Mais tarde nos preocuparíamos com o buggane.

Alice me deu um sorriso breve quando eles a arrastaram. Parecia que eu ia ser o último a ser testado. Ela rastejou rapidamente para dentro do barril, a exemplo de Adriana. Assim que fecharam a tampa, colocou-se em posição.

Desta vez, a descida foi difícil, e o barril saltou duas vezes — no entanto, ao menos, não atingiu uma árvore. Quando chegou à base do morro, meu coração estava na minha boca. Será que Alice conseguira ficar na posição correta? O guarda que ficara por ali retirou a tampa, e aguardei, ansioso, que ela saísse dele. Em vez disso, fez-se uma pausa antes que ele a arrastasse para fora do barril.

— Outra morta! — gritou o comandante. — Rolem morro abaixo o pequeno feiticeiro. Vamos acabar logo com isso, que estou pronto para o café da manhã!

Senti um aperto na garganta e um soluço imenso se formou em meu peito. Mais abaixo, eles estavam colocando o corpo de Alice ao lado dos outros dois.

CAPÍTULO 7

SEM OS OSSOS DOS POLEGARES

Eu não podia acreditar que ela estava morta. Nós havíamos passado por tantas coisas juntos, sobrevivido a tantos perigos... Enquanto meus olhos se enchiam de lágrimas, os alabardeiros me agarraram e me forçaram a ficar de joelhos diante do barril aberto.

— Você entra aí, rapaz. Pare de choramingar e facilite as coisas para si mesmo!

Cego pelas lágrimas, comecei a engatinhar para dentro do barril, e as pontas me feriram dolorosamente as mãos e os joelhos. Nem bem entrei, a tampa foi pregada na parte de cima, lançando-me na escuridão.

Rap! Tap!

O barril começou a se mover e, bem a tempo, usei os cotovelos e os joelhos para apoiar meu corpo contra a curva na parte de dentro da madeira, conseguindo, de alguma maneira, encontrar espaço entre as pontas assassinas.

O barril começou a girar cada vez mais rápido, e a força que fazia me empurrava ainda mais sobre as pontas. Fui sacudido e quase lançado sobre as farpas. Então, diminuí a velocidade e, finalmente, parei. Não me movi até a tampa ser retirada, enchendo o interior do barril de luz.

Um rosto fixou os olhos em mim. Era o comandante Stanton.

— Temos outro vivo aqui! — gritou. Então, falou comigo em voz baixa, mas cheia de desprezo e ironia. — Saia daí, pequeno feiticeiro! Para você, é o buggane...

Rastejei para fora, e as pontas me feriram dolorosamente as mãos e os joelhos. De repente, ouvi uma pancada seca e um grito de dor. Quando me pus de pé, tremendo, Stanton girou, afastando-se de mim e estendendo a mão para a espada. Começou a desembainhá-la, mas então ouviu-se outra pancada e ele caiu de joelhos, com sangue escorrendo pela testa.

— Alice!

Ela estava de pé, na minha frente, segurando uma pedra com a mão esquerda. Ela a usara para derrubar Stanton e o guarda que restara. Uma mistura de emoções me invadiu em ondas: surpresa, alívio, felicidade e novamente medo...

Ouvi gritos vindos do cume do morro, ergui o olhar e vi alguns dos guardas se dirigindo para nós.

— Corra, Tom! — gritou Alice, jogando a pedra no chão e correndo entre as árvores.

Eu estava bem em seus calcanhares. Para começo de conversa, as árvores eram velhas, com grandes galhos espaçados. Olhei para trás e vi os vultos a menos de cem metros de nós. Atravessamos um córrego e caminhamos até a parte mais densa da floresta, onde as mudas ainda não haviam sido cortadas. Antes de entrarmos no bosque cerrado, olhei para trás novamente e, para minha satisfação, vi que nossos perseguidores não estavam por perto. Agora seria uma questão de maior resistência — ou, talvez, de alguma maneira, nós pudéssemos nos distanciar deles na mata densa.

Continuamos correndo por cinco minutos: galhos finos estalavam quando passávamos, e ramos mortos eram esmagados sob os nossos pés. Estávamos fazendo muito barulho, assim como aqueles que nos perseguiam, e eles pareciam ficar cada vez mais para trás.

De repente, Alice parou e apontou para a nossa esquerda. Ela se pôs de joelhos e começou a rastejar para dentro de um matagal ainda mais denso. Durante algum tempo, nós avançamos de quatro, obrigando-nos a fazer menos barulho quanto era possível. Então, aguardamos, prestando atenção nos alabardeiros. Ouvimos sons a distância, mas eles ficaram cada vez mais fracos e, finalmente, desapareceram. Alice estendeu a mão e pegou a minha.

— Desculpe, Tom. Eu lhe dei um susto?

— Pensei que você estava morta, Alice — disse, enchendo-me de emoção novamente. — Não sei como o guarda cometeu tal erro...

— Ele não cometeu um erro, não mesmo. Parei meu coração e a respiração. Fica fácil quando se sabe como. Lizzie costumava me obrigar a praticar — é muito útil ao falar com espíritos. No entanto, é perigoso. Algumas feiticeiras se esquecem de voltar a respirar e nunca acordam!

— Gostaria de ter sabido o que você pretendia fazer — disse, apertando a mão dela.

— Eu mesma não sabia, até entrar no barril. Nem bem me protegi, pensei nisso e fiz assim que o barril parou ao pé do morro. Melhor que ser levada para o buggane, não é? E, veja você, nós também pagamos um preço!

Sorri. Alice tinha razão: nós dois estávamos cobertos de cortes causados pelas pontas, e minha camisa e minha calça, bem como o vestido dela estavam em farrapos.

— Nós dois parecemos Mouldheels agora! — brinquei, baixando os olhos para os pés enlameados de Alice. O clã das feiticeiras Mouldheel era conhecido pelos pés descalços e as roupas esfarrapadas.

— Bem, Tom, você certamente sabe como fazer uma garota se sentir bem consigo mesma — disse, irônica. Abri a boca sem entender, mas ela me deu um sorriso brando e apertou novamente a minha mão.

— Pobre Adriana — prosseguiu ela, depois de um tempo. — Ela nos ensinou a sobreviver, mas isso não lhe serviu de nada. Sem dúvida, eles vão dá-la ao buggane agora.

Esperamos cerca de uma hora antes de deixarmos nosso esconderijo, depois seguimos para o sudeste, na direção do morro no qual o Caça-feitiço ficara nos esperando enquanto descíamos para Douglas. Só precisávamos torcer para que ele ainda estivesse lá.

Não tínhamos caminhado muito quando ouvimos cães latindo a distância.

— Parece que são cães farejadores! — falei.

Os animais pareciam estar se aproximando de nós, vindos do leste. Justamente quando acreditamos estar seguros, a perseguição recomeçara. Se fôssemos capturados, sem dúvida, levaríamos uma bela surra, depois do que Alice fizera, e antes de sermos levados para o buggane. Não poderíamos esperar muita compaixão.

Mais uma vez, começamos a correr; desta vez, porém, os sons de perseguição estavam se aproximando cada vez mais, por mais rápido que corrêssemos. Em determinado momento, olhei para trás e vi três homens ao longe; os cães, porém, estavam ganhando velocidade.

Eu estava sem o bastão e sem armas para enfrentar os cães. Em minutos, eles nos alcançariam e, sem dúvida, sentiríamos suas mordidas. Eles poderiam fazer um bocado de estrago antes de seus tratadores nos alcançarem.

Foi então que uma coisa despertou meu medo e o pânico, e me obrigou a fazer uma parada, sem fôlego. Alice deu meia-volta para olhar para mim e parou também.

— Está tudo bem, Alice! — falei, esforçando-me para fazer as palavras saírem da boca enquanto buscava ar, porque, finalmente, eu reconhecera os latidos. — São os cães de Bill Arkwright!

O latido rouco deles era característico, acompanhado por uivos ocasionais. E, em pouco tempo, o que eu havia dito foi confirmado. Eram Patas e os filhotes, Sangue e Ossos. Eles pularam para cima de mim e, instantes depois, estavam brigando para lamber meu rosto e as mãos.

Mas quem eram os três homens atrás deles? Deveria haver apenas um — o meu mestre...

Examinei-os com cuidado. Um deles era, de fato, o Caça-feitiço, percebi, e ele estava carregando as duas bolsas e os dois bastões. Conforme se aproximavam, reconheci o segundo como sendo o capitão Baines. Ele deve ter encontrado meu mestre e contado sobre nossa captura e o que enfrentáramos. Mas quem era o terceiro? Era um jovem de não mais que vinte anos, com cabelos louros e feições honestas e sinceras.

— Bem — disse o Caça-feitiço, quando finalmente nos alcançaram —, vocês certamente nos deram trabalho.

— Fomos perseguidos antes — falei. — Pensamos que eram outros homens do mesmo grupo do Torreão de Greeba...

— Como vocês escaparam? — indagou o capitão.

— Fomos testados nos barris, em Slieau Whallian. Nós nos protegemos dentro dele e conseguimos sobreviver inteiros. Então, Alice fingiu estar morta e derrubou os guardas com uma pedra.

Eu não podia contar ao Caça-feitiço que ela havia usado magia negra para parar o coração e a respiração; por isso, deixei essa parte de fora. Ele já estava zangado com o fato de que ela viera atrás de mim depois de ele proibi-la.

— Eles já empurraram você morro abaixo? — perguntou o homem de cabelos louros, falando pela primeira vez. Ele parecia agitado. — Não deviam fazer isso com o próximo grupo até o fim da noite!

— Eles fizeram mais cedo, pouco antes do amanhecer, para impedir que muitas pessoas viessem ver — disse a ele.

— E o que aconteceu às outras? Elas escaparam também? Havia uma garota chamada Adriana? — perguntou ele, ansioso.

Fiz que sim com a cabeça.

— Havia seis pessoas, ao todo. Adriana estava viva quando chegou à base do morro e foi levada junto com outra sobrevivente. Duas outras mulheres morreram nos barris.

— Então, cheguei tarde demais para salvá-la — resmungou ele. — Agora eles a levarão para o buggane no Torreão de Greeba...

— Este é o jovem Simon Sulby — explicou o capitão. — Estava a caminho para tentar resgatar a jovem amiga, quando os cães o farejaram e nossos trajetos se encontraram; por isso, pareceu mais sábio prosseguir em grupo. Infelizmente, parece que chegamos tarde demais.

— Irei até o torreão! — disse o jovem, com o rosto contorcido de desespero. — Tenho que *tentar* salvá-la...

— Não. Isso é loucura — disse o capitão Baines, agarrando-o pelo braço. — Não é uma boa ideia partir sozinho e sem armas.

— Sim, concordo — observou o Caça-feitiço. — Porém, nesse meio-tempo, todos podíamos ir até Greeba. Isso nos dará uma chance de pensar melhor. Também gostaria de lhes contar o que sei sobre os bugganes — talvez isso ajude. E aqui, rapaz, você pode levar estas coisas. Eu já as carreguei por aí durante tempo demais!

Dizendo isso, o Caça-feitiço me entregou as duas bolsas e o meu bastão; em seguida, depois de Alice calçar os sapatos, partimos para o Torreão de Greeba.

O caminho mais direto era seguir a trilha estreita que a carroça usara. Mas, para evitar nos encontrarmos com os alabardeiros, seguimos por um desvio. A região era íngreme, com montanhas a distância; os vales arborizados me lembravam o Condado. A jornada era agradável, mas ofuscada pela aflição de Simon Sulby; ele estava atormentado. Afinal, que esperança tinha de resgatar Adriana daquelas masmorras?

Ao anoitecer, paramos para pernoitar em um pequeno bosque acima do qual se elevava o Torreão de Greeba. Acendi a fogueira, e Alice pegou três coelhos e uma grande lebre. Enquanto os preparava, nós nos reunimos ao redor da fogueira e conversamos sobre o que acontecera, relatando mais detalhes.

— Então, uma feiticeira de verdade do Condado desembarcou por aqui? — perguntou o Caça-feitiço. — Uma ou mais delas?

O capitão Baines encolheu os ombros.

— Quem sabe? Mas havia dois homens mortos, e isso deu ao Conselho Governante a desculpa de que precisavam para autorizar os testes.

— E você diz que os ossos dos polegares foram retirados?

— Sim, e os dois pescadores estavam mortos e sem o sangue. As gargantas tinham sido cortadas.

— Isso *poderia* sugerir duas feiticeiras — disse o Caça-feitiço —, uma feiticeira de ossos e uma de sangue...

— Ou poderia ser Lizzie — interrompeu Alice, girando a lebre no espeto. — Ela usa magia do sangue *e* magia dos ossos. Ela também teve um familiar uma vez, mas foi morto. Talvez tivesse se desviado de Pendle depois de escapar da cova — e rumou para oeste na direção do litoral!

— É uma possibilidade, garota; por isso, devemos ficar atentos.

Pouco depois, estávamos jantando. Eu dividi a lebre com Alice, mas Simon fitou o coelho por um longo tempo, antes de afastá-lo.

— Coma, Simon. Ao menos, um pouco. Você precisa manter as forças — aconselhou o capitão Baines.

— Não — disse ele, pondo-se de pé. — Tenho que seguir até o torreão. Ao escurecer, o buggane entrará nas masmorras, e Adriana...

— Sente-se — disse o Caça-feitiço. — Ela não corre perigo hoje à noite — e talvez nem pelas próximas noites. Confie em mim; embora nunca tenha lidado diretamente com um buggane sei tanto sobre eles quanto qualquer um. Sem dúvida, ainda há coisas para se descobrir, mas sei que eles se concentram em uma vítima por vez e, em geral, retiram seu sangue durante muitos dias. Quantas prisioneiras já foram levadas para o torreão?

— Elas vêm sendo testadas há quase uma semana — respondeu Simon. — Pelo menos, sete ou oito foram retiradas com vida dos barris. Mas algumas podem ter morrido por causa dos ferimentos...

— Todas são refugiadas do Condado?

—Todas, menos Adriana. Não fosse o interesse de lorde Barrule por ela, ela estaria em segurança em casa.

— Bem, já tomei a minha decisão — disse o Caça-feitiço. — Precisamos ajudar aquelas pessoas. Eu sirvo ao Condado e a seus habitantes, no meu país ou fora dele. É meu dever.

— Então, vamos tentar resgatá-las das **masmorras**? — indaguei.

—Talvez possamos chegar a tempo, rapaz, embora, no momento, eu não veja como. Não. Vamos protegê-las das trevas de outra maneira. Não vamos para o torreão. Se a capela em ruínas é o local onde o buggane pode ser encontrado, é para lá que vamos!

Depois do jantar, nós nos sentamos ao redor do carvão em brasa da fogueira e continuamos a discutir sobre o que enfrentávamos. O sol já se pusera, e as estrelas começavam a aparecer acima de nossas cabeças. Não tinha vento, e a floresta estava muito tranquila. O som mais alto era a respiração ofegante dos cães.

— O buggane é muito perigoso? — indagou o capitão Baines.

— Bem, melhor vocês saberem a pior parte — respondeu o Caça-feitiço. — Pegue seu caderno, rapaz, e anote o que vou dizer. Tem algumas coisas que precisam ser acrescentadas ao Bestiário; por isso, você não sabe tudo. Isto é parte do seu treinamento...

Ele esperou enquanto eu tirava o vidrinho de tinta, a caneta e o caderno da minha bolsa; então, começou.

CAPÍTULO 8

A SABEDORIA POPULAR SOBRE O BUCCANE

-O buggane é um demônio que costuma se esconder perto de uma ruína — começou o Caçafeitiço —, mas pode andar uma grande distância desde este ponto central. É imune ao sal e ao ferro, o que o torna difícil de lidar, embora seja vulnerável a uma lâmina feita de liga de prata. Você tem que acertá-la bem no coração da criatura quando ela estiver totalmente materializada. A boa notícia é que nós, caça-feitiços, temos essa lâmina...

Para demonstrar, ele alcançou o bastão e pressionou-o o para que a lâmina emergisse com um clique.

— Como meu aprendiz já sabe, eles costumam se limitar a duas formas: um touro negro e um imenso homem peludo.

— Qual é a maior ameaça quando ele está na forma de um touro? — indaguei.

— Ele tem um mugido alto e o som usa a energia das trevas à disposição. Frequentemente, deixa as vítimas com tal medo que elas são incapazes de se mover. Então, ele ataca, chifrando e pisoteando qualquer coisa que esteja em seu caminho.

O Caça-feitiço ficou em silêncio, como se estivesse perdido em seus pensamentos. Depois de um tempo, eu o interroguei:

— E quanto ao homem peludo? Aqui eles o chamam de Triturador.

— É um bom nome, rapaz. O buggane assume essa forma para cavar seus túneis. As garras e os dentes afiados podem reduzir a fragmentos troncos e raízes de árvores que ele encontra no caminho. Estive puxando pela memória em busca de mais alguma informação... Por essa razão, o incêndio na biblioteca é uma perda tão terrível. Algumas coisas só estão em minha mente agora e, quando eu morrer, elas desaparecerão para sempre.

— Então, o senhor precisa escrevê-las novamente, sr. Gregory. O quanto antes — disse Alice para ele.

— Sim, você tem razão, garota — reconheceu o Caça-feitiço. — Assim que tiver oportunidade, farei isso mesmo. — Ele suspirou, então continuou a fitar o vazio ao puxar pela memória. — O buggane faz grande parte do trabalho fatal em sua forma invisível, espiritual...

— É pior que simplesmente morrer! — interrompeu Simon, com a voz carregada de emoção ao pensar no destino que aguardava Adriana. — O buggane suga a alma da vítima!

O Caça-feitiço balançou a cabeça.

— Não. Não é assim — embora a maior parte das pessoas acredite nisso. A alma sobrevive e perdura. O que o buggane suga é o *animus*, a força vital, o que é bem diferente. Ele se alimenta dá energia que dá resistência à mente e ao corpo; consome a vitalidade até ela morrer. A questão é que a mente morre primeiro, e por isso a pessoa parece um recipiente vazio.

Há magos, conhecidos como *xamãs*, que praticam o mesmo tipo de magia, que chamamos de *animismo*. Um buggane pode obter força de uma aliança com um xamã: em troca de sacrifícios humanos, ele destruirá um inimigo ou dividirá sua reserva de *animas* com o mago.

"E é isso que mais temo — que talvez não estejamos lidando somente com um buggane. Pode haver um xamã das trevas envolvido. Para falar a verdade, ao lidar com as trevas, testando e matando feiticeiras falsamente acusadas, as próprias trevas estão sendo usadas: ele está trabalhando não apenas com o buggane, mas também com um ab-humano. Então, diga-me, Simon, quando tudo isso começou?"

— Há bem mais de vinte e cinco anos, antes de eu nascer, uma feiticeira desembarcou no litoral ocidental em companhia daquele ab-humano que, na verdade, era filho dela. Ela foi dada ao buggane, e ele foi aprisionado e usado para caçar outras bruxas. Possíveis feiticeiras sempre foram testadas usando barris com pontas, mas as culpadas, antigamente, eram queimadas no poste. Eles sempre pegavam as estrangeiras — imigrantes que chegavam à praia e tentavam fazer daqui o seu lar. Adriana é uma das primeiras do nosso próprio povo a ser acusada...

Nesse momento, a voz de Simon falhou e ele engoliu um soluço. O Caça-feitiço aguardou com paciência que ele recobrasse a calma antes de continuar a fazer perguntas.

— Sei que é difícil, Simon, mas qualquer coisa que você possa me dizer nos dará a chance de lidar com sucesso com o que enfrentamos. Você disse "eles", mas quem está por trás de tudo isso? Quem é o responsável pelo que está acontecendo?

— O líder do Conselho Governante é lorde Barrule, do Torreão de Greeba, o mesmo que condenou Adriana. Foi sua decisão deixar o ab-humano viver e usá-lo para encontrar feiticeiras. Ele também disse que nada podia ser feito em relação ao buggane; no entanto, alimentá-lo com as feiticeiras em vez de queimá-las o deixaria quieto, e manteria nosso próprio povo mais seguro.

— Então *ele* podia muito bem ser o xamã das trevas — observou o Caça-feitiço. — Não poderia ser pior — um homem poderoso e influente. Mas se pudermos destruir o buggane, isso o enfraquecerá. Que tipo de homem é ele?

— "Cruel" é a palavra que melhor o resume — respondeu Simon. — Ele é um homem que gosta das coisas do jeito dele, e é um grande apostador. Ouve-se todo tipo de histórias a respeito de torneios de apostas no torreão. Com frequência, apostam em brigas de cães. Dizem que uma vez Barrule mandou buscar um urso para fazê-lo enfrentar um bando de lobos.

Todos ficamos em silêncio ao ouvir aquilo. Odeio crueldade com animais, e fiquei pensando em Patas e nos filhotes numa situação daquelas.

— Deve ser terrível quando o buggane se aproxima na forma espiritual — disse, por fim.

— Em um lugar aberto, a única esperança é sair dali o mais rápido que puder — disse o Caça-feitiço para mim. — Se você ficar preso perto de um deles, não haverá nenhuma chance, rapaz. Ele sussurra para as vítimas numa voz humana e sinistra até que elas vejam imagens na própria mente — quadros das piores coisas que experimentaram ou fizeram em suas vidas. O demônio é sádico — gosta de infligir dor — e força as pessoas a reviverem sem parar aqueles acontecimentos.

"Você ouve o sussurro dentro da sua cabeça. Algumas pessoas enlouqueceram e enfiaram palitos com pontas afiadas nos próprios ouvidos para ficarem surdas, mas isso não ajuda, pois o sussurro continua. Depois de alguns dias, a criatura drena toda a força vital. Ela armazena as *animas* das vítimas em um labirinto subterrâneo."

— O senhor se refere a um labirinto como aquele atrás do portão de prata, embaixo da catedral de Priestown?

— Não, rapaz. Este é muito diferente. O Flagelo foi amarrado ali, e aquele labirinto fora cavado pelo Povo Pequeno e ladeado por calçamento de pedras. Um buggane cava o próprio labirinto, que se entrelaça com as raízes das árvores. Ele controla as árvores e faz com que suas raízes se movam, algumas vezes, com consequências devastadoras para aqueles que estão por perto. A primeira vez que tentei lidar com o Flagelo, quando era jovem, amarrei uma bola de barbante ao portão de prata. Enquanto explorava os túneis, eu a desenrolava e a segui de volta mais uma vez. Mas não dá para fazer isso aqui: os túneis do buggane movem-se e modificam-se, algumas vezes, durante a noite. Também podem desmoronar, sufocando quem se aventurar dentro deles. Há um registro de um buggane que foi morto por um caça-feitiço bem ao sul do Condado. Cerca de três meses após a morte do demônio, os túneis desmoronaram, fazendo com que toda a área afundasse. Nunca se deve enfrentar um buggane em seu sistema de túneis — prosseguiu o Caça-feitiço —, por isso, a última coisa na qual deveríamos pensar é ir até o subterrâneo! Ele não pode ser visto durante o dia, mas arriscar-se próximo à capela após o anoitecer deve ser o suficiente para tentá-lo a vir para o ar livre. E é isso que pretendo fazer...

Dormi bem naquela noite, antes de ser acordado algumas horas antes do amanhecer para assumir meu turno de vigia. Pensei que os cães seriam suficientes para manter guarda, mas o Caça-feitiço não queria se arriscar. Disse que xamãs tinham um poder especial sobre os animais e, por mais bem-treinados que fossem, ele podia forçá-los a fazer o que ordenava.

Finalmente, o sol apareceu em meio às árvores a leste e, pouco depois, os pássaros estavam cantando e a floresta lentamente ganhava vida à nossa volta.

Não havia nenhuma sensação de perigo. Era difícil de acreditar que, a pouco mais de um quilômetro para o norte, entraríamos nos domínios do buggane. Tomamos um café da manhã tardio: alguns cogumelos que Alice, mais uma vez, providenciou. Era arriscado demais comprar comida numa taberna e, de qualquer forma, nem eu nem meu mestre comíamos muito. Estávamos prestes a começar um jejum, nossa preparação para enfrentar as trevas.

Mais tarde, nós quatro partimos para a capela. O capitão Baines deveria ficar para trás com os cães.

— Discrição é a chave para o sucesso aqui — disse meu mestre para o capitão —, e não quero esses animais em parte alguma nos arredores da ruína, caso um xamã esteja envolvido. No entanto, tenho certeza de que o buggane não representa uma ameaça durante as horas do dia. Por enquanto, vamos apenas observar, para estarmos mais bem preparados quando a noite cair.

No momento em que chegamos, nuvens de chuva se acumulavam do lado oeste, e a capela parecia ameaçadora sob a luz cinzenta. Ela ficava numa encosta, cercada em três lados por uma floresta que se estendia ao longo do declive. Todas as paredes estavam de pé, mas não havia telhado. A porta fora removida das dobradiças; por isso, entramos e fitamos as antigas paredes de pedra, que eram desenhadas com musgo e líquen.

— Alguns acreditam que o buggane assombra uma capela em ruínas para impedir que seja reconstruída — disse o Caça-feitiço —, embora não haja evidência disso. No entanto, muitas criaturas das trevas evitam locais nos quais as pessoas se reúnem para rezar. Alguns ogros movem as fundações das igrejas que estão sendo construídas, pois não suportam o som das orações. Mas o que me preocupa aqui é a extensão de seu território. Até onde ele vai?

— Lá está o torreão! — disse para Alice, apontando na direção da torre cinzenta pouco visível acima de uma floresta distante. Atrás dela, erguia-se a sinistra Montanha de Greeba.

Ela olhou para a montanha, mas não disse nada.

— Lá está — repetiu Simon em tom lúgubre. — As masmorras onde as vítimas do buggane são mantidas estão deste lado, mais ao sul do fosso...

— Se o território do buggane se estende tão longe em todas as direções, então, ele tem um domínio considerável — observou o Caça-feitiço. — Vamos dar uma caminhada naquela direção para conhecermos melhor a topografia da região.

Ele caminhou à frente rumo ao sul das ruínas da capela. Começamos a descer o morro, penetrando ainda mais a floresta, e o murmúrio de água corrente aumentava de volume a cada passo que dávamos. O solo estava encharcado, e nossas botas chapinhavam à medida que caminhávamos.

— Ali no vale deve ser o rio Greeba — disse o Caça-feitiço, parando de andar. — Já fomos longe o suficiente. Este terreno é perigoso — não é um local no qual vamos nos arriscar a entrar depois de escurecer. Se o buggane assume uma forma diferente, é provável que seja adequada a este ambiente pantanoso.

— Será que ele poderia assumir a forma de uma serpente do pântano? — perguntei. Serpentes do pântano são realmente assustadoras. Quando eu estava trabalhando com Bill Arkwright, tivemos que caçar uma que havia matado uma criança. Ela arrastara o garoto da cama e o comera. Tudo o que sobrara foram alguns farrapos salpicados de sangue da roupa com que dormia.

— É possível, rapaz, mas vamos torcer para que não. Serpentes do pântano são criaturas perigosas; algumas vezes, tão grandes quanto cavalos de carga. Adoram charcos e água, e se adaptariam muito bem a este lugar. — O Caça-feitiço virou-se para Simon. — Seus corpos são cobertos por escamas muito difíceis de penetrar com uma lâmina. Além disso, têm bocas poderosas e cheias de dentes afiados, e, quando estão em terra firme, cospem um veneno mortal, que é absorvido pela pele da vítima, resultando, de fato, numa morte muito desagradável...

Lembrei-me da serpente do pântano que finalmente encurralamos. Ela cuspira em Bill, mas, por sorte, o veneno fora parar nas botas dele. Examinei as árvores e a vegetação densa. Ela era tão densa que eu nem podia ver o rio. Alice e eu trocamos olhares, pensando a mesma coisa. O lugar nos dava uma sensação ruim.

Retornamos para a floresta, onde o capitão Baines nos aguardava com os cães. Pouco depois de escurecer, nós nos preparamos para voltar para a capela. Chovera forte, mas agora a lua tremeluzia intermitente através das nuvens esparsas, deslocadas pelo céu por um vento oeste que soprava com força.

— Bem, rapaz, vamos acabar logo com isso — disse o Caça-feitiço, entregando-me sua bolsa.

O capitão e Simon Sulby deveriam ficar com os cães. Imagino que o Caça-feitiço estivesse esperando que Alice fizesse a mesma coisa porque, primeiro, pareceu surpreso; em seguida, franziu a testa quando ela começou a nos seguir.

— Fique onde está, garota — ordenou ele. — Isto é ofício de caça-feitiço.

— Eu já fui bastante útil no passado — respondeu Alice.

Meu mestre nos fitou com expressão severa, um de cada vez, com os olhos cheios de desconfiança. Certamente, não sabia sobre o cântaro de sangue, mas eu podia ver que ele achava que alguma coisa estava errada.

— Não se desgrudam, não é? — indagou ele, franzindo a sobrancelha.

Sorri e encolhi os ombros. Balançando a cabeça, o Caça-feitiço partiu para a capela; nós dois seguimos atrás dele. Ainda estávamos a alguma distância das ruínas quando ele nos fez parar.

— Fique alerta agora, rapaz — disse em voz baixa.

Seguimos adiante, mas muito mais devagar e cautelosamente, e cada passo nos aproximava das paredes da capela. Por fim, estávamos parados próximos o suficiente para tocar as pedras úmidas.

— Acho que está próximo — disse o Caça-feitiço. — Posso sentir nos meus ossos.

Eu sabia que ele estava certo. Um calafrio descia pelas minhas costas, um aviso de que uma criatura das trevas se encontrava muito perto. O Caça-feitiço continuou a caminhar à nossa frente ao longo do muro, na direção das árvores.

Momentos depois, estávamos no meio delas, com uma brisa em nossos rostos e sombras pintalgando o solo brevemente cada vez que a lua emergia por detrás das nuvens. Déramos uma dúzia de passos quando meu mestre parou repentinamente. Havia dois homens parados entre as árvores a uns quarenta e cinco metros de nós. Um era um vulto semelhante a um espantalho, alto e magro, com uma veste escura e comprida; o outro era atarracado e corpulento, com uma cabeça grande e sem o pescoço visível.

A lua saiu novamente e os iluminou, mostrando o verdadeiro horror do que enfrentávamos. O homem alto tinha feições cruéis e severas, mas foi o outro vulto que encheu meu coração de medo e fez meus joelhos tremerem. Afinal, não era um homem de verdade. A criatura parecera atarracada porque estivera de quatro. Agora, de repente, ela se erguera muito ereta, revelando seu tamanho imenso. O rosto era peludo, bem como o restante do corpo, mas era mais parecido com pelo do que com cabelos humanos. Estávamos diante do buggane na forma de homem peludo: o Triturador. Seu companheiro deveria ser o xamã.

Nem bem esses pensamentos passaram pela minha mente, o buggane apoiou-se novamente nas quatro patas. A lua foi para trás de uma nuvem, lançando-nos na escuridão, e tudo que pude ver foi um par de olhos vermelhos cintilando. Então, ele rugiu em voz alta — um urro apavorante que fez o solo, além das árvores, tremer. O urro era tão terrível que fiquei paralisado, sem conseguir me mover.

Ouvi um clique quando o Caça-feitiço liberou a lâmina da ponta de seu bastão e começou a caminhar, decidido, na direção de nossos inimigos. Mas quando a lua saiu mais uma vez, vimos apenas o buggane à nossa frente. O xamã desaparecera.

Agora o demônio assumira a forma de um touro negro corpulento com imensos chifres, e os enormes cascos da frente batiam no solo com raiva, enquanto as narinas soltavam nuvens de vapor. Estava pronto para atacar.

Galopou na direção do Caça-feitiço, e os cascos batiam na terra. Meu mestre assumiu uma posição de defesa, segurando o bastão diagonalmente à frente do corpo. Comparado ao buggane, ele era pequeno e frágil, e certamente parecia prestes a ser ferido e pisoteado. Meu coração foi parar na boca. Fiquei imóvel lá, atemorizado. Meu mestre ia morrer.

CAPÍTULO 9

O ATAQUE DO BUGGANE

Tudo foi tão rápido que, primeiro, não percebi o que tinha acontecido. O demônio errou completamente o Caça-feitiço, que dera um passo para o lado no último minuto, atingindo-o com o bastão. Mas então, ao passar por ele, o buggane investiu com a imensa cabeça, acertando meu mestre com o chifre esquerdo e jogando-o para o lado. Ele bateu com força, depois rolou várias vezes, antes de parar.

Não se mexia mais. Será que estava morto? Se não estivesse agora, em breve estaria, pois o buggane não tomou conhecimento de Alice nem de mim e deu a volta, formando um círculo grande, enquanto abaixava a cabeça de modo que os chifres pontudos ficassem voltados para o vulto deitado do meu mestre. Meu coração bateu fora do ritmo. Ele ia atacá-lo mais uma vez.

Por um momento, não consegui me mover, mas então Alice deu um grito e começou a correr. Ela agitava os braços, tentando distrair o buggane para que ele a atacasse.

Ele parou e olhou para ela com os imensos olhos vermelhos e cruéis. Em seguida, avançou sobre ela!

De repente, eu estava novamente livre para me mexer. Deixei as bolsas no chão e corri na direção de Alice, tentando me colocar entre ela e a terrível criatura. Liberei a lâmina do meu bastão enquanto corria, gritando para distrair o animal.

— Aqui! — gritei. — Aqui! Sou eu que você quer!

Ele ignorou meus gritos, e meu coração foi parar na boca: ele estava em cima de Alice antes que eu pudesse ficar numa posição para defendê-la. Por um terrível momento, pensei que ele a tivesse pisoteado, mas eu a vi cair de joelhos e rolar bem a tempo.

O buggane deu meia-volta mais uma vez. De novo, bateu as patas no terreno e soltou ar quente pelas narinas. Desta vez, estava olhando para mim. Conseguira o que queria. Agora eu era o alvo!

Ele correu na minha direção, os olhos vermelhos fixos nos meus e os chifres pontudos prontos para me empalar. Mas eu me concentrei bastante, respirando fundo, tentando tornar mais lento o fluxo do tempo fora de mim. Era um dom que eu havia herdado de minha mãe — uma coisa que apenas recentemente eu descobrira que tinha. Eu o tinha usado para me defender da Ordeen — e ela dissera que eu tinha uma "velocidade que engana o passar do tempo".

Nesse caso, eu certamente não estava enganando o tempo. Não era um dom fácil de usar e eu estava longe de tê-lo inteiramente sob meu controle. Fiz o máximo que pude, mas se o tempo *realmente* ficava mais lento, não parecia incomodar ao demônio. Em poucos segundos, ele estava em cima de mim e, quando me desviei e caí sobre um dos joelhos, o chifre direito errou minha cabeça por menos de um centímetro.

Eu mal tivera tempo de voltar a ficar de pé, antes de ele tornar a me atacar. Desta vez, balançava a cabeça, girando os chifres de um lado para o outro. Mas eu já me antecipara, pulando para longe dele e acertando-o com o meu bastão. A lâmina fez um corte pouco abaixo da orelha, e a criatura mugiu de dor e pareceu cambalear um pouco, antes de dar meia-volta para atacar novamente.

A lâmina prateada o havia ferido. Se o demônio assumisse a forma de uma serpente do pântano, as escamas que o cobriam o tornariam difícil de matar, mas eu tinha uma oportunidade de enfiar a lâmina em seu coração e dar um fim a ele. Agora eu me sentia mais confiante e começava a me concentrar.

Concentre-se! Comprima o tempo. Torne-o mais lento. Faça-o parar!

Estava funcionando. O buggane realmente parecia estar diminuindo a velocidade. Antes, as pernas dele eram apenas um borrão, mas agora eu podia ver o movimento de cada uma delas. Quando ele se encontrava ao alcance do meu bastão, estava praticamente paralisado no tempo, sua respiração era uma nuvem imóvel, e os olhos vermelhos pareciam de vidro. Aproveitando a oportunidade, dei um passo para o lado e ergui o bastão, pronto a acertá-lo atrás do ombro, bem no coração. Estava quase totalmente imóvel agora. E eu quase havia feito, quase havia parado o tempo! Bastava empurrar a minha lâmina, e o demônio deixaria de existir. Empurrei-a para baixo, mas, para minha grande decepção, apenas atingi o ar vazio.

O buggane desaparecera!

O desaparecimento surpresa rompeu a minha concentração e eu deixei de controlar o tempo. Senti a brisa novamente no meu rosto, ouvi seu suspiro entre os galhos; a lua enviou sombras breves que tremeluziam sobre o solo, antes de serem obscurecidas mais uma vez pelas nuvens.

Fiquei parado ali, deixando minha respiração voltar ao normal, depois do esforço da luta. Será que a criatura voltaria a se materializar? Eu a atingira, mas não tão forte assim. Talvez ela tivesse percebido o que eu estava tentando fazer com o tempo; percebido a ameaça que eu representava. Será que voltaria — dessa vez, numa forma mais perigosa? Ou será que sussurraria para mim em sua forma espiritual e começaria a drenar o meu *animus*?

Lancei um olhar para o meu mestre. Ele não se movia. Será que estava muito machucado? Foi somente então que percebi que não havia sinal de Alice.

— Alice! Alice — chamei, mas sem resposta. O medo oprimia meu coração. Será que o xamã a havia capturado? — Alice! — gritei mais uma vez, com desespero na voz. A única resposta foi um gemido do Caça-feitiço; por isso, fui até ele para ver como estava.

Quando me ajoelhei a seu lado, ele se sentou com um grunhido de dor.

— Aqui, me ajude a ficar de pé, rapaz...

Depositei meu bastão no chão, coloquei um braço ao redor dele e o ajudei a se levantar.

— O senhor está muito machucado? — perguntei, ansioso. Não havia sinal de sangue, mas ele estava com uma palidez mortal.

— Felizmente, a ponta do chifre não me acertou, mas ele me deu uma pancada com força e me deixou inconsciente. Vou sobreviver; no entanto, a dor de cabeça e alguns poucos ferimentos me farão lembrar dele. O que aconteceu?

Contei-lhe sobre a luta com o buggane e sobre como ele havia desaparecido.

— Mas Alice desapareceu — prossegui. — Quando o senhor estava desmaiado, o buggane estava prestes a atacá-lo e ela o distraiu. Ela salvou a sua vida, e foi a última vez que a vi. Será que o xamã a pegou? Era o xamã perto do demônio, não era?

— Muito provavelmente, rapaz, sobretudo se ele desapareceu dessa maneira. Mas não se preocupe com a garota, pois ela pode tomar conta de si mesma. Se tiver algum juízo, manterá distância do buggane. E nós devemos manter também.

— Mas e se o xamã a der para o buggane?

O Caça-feitiço não respondeu, mas nós dois sabíamos que ele poderia muito bem fazer isso. Afinal, o ab-humano farejara Alice e encontrara as trevas dentro dela. Mas havia algo mais imediato que causava um medo terrível no meu coração. Agora ela estava longe da proteção do cântaro de sangue.

Apesar dos avisos do Caça-feitiço sobre os riscos, fiz questão de examinar o local, mas não encontrei nada e, por fim, fui obrigado a abandoná-lo.

Estava apavorado por causa de Alice — quando parti, atrás do meu mestre, formou-se um bolo na minha garganta. O Maligno poderia aparecer a qualquer momento e levar a cabo sua vingança. Poderia matar Alice e arrastar a alma dela para as trevas, para sempre.

De volta ao acampamento, não consegui dormir, torturado pelos temores que sentia por causa de Alice. Pensei que a aurora nunca chegaria, mas, finalmente, o dia raiou — um dia belo e claro, totalmente inadequado ao meu humor.

O dia começou mal. Nem bem eu estava de pé, percebi que os cães haviam desaparecido. Não havia sinal de Patas, Ossos e Sangue, e eles também não responderam ao meu chamado. Costumavam ser obedientes e não era comum saírem sozinhos por tanto tempo. Será que isso era obra do xamã?

Não tomamos café da manhã — apenas comemos um pedacinho de queijo. Todos estavam com um humor sombrio, e Simon Sulby, em particular, mostrava-se desesperado para fazer alguma coisa, pois sabia que, a cada dia que passava, aumentava o perigo para Adriana.

— Não posso simplesmente ficar sentado aqui! — disse, com a voz angustiada. — E se vocês voltarem a fracassar hoje à noite?

— Não posso garantir nada — respondeu o Caça-feitiço, visivelmente irritado —, mas vou lhe dizer uma coisa: se você sair por aí sozinho, em alguma tentativa tola de resgatar Adriana daquele torreão, haverá mais uma pessoa naquelas masmorras pronta para alimentar o buggane. E será você!

— Tenho pouca esperança de resgatar Adriana, mas tem outra coisa que posso fazer: ir até St. John's e apelar ao Tynwald.

— O Tynwald? — perguntei. — É o Conselho Governante da ilha?

Simon balançou a cabeça.

— Não. É o parlamento, um corpo eleito, mas eles indicam os membros do Conselho e têm o poder de rejeitá-los. Eles vão se encontrar em alguns dias em St. John's — a aldeia próxima à torre das feiticeiras, onde eles o aprisionaram. O Tynwald poderia ordenar que lorde Barrule libertasse Adriana.

— E eles dariam ouvidos a você?

— Eles vão ouvir, embora raramente interfiram depois que o Conselho é nomeado. Mas o que mais posso fazer? Os cidadãos têm direito de ser ouvidos pelo Tynwald. Adriana não é nem nunca foi uma feiticeira. Ela entende os pássaros — apenas isso. É um talento especial, que preocupa algumas pessoas. Por que as coisas têm que ser assim? Por que pessoas como Barrule tornam a vida tão difícil para as outras? Adriana e eu apenas queremos nos casar, ter filhos e ser felizes. É demais pedir isso? De uma coisa, tenho certeza: sem ela, minha vida acabaria; não poderia viver sem Adriana.

O Caça-feitiço balançou a cabeça com tristeza e ficou em silêncio por alguns instantes.

— Olhe — disse, finalmente —, dê-nos apenas mais uma noite. Se conseguirmos matar o buggane hoje à noite, ela vai estar fora de qualquer perigo imediato.

Simon não respondeu. Ele não parecia convencido.

— O senhor acredita que o xamã capturou Alice? — perguntei ao meu mestre. Eu estava triste por causa de Simon e preocupado com Adriana, mas a situação de Alice era o que mais me incomodava.

— Poderia muito bem ter capturado, rapaz. Ele poderia tê-la atraído, de alguma maneira, usando magia negra, mas não poderia tê-la levado embora. Veja, ele não estava aqui de verdade na noite passada. Por isso, pareceu desaparecer. Um xamã pode projetar o espírito para fora do corpo, e para aqueles como nós com o dom de vê-lo, parece que é ele. Os cães são uma questão diferente, porém: como eu havia dito, ele tem um poder especial sobre os animais. Bill Arkwright os treinou muito bem, e não é comum eles irem embora assim.

— Gostaria de ir até St. John's para comprar algumas provisões — interrompeu o capitão Baines —, e talvez conseguisse descobrir o que está acontecendo.

Ele saiu pouco depois disso e então, apesar de todas as nossas tentativas de convencê-lo do contrário, Simon também partiu para St. John's, planejando encontrar acomodação e elaborar seu apelo. Mas antes que saísse, desenhou um mapa para nós. Assinalou o Torreão de Greeba, a capela em ruínas e Douglas, e também incluiu a pequena cidade de Peel, na costa oeste da ilha, indicando o moinho no qual Adriana morava com os pais.

Eu o examinei com cuidado, memorizando-o.

Ao anoitecer, o capitão ainda não havia retornado, e nós começamos a ficar preocupados. O que poderia tê-lo atrasado?

Escondemos nossas bolsas da melhor maneira que pudemos para que fosse mais fácil enfrentar o buggane. Sal e ferro eram inúteis contra esse demônio, mas pegamos as correntes de prata, que talvez conseguissem amarrá-lo temporariamente, dando-nos a chance de usar as lâminas de liga de prata nos bastões para acabar com ele.

Conforme escurecia, começamos a andar novamente na direção da capela em ruínas. A noite anterior terminara muito mal, e eu não tinha confiança de que poderíamos nos sair melhor agora. O buggane era perigoso e tinha um aliado poderoso no xamã.

Não tínhamos ido muito longe quando ouvimos o latido dos cães a distância. Por um momento, temi que fossem os cães farejadores de novo, mas então relaxei. Eu não ia me enganar duas vezes.

— São os cães de Bill Arkwright — disse ao Caça-feitiço. — Eles estão voltando!

De repente, os cães começaram a uivar e latir ao longe, como se tivessem sentido o cheiro da presa.

— Sim, rapaz, mas não estão sozinhos! — gritou meu mestre.

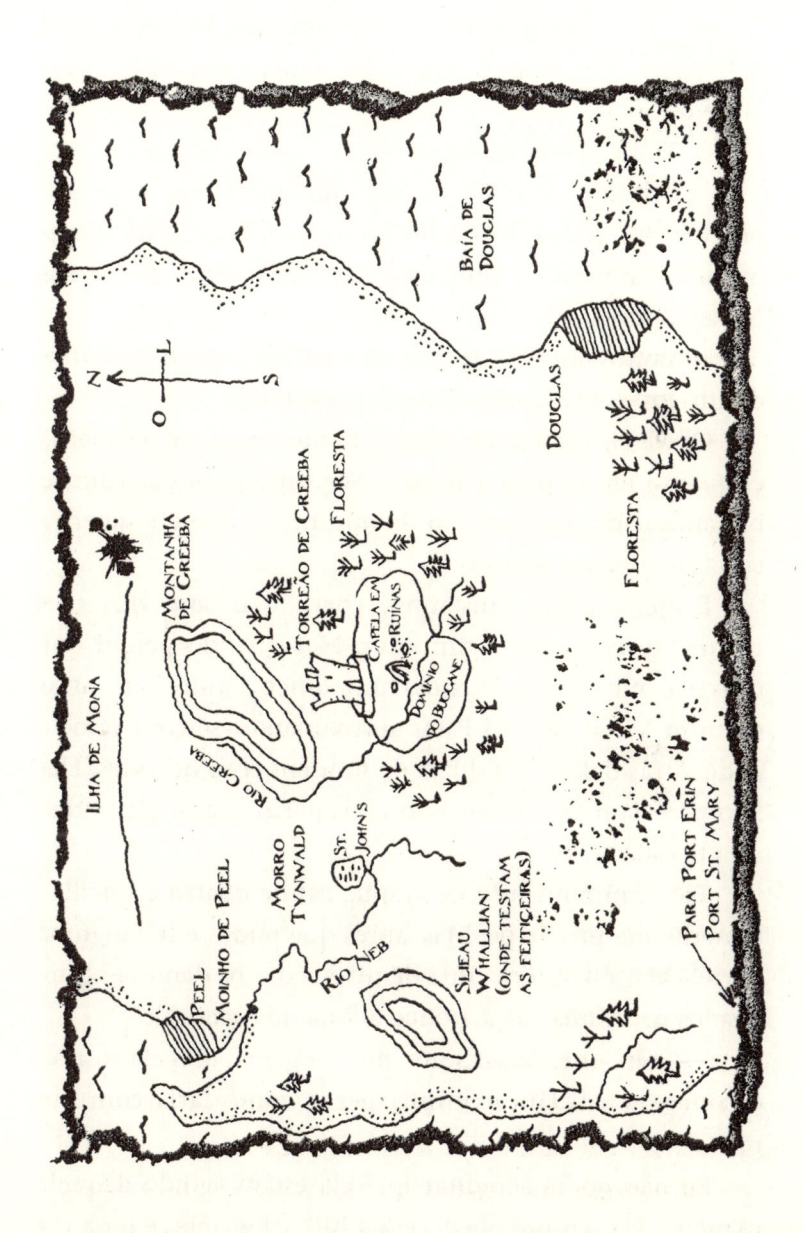

Os cães vinham correndo na nossa direção, e bem atrás deles havia um grande grupo de homens armados, talvez vinte ou mais.

— Trate de correr, rapaz!

Corremos o mais rápido que pudemos, e nossos pés voavam acima do capim comprido, mas, após alguns minutos, ainda não tínhamos nos distanciado de nossos perseguidores.

— Vamos nos dividir — gritou o Caça-feitiço. — Vamos dividi-los e, talvez, eles não nos capturem!

Obedeci, partindo rapidamente para a esquerda enquanto ele ia para a direita. Ser capturado era ruim o bastante para qualquer um de nós, mas o que ele sugerira certamente fazia sentido.

Durante alguns instantes, corri, e o som dos cães realmente começou a diminuir. Mas quando pensei que estivesse me afastando, ouvi um único latido bem atrás de mim. Virei-me e vi Patas aproximando-se com velocidade. Atrás dela, meia dúzia de homens com porretes. Eles não pareciam estar chegando mais perto, mas o cão certamente estava.

Tropecei num tufo de grama, caí de quatro e imediatamente me pus de pé. Mas, antes que pudesse ir a alguma parte, Patas estava em cima de mim, com os dentes enganchados na minha calça, pouco acima do tornozelo.

— Solte-me, Patas! Solte-me! — gritei, mas ela rosnou e começou a balançar minha perna como faria com um rato.

Eu não podia acreditar que ela estava agindo daquela maneira. Ela sempre obedecera a Bill Arkwright, e uma vez salvara minha vida quando eu fora capturado por Morwena, feiticeira da água. Depois da morte de Bill, eu a considerava como meu próprio cão. Como o xamã conseguira virá-la contra mim? Ela parecia um animal diferente.

Patas era um cão grande e forte, e o único meio de fazê-la me soltar era batendo nela com o meu bastão, embora talvez nem mesmo isso fosse suficiente. Ergui o braço, mas hesitei... não conseguia reunir forças para fazer isso. Então, foi tarde demais. O primeiro dos alabardeiros — um homem grande e robusto — estava em cima de mim.

Ele agitou o porrete na minha cabeça. Usei o bastão contra ele mais que contra o cão, e ele caiu aos meus pés com um grunhido. Derrubei um segundo atacante, mas depois fui cercado. O que aconteceu em seguida foi ruim. Patas rosnou e parou de morder a minha calça, passando para o tornozelo. Senti os dentes dela afundando. Meu choque com seu comportamento foi maior que a dor física. Então, uma pancada na cabeça me fez cair de joelhos e meu bastão ficou no solo. Os golpes desciam com força; alguém deu um pontapé na minha barriga e eu me dobrei por causa da dor, fazendo força para respirar.

Fui erguido com brutalidade, minhas mãos foram amarradas atrás das costas e eu marchei através da floresta. De vez em quando, alguém dava um chute nas minhas costas ou nas pernas. Isso era bastante ruim, mas logo a pedra cinzenta do torreão ergueu-se em meio às árvores. Eu sabia para onde eles estavam me levando: para as masmorras, para ser dado ao buggane.

O Torreão de Greeba tinha um fosso cheio de água escurecida, mas, ao contrário da ponte levadiça da Torre Malkin, esta fortificação tinha uma simples prancha de abordagem de madeira e uma porta corrediça entre duas pequenas guaritas que eram pouco mais altas que o muro externo. Fiquei parado ali, levando chutes e pancadas enquanto aguardávamos que ela fosse erguida.

Uma vez lá dentro, vi que as paredes encerravam uma área coberta com lajes, cheia de edifícios de pedra. A torre alta ficava bem no centro, protegida por outra porta corrediça. Dois alabardeiros, cada um deles equipado com uma tocha bruxuleante, arrastaram-me por baixo da resistente grade de metal; em seguida, descemos por alguns degraus íngremes em espiral até chegarmos às acomodações da guarda, onde meia dúzia de homens estava sentada comendo, enquanto os outros limpavam as botas ou poliam as armaduras.

Fui levado através da porta oposta a eles e desci mais alguns degraus na escuridão úmida. Finalmente, saímos num corredor estreito onde pingava água, com lama fofa na qual os nossos pés chapinhavam. A certa altura, vi a cascata de água descendo pela parede e imaginei que estávamos passando por baixo do fosso, direto para as masmorras profundas ao sul, no domínio do buggane. De vez em quando, outros corredores conduziam à direita ou esquerda.

Esperei ficar preso numa câmara semelhante à da torre das feiticeiras de Tynwald, junto com as outras prisioneiras, entre elas, Adriana, mas passamos direto por uma fileira de celas estreitas: não ouvi sons nem movimento; por isso, era impossível dizer se alguma delas estava ocupada. Um dos alabardeiros destrancou a porta de uma das celas na extremidade e, depois de cortar as cordas que atavam minhas mãos, jogou-me dentro dela. Assim que a porta de metal retiniu, fechando-se, mergulhei na escuridão total.

Esperei que os passos se extinguissem, e então enfiei a mão no bolso, procurando meu estojinho para fazer fogo e o toco de vela. Eu sempre os trazia comigo porque o ofício de caça-feitiço significava, com frequência, trabalhar depois do anoitecer ou em câmaras subterrâneas. Também dei uma olhada no cântaro de sangue, aliviado por descobrir que ele ainda estava em segurança. Mas, pobre Alice — ela estava longe de sua proteção. Eu mal podia pensar no risco que ela enfrentava por causa do Maligno.

Fiquei surpreso por não ser revistado e ainda tinha a minha corrente de prata — não que ela fosse útil contra o buggane na forma espiritual, se ele viesse drenar a vida do meu corpo.

Consegui acender a vela, mas a cela subterrânea mostrou ser pior do que eu imaginara. Não tinha nem palha sobre a qual deitar. E também havia uma coisa estranha: três das paredes eram feitas de pedra úmida, mas a quarta, apenas de terra — de subsolo compactado. Minhas mãos começaram a tremer, fazendo a vela bruxulear — porque, bem lá embaixo, no centro da parede de terra batida, estava a entrada escura de um túnel.

Era um dos túneis do buggane? Abaixei-me e olhei dentro dele. A parte de trás ainda estava imersa parcialmente na sombra, mas parecia chegar a um beco sem saída a menos de cinco metros adiante. Será que alguém tentara cavar um túnel para fugir e fora descoberto? Nesse caso, por que os guardas não o cobriram de novo?

Eu não tinha outra saída da cela; o outro item no meu bolso se mostrou útil: era a minha chave especial. Fora feita por Andrew, irmão do Caça-feitiço, e podia abrir a maioria das fechaduras. Não que eu estivesse com pressa de usá-la. Provavelmente, poderia sair da cela com facilidade, mas, então, havia uma porta corrediça interna e uma externa controlando o acesso ao torreão. Os mecanismos para elevá-las deviam ser vigiados; por isso, fugir do torreão parecia fora de questão.

Sem dúvida, havia outras celas próximas, e uma delas poderia ser a de Adriana. Se pegassem o Caça-feitiço, poderiam trazê-lo para cá também, mas eu provavelmente os ouviria no corredor, do lado de fora; portanto, era melhor esperar para ver o que ia acontecer. Se muitos de nós trabalhassem juntos, teríamos uma melhor chance de sair dali.

Esperei por um longo tempo, mas não ouvi nada. Sem dúvida, se tivessem pegado o Caça-feitiço, ele já teria sido trazido para cá a essa hora. E se tivesse conseguido escapar? Finalmente, soprei a vela para guardá-la para um uso futuro; em seguida, aninhei-me sobre o chão de terra batida e tentei dormir. Estava frio e úmido e logo comecei a tremer. Eu estava todo dolorido e coberto de machucados

porque tinha apanhado. Alice não estava perto para propor-
cionar alívio para a minha dor com suas ervas — somente
o tempo me curaria.

Muitas vezes, cochilei e despertei com um movimento.
Mas da última vez que acordei, não fora por causa do frio
nem do incômodo.

Eu podia ouvir o barulho de terra caindo no chão.
Alguém ou alguma coisa estava saindo do túnel...

CAPÍTULO 10

UM ADVERSÁRIO PERICOSO

Abri o estojinho para fazer fogo e, apesar das minhas mãos trêmulas, consegui acender o toco de vela. Olhei, apavorado, para a parede de terra batida. Uma cabeça, braços e tronco peludos podiam ser vistos na entrada do túnel, e a criatura estava olhando diretamente para mim.

Meus piores temores se concretizaram: era o buggane, mais uma vez, na forma do Triturador. O demônio era atarracado e corpulento, praticamente não tinha pescoço, e os membros dianteiros terminavam em garras largas com um formato bem adequado para escavar. O corpo imenso estava coberto de pelos negros que brilhavam à luz da vela como se estivesse coberto de óleo. Ao vê-lo de perto, a coisa mais impressionante era seu rosto. Tinha os olhos grandes e bem apertados de um predador cruel, mas quando ele os virou para a vela, as pálpebras se estreitaram. Fora nesta forma que o buggane criara e agora habitava um labirinto de túneis escuros. Será que a luz o incomodava?

A criatura tinha um focinho úmido e viscoso, que se movia sem parar e do qual escorriam gotas de líquido, que respingavam no solo; de repente, emitiu um rosnado baixo e abriu a boca, revelando dentes que pareciam capazes de arrancar um braço, uma perna ou até uma cabeça. Tinha uma fileira dupla de dentes: os da frente eram afiados e triangulares, feito os dentes de uma serra; os de trás eram largos, feito os dentes humanos, mas muito maiores; eram molares preparados para triturar e mastigar. Não era de admirar que o chamassem de Triturador.

Mas por que ele estava me visitando dessa maneira? Não deveria se aproximar na forma espiritual e sussurrar, enquanto drenava minha essência vital? Enfiei a mão esquerda no bolso e preparei a corrente de prata. Fiquei me perguntando se a corrente o prenderia e, nesse caso, por quanto tempo? Meu bastão fora retirado pelas pessoas que me mantinham preso. Eu não tinha nada comigo que pudesse matá-lo.

O buggane se arrastou para dentro da cela e se aproximou de mim com as quatro patas, respirando pesado como um cão. Talvez tivesse duas vezes o tamanho de um homem adulto. Como ele coubera nos túneis? Agora eu via que seu pelo brilhava com gotas d'água. Por sorte, ele não se aproximou muito, mas eu podia sentir o fedor de seu hálito, o que me deixava enjoado. Enquanto me esforçava para não vomitar o que havia em meu estômago, ele começou a se deslocar num círculo ao meu redor, devagar, ainda apoiado nas quatro patas; ao fazer isso, a respiração rápida deu início a fungadas deliberadas. Será que ele estava prestes a me atacar? Então, o que estava esperando? Ou era como as feiticeiras, que davam breves fungadelas, tentando descobrir algo a meu respeito?

Girei lentamente nos calcanhares, para que eu sempre estivesse posicionado de frente para ele. Mas o buggane dava a volta, de modo ameaçador. A vela bruxuleava na minha mão trêmula e, a certa altura, sem intenção, balancei a chama na direção da criatura. Ele pareceu se encolher, e seus olhos se estreitaram de novo — ou seria a minha imaginação?

Muitos habitantes das trevas temiam e, ao mesmo tempo, evitavam a luz do dia, mas não costumavam se incomodar com a luz de uma fogueira ou de uma vela. Em sua forma atual, o buggane certamente se incomodava com a luz da vela. Mas como ele lidaria com o fogo? Será que uma tocha constituía uma ameaça real para ele? Tentei mover a vela na direção de seu rosto, mas ele recuou, soltando um rosnado ameaçador, tão grave, que parecia vir do fundo de sua barriga. Em seguida, arreganhou os dentes afiados e, no mesmo instante, desloquei a vela para trás.

— Eu não faria isso, se fosse você! — avisou uma voz cavernosa, vindo da entrada do túnel. — Uma mordida, e ele teria arrancado seu braço. Ou, talvez, a sua cabeça, o que seria um bocado e tanto.

Era o ab-humano, Chifrudo; ele me fitava e balançava a cabeça.

Voltei a olhar para o buggane. Depois de dar uma volta completa, agora ele certamente planejava me atacar. Fiquei esperando, tenso, com a boca seca de tanto medo e a mão esquerda segurando a corrente de prata. No entanto, para minha surpresa, a criatura rastejou de volta para a parede de terra batida. Ficou parada ao lado de Chifrudo, que começou a fazer um afago em sua testa; em seguida, murmurou algo em seu ouvido antes de se afastar. O demônio espremeu o corpo volumoso dentro do túnel. Por um tempo, consegui ouvir a criatura se arrastando e grunhindo conforme ia abrindo caminho túnel adentro. Em seguida, os sons se extinguiram completamente.

Chifrudo continuava olhando para mim.

— Ele quer você, garoto. Sabe o que você é — o sétimo filho de um sétimo filho. Gosta do cheiro de seu sangue e adoraria comer sua carne e triturar seus ossos. Poucas vezes eu o vi tão ansioso!

Então, ele se virou e acompanhou o buggane para dentro do túnel. Esperei até o barulho diminuir e transformar-se em silêncio absoluto. Foi então que fiquei de pé e me aproximei da entrada do túnel. Ergui a vela e olhei para dentro dele. Parecia não ter saída. Então, aonde o buggane e Chifrudo tinham ido? Será que a criatura fechara o túnel atrás deles? Parecia impossível — eu estava fitando o que parecia ser terra sólida.

Eu continuava nervoso, mas curioso. Ouvi com atenção. Não havia o menor ruído. Será que a criatura estava esperando por mim nas trevas, em algum lugar à minha frente?

O bom senso me dizia que, se ele quisesse me fazer mal, poderia facilmente ter feito na cela. Por isso, segurando a vela na mão direita, rastejei com pressa túnel adentro e comecei a engatinhar. Assim que cheguei ao que, olhando da cela, parecia ser um beco sem saída, vi que o túnel dobrava em noventa graus à minha esquerda. Seguia paralelo às outras celas, e era para isso que serviam as paredes de terra batida — para que o buggane pudesse alcançar as vítimas em sua forma física. Sem dúvida, cada cela tinha um túnel pequeno que a ligava até aquele túnel.

Então, ele serviria para escapar? Para a maior parte das pessoas, não. Elas deviam ficar apavoradas depois da visita do buggane e não sonhariam em se arriscar em seu interior. Mas seria uma saída para mim? Eu era o aprendiz de um caça-feitiço e já tinha estado antes em algumas situações assustadoras. Meu instinto como caça-feitiço em treinamento era seguir o túnel. Fazia parte do meu trabalho. Então, recordei o aviso de meu mestre sobre o labirinto que o buggane construíra entre as raízes das árvores. Elas se moviam e mudavam de posição e, algumas vezes, desmoronavam sem aviso. Este pensamento me encheu de pânico. E se o túnel desmoronasse agora? E se eu me perdesse no labirinto ou, de repente, ficasse cara a cara com o buggane ou Chifrudo?

Não, eu ainda não estava preparado para enfrentar um risco daquele. Então, lentamente, voltei pelo mesmo caminho e, pouco depois, estava sentado novamente no chão da cela.

Apaguei a vela com um sopro e tentei dormir mais uma vez. Desta vez, foi mais difícil. Eu estava finalmente cochilando, quando ouvi passos se aproximando ao longo do corredor. Será que tinham capturado o Caça-feitiço? Mas, então, a chave girou na fechadura, e dois alabardeiros fortes, trazendo tochas, entraram na minha cela.

— De pé, garoto! — ordenou um dos homens. — Vamos levar você para a sala comprida.

O outro homem foi até a entrada do túnel.

— Ora, ora, o que temos aqui? — observou, olhando para o solo revolvido no chão da cela. — Parece que você teve uma visita faminta! Ele gosta de dar uma boa olhada em cada uma das vítimas, primeiro, mas, amanhã à noite, ele voltará para começar o trabalho de verdade, pode apostar!

Levaram-me de volta à passagem com as celas à nossa direita. Mais uma vez, não se ouvia som algum vindo delas. Será que estavam vazias? Fiquei me perguntando o que acontecera à Adriana. Onde ela estava sendo mantida? Será que o buggane já começara a devorar a garota? Estremeci ao pensar nisso. A pobrezinha não merecia. Ninguém deveria sofrer tal destino. Mas, então, em vez de caminharmos até os degraus, viramos à esquerda e mais uma vez à esquerda, na direção de um corredor com calçamento de lajes, muito mais amplo e iluminado por tochas presas na parede. Parecia que ainda estávamos ao sul do fosso, no território do buggane.

Eu conseguia ouvir os cães latindo mais ao longe, e o som aumentava conforme nos aproximávamos de uma porta no fim do corredor; então, fui empurrado para dentro de uma imensa câmara retangular. Havia dezenas de tochas nas paredes e eu conseguia ver claramente o que estava acontecendo ali. Cerca de duas dúzias de homens sentavam-se em fardos de palha próximos à parede do lado direito; outros cinco ou seis alabardeiros armados estavam parados ali por perto. Na entrada, o comandante Stanton, lançando um olhar severo na minha direção. Ele tinha um curativo em volta da cabeça, um sinal claro do estrago que a pedra jogada por Alice tinha feito em sua cabeça. No outro extremo, apoiada contra uma parede de terra batida, encontrava-se uma imensa cadeira de madeira entalhada e, nela, o vulto esquálido de lorde Barrule, o xamã, que presidia os eventos. Atrás dele, do lado esquerdo, via-se a entrada de um túnel escuro, de tamanho semelhante ao que havia na minha cela.

Grandes jaulas de ferro estavam alinhadas na parede do lado esquerdo; contei catorze. No interior de cada uma delas, exceto a última, havia um cão. Eram muitas as raças, mas todos os animais eram grandes e ferozes. Meus olhos percorreram a fileira. Eu sabia o que veria, mas ainda assim foi um choque ver Patas, Sangue e Ossos ali. Senti meu estômago revirar.

No meio do aposento, havia um imenso espaço vazio, e o chão era coberto com serragem, onde se viam pingos de sangue fresco. Não restava dúvida de que estavam pondo os cães para lutar ali. Vi o dinheiro passando de mão em mão: os homens faziam apostas com o resultado de cada luta.

Lorde Barrule ficou de pé e ergueu as mãos bem no alto. Ao fazer isso, o tumulto de latidos cessou e, exceto por um gemido baixinho aqui e ali, todos os cães ficaram em silêncio.

Enquanto eu observava horrorizado a cena, duas das jaulas foram abertas e os cães, arrastados para o centro da câmara pelas coleiras de couro. Eles eram forçados a se encarar, os focinhos quase se tocando. Embora fossem cães grandes e muito fortes, pareciam tímidos e assustados. Os tratadores os deixaram ali e voltaram para a entrada, onde ficaram parados. De repente, o xamã abaixou as mãos e bateu palmas bem alto três vezes. Na terceira vez, os cães imediatamente passaram de tímidos a agressivos e atacaram com selvageria.

A luta foi rápida e furiosa: eles feriram um ao outro com os dentes, e o sangue começou a escorrer em questão de segundos. Foi cruel e horrível, e eu mal podia olhar; por isso, baixei os olhos para o chão. Infelizmente, meus ouvidos ainda estavam atentos o suficiente para o que estava acontecendo. A certa altura, um dos cães soltou um grito agudo e, então, ficou em silêncio. Os aplausos irromperam, além de alguns gritos e xingamentos decepcionados de quem tinha perdido. Quando ergui os olhos, o cão vencedor estava sendo levado de volta para a jaula, e o animal que perdera estava deitado de lado, com a garganta cortada, enquanto sangue fresco empapava a serragem.

Fui forçado a testemunhar três outras lutas e, a cada vez, ficava com mais medo de que um dos cães de Bill Arkwright pudesse ser arrastado para a luta. E se dois deles tivessem que lutar um com o outro? Não tenho dúvidas de que o xamã tinha o poder de fazê-los matar a própria família.

No entanto, para meu alívio, a luta finalmente foi interrompida durante a noite e os apostadores se puseram de pé e começaram a partir. Fui arrastado, de costas, de volta à cela e deixado, mais uma vez, no escuro. Por que eu fora levado para ver aquela crueldade?, eu queria saber. Tinha sido por mero sadismo, por um desejo de me fazer sofrer na expectativa do que aconteceria com Patas, Sangue e Ossos? Não demorou muito para que a minha pergunta fosse respondida...

Vi um brilho na escuridão, no túnel; uma luminosidade no ar. Eu me pus de pé, alarmado. Seria o buggane em sua forma espiritual? Mas o brilho rapidamente transformou-se num vulto sólido, assumindo uma forma que reconheci: uma figura alta e esquelética, com uma expressão cruel e vestes escuras. Era o xamã, lorde Barrule. Mesmo estando em outra parte do Torreão de Greeba, ele projetava seu espírito na minha cela.

— Sem dúvida, o buggane quer você, garoto — disse a aparição. — Ele gostou do que farejou, mas as coisas não têm que ser assim. Você gostou do que viu hoje à noite?

Balancei a cabeça.

— Poderia ter sido muito pior. Eu podia ter feito seus próprios cachorros lutarem uns contra os outros. A mãe contra os filhotes, talvez. Isso ainda pode ser providenciado...

Não respondi. Poucas vezes vira tanta vilania e crueldade num rosto. Aquele homem era capaz de qualquer coisa.

— Eu pouparia seus cães, se você estivesse disposto a colocar a própria vida em risco. Você viu meus amigos apostadores — eu gostaria de lhes oferecer uma diversão especial amanhã à noite: um aprendiz de caça-feitiço em combate com uma feiticeira. Quem sairia vitorioso? O resultado é incerto o bastante para tornar o combate interessante, embora a vantagem evidentemente seja da bruxa. Mas você está livre para usar as armas de seu ofício. Deixei você ficar com a corrente de prata e vou lhe devolver o bastão. Derrote a feiticeira, e poderá partir. E até levar os cães com você. Mas, se perder, vou fazê-los lutar até a morte!

— Você quer que eu enfrente Adriana? — perguntei. Não podia acreditar que estivesse me pedindo isso.

— Não, rapaz idiota! Não estou falando daquela garota tola. Tenho outros planos para ela! Você vai enfrentar um adversário muito mais perigoso — alguém da sua própria região. Estou falando de Lizzie, a feiticeira de ossos!

CAPÍTULO 11

A FEITICEIRA DE ESTIMAÇÃO

—Lizzie Ossuda está aqui? — perguntei, alarmado.

— Ela é minha prisioneira, garoto. E, em breve, estará morta — desde que você tenha habilidade e coragem para dar cabo dela! O que me diz?

Não respondi. Será que era um truque ou uma chance real de liberdade?

— Claro, se você perder, vai me entregar sua própria vida. Fiz a mesma promessa à bruxa. E também vou deixá-la levar embora a feiticeira de estimação; se perder, a feiticeira de estimação morrerá com ela. Então, pense bem. Não me deixe esperando!

—A feiticeira de estimação?

— A outra bruxa. A que é controlada por ela. Sem dúvida, elas vieram juntas por mar. E, juntas, cortaram as gargantas dos pobres pescadores. Por isso, as duas merecem morrer. Vou apostar meu dinheiro em você. Gosto de apostar em vencedores improváveis...

Será que eu tinha outra escolha? Fiz um sim imperceptível com a cabeça, dizendo que aceitava a proposta dele. Imediatamente, a imagem do xamã começou a desvanecer, enquanto ele levava seu espírito de volta para o corpo.

No dia seguinte, deram-me muita comida. A primeira refeição foi um prato quente de cordeiro com batatas assadas e cenouras.

— Coma tudo, garoto! Meu mestre quer que você esteja preparado para a luta! — provocou o guarda que me entregou a refeição. — E você vai precisar de cada grama de força para enfrentar o que ele planejou!

O guarda e seu acompanhante saíram, rindo como se tivessem feito uma piada particular, e voltaram pouco mais de seis horas depois com um delicioso ensopado de veado. Comi pouco, apesar de praticamente não ter comido no dia anterior e de estar com muita fome. Eu precisava me preparar para enfrentar as trevas — embora também soubesse que precisaria de toda a minha velocidade e força para derrotar Lizzie: seria um teste difícil. Eu poderia usar o meu bastão e a corrente contra ela, mas, sem dúvida, ela também teria as próprias armas, pois uma feiticeira de ossos como Lizzie conhecia bem o uso de facas. E se ela vencesse, ficaria com os meus ossos...

E quem era a outra feiticeira, a "feiticeira de estimação", que ela trouxera do Condado para cá? Ela era uma criatura completamente desconhecida — provavelmente, uma jovem feiticeira que Lizzie tomara sob seus cuidados para treinar. Talvez fosse uma das feiticeiras que ela libertara da cova no jardim do Caça-feitiço. Devia ser perigosa também — mais uma serva das trevas para eu me preocupar.

Eu tinha muito tempo para pensar. E, acima de qualquer coisa, estava preocupado com Alice. O que tinha acontecido com ela? Tirei o cântaro de sangue do bolso e segurei-o na palma da mão direita durante algum tempo. Quanto tempo levaria até o Maligno perceber que ela não estava mais protegida? Eu não suportaria se algo acontecesse a Alice.

E havia meu mestre também. Será que ele conseguira escapar? Nesse caso, ele estaria planejando o meu resgate. Parecia inútil — provavelmente, ele também fora aprisionado. Será que eu conseguiria escapar do Torreão de Greeba antes disso acontecer? Será que o xamã realmente me deixaria partir, se eu derrotasse Lizzie? Será que honraria a promessa?

E havia a pobre Adriana também. O que o xamã queria dizer ao mencionar que tinha "outros planos para ela"? Como eu poderia abandoná-la?

Minhas especulações infrutíferas foram interrompidas pela chegada dos guardas, e, desta vez, eles me levariam para enfrentar Lizzie. Quando entramos na sala comprida, percebi que havia muito mais homens sentados em fardos de palha. Muitos também estavam de pé, e o dinheiro passava de mão em mão, mas todos se calaram quando fui arrastado, e me observavam e examinavam em silêncio.

Os cães estavam nas jaulas encostadas na parede esquerda do aposento, e, para meu alívio, Patas, Sangue e Ossos ainda se encontravam entre eles. Será que o xamã realmente me deixaria levá-los comigo, se eu fosse o vitorioso? De qualquer forma, eu não tinha outra escolha, a não ser lutar. Se não fizesse nada, Lizzie rapidamente daria cabo de mim.

Foi então que meus olhos pousaram sobre a jaula mais distante, a mais próxima à entrada do túnel do buggane. No dia anterior, ela estivera vazia, e agora alguma coisa estava lá — mas não era um cão. À primeira vista, parecia um monte de trapos sujos. Em seguida, porém, meus olhos distinguiram um vulto curvado feito uma bola, com as mãos segurando os tornozelos e a cabeça apoiada nos joelhos.

Lorde Barrule pôs-se de pé e caminhou sobre a serragem na minha direção.

— Está pronto, garoto? — perguntou. — Tenho que lhe dizer que grande parte do dinheiro dos sensatos foi apostado na feiticeira. Todos nós vimos do que ela é capaz quando a capturamos. Cinco de meus homens morreram; outros dois perderam o juízo. Portanto, tentamos lhe dar uma chance de lutar. Fizemos a mesma coisa com ela e com a feiticeira de estimação. Venha ver...

Ele começou a andar até a jaula mais distante, enquanto os guardas me puxavam atrás dele. Parou lá e apontou para o monte de trapos sobre a palha imunda. Vi os sapatos de bico fino antes mesmo que ela levantasse a cabeça.

Era Alice; ao vê-la, senti um bolo na minha garganta por causa da emoção. Ela olhou para mim, os olhos cheios de lágrimas, e sua expressão era de dor e impotência. Eles haviam costurado sua boca com barbante fino marrom.

Os lábios estavam bem apertados para que ela não pudesse falar.

— Eu fiz o mesmo com a senhora dela. A feiticeira não pode mais proferir feitiços, garoto! Mas, sem dúvida, Lizzie ainda conseguirá fazer alguma coisa...

Neste momento, se eu estivesse com meu bastão nas mãos, teria enfiado a lâmina de liga de prata no coração dele, sem hesitar nem um segundo. Estava furioso com o que eles tinham feito a Alice. Mas, depois, o desespero tomou conta de mim: se eu fosse o vitorioso e o xamã mantivesse sua promessa, eu estaria livre para levar os cães comigo; mas Lizzie morreria, e Alice também. De um jeito ou de outro, eu perderia.

Ainda assim, pelo menos, eu sabia que ela não tinha sido capturada pelo Maligno nem arrastada para as trevas. As coisas pareciam sombrias, mas, como meu pai costumava dizer: "enquanto há vida, há esperança".

— Muito bem! Vamos começar! — gritou lorde Barrule, e, enquanto ele voltava para seu assento, os guardas me arrastaram para o centro da imensa câmara. Uma dúzia de alabardeiros entrou, segurando compridas alabardas, e formou um círculo amplo à minha volta; depois, cada um deles se ajoelhou sobre um dos joelhos, encarando-me, de modo que os apostadores atrás de mim ainda tivessem uma visão clara. Suas lanças apontavam para dentro e era evidente que o objetivo deles era assinalar os limites da arena e evitar alguma fuga ou retirada da competição.

Lorde Barrule pôs-se de pé e ergueu as mãos, e ouvi uma comoção vindo da porta; a mesma porta pela qual eu havia entrado. Lizzie Ossuda foi trazida para a sala, esperneando e lutando — foram precisos quatro homens para controlá-la.

Dois dos guardas com alabardas se afastaram para o lado para permitir que o grupo entrasse no círculo, e ela foi obrigada a me encarar. Era a Lizzie da qual eu me lembrava — praticamente a imagem cuspida de Alice, porém, mais velha, com trinta e tantos anos, talvez, e olhos astutos e uma expressão zombeteira. Seus lábios também foram costurados, como os de Alice. Assim que me viu, a feiticeira parou de lutar, e uma expressão estranha e dissimulada surgiu em seus olhos; uma expressão de quem estava planejando alguma coisa.

Alguém atrás de mim empurrou meu bastão para a mão esquerda. Imediatamente, eu o transferi para a mão direita, tateando o bolso esquerdo da capa para ter certeza de que a corrente de prata estava lá. Isso me daria a melhor chance de vitória. Uma desvantagem era que eu ainda estava dolorido por causa da surra que recebera ao ser capturado. A comida que eu comera me deixara fisicamente mais forte, mas eu estava longe do meu melhor.

Um dos alabardeiros entregara a Lizzie duas facas compridas, e cada uma era mortalmente afiada. Nossos olhos se encontraram mais uma vez; liberei com um clique a lâmina retrátil no meu bastão, segurando-o em posição diagonal, à minha frente. Talvez Lizzie não tivesse percebido que eu estava com a corrente. Por enquanto, eu a manteria escondida.

Lorde Barrule bateu palmas três vezes, e fez-se silêncio no grupo. Eu podia ouvir Lizzie respirando com força pelo nariz, quase bufando. De repente, lembrei-me de uma coisa: no passado, ela sempre parecia manter a boca um pouco aberta — sem dúvida, respirava naturalmente por ela. Ou, quem sabe, estava resfriada? De um jeito ou de outro, se estivesse fazendo esforço para respirar, isso seria vantajoso para mim.

— Que a competição comece! — gritou lorde Barrule. — Uma luta até a morte!

Sem perder tempo, Lizzie me atacou com a faca na mão esquerda, mas eu desviei o golpe com o meu bastão e comecei a andar para trás, em sentido contrário ao dos ponteiros do relógio, e, cauteloso, dava voltas lentas, formando um círculo. Suas feições começaram a mudar, e os olhos se arregalaram. Agora, em vez dos cabelos, havia um ninho de cobras negras contorcendo-se em seu couro cabeludo, com as línguas bifurcadas serpenteando e as presas cuspindo uma nuvem de veneno na minha direção.

Ela estava usando o *temor* contra mim — era o encantamento das feiticeiras malevolentes para se tornarem aterrorizantes, mantendo impotentes e imóveis os adversários. Esse era o poder que ela podia conjurar sem um encantamento. O que mais conseguiria fazer, se a boca não estivesse costurada?

Respirei fundo e resisti. Já enfrentara coisas piores que isso no verão passado na Grécia, quando havia tentado entrar na Ord, a apavorante cidadela da Ordeen. Se eu conseguira resistir àquela terrível onda de medo — que causara a morte instantânea de bravos guerreiros —, conseguiria superar fosse o que fosse que Lizzie lançasse sobre mim.

Dei um passo à frente e balancei o bastão na cabeça dela. Ela se inclinou para trás, quase perdeu o equilíbrio e recuou. As cobras haviam desaparecido e foram substituídas novamente pelos cabelos; suas feições voltaram a ser quase humanas. O feitiço estava desvanecendo. E, então, uma voz falou dentro da minha cabeça...

Tolo! Nós deveríamos trabalhar juntos!

Seria o buggane? Mas era uma voz desagradável, sibilante — não se parecia em nada com o sussurro insidioso do qual haviam me falado. E ouvi mais uma vez:

Nenhum de nós pode vencer aqui. Ele pretende matar nós dois!

Tinha que ser Lizzie. Mas como ela estava fazendo isso? Que feitiço poderia proporcionar-lhe tal poder?

Eu me recusei a ouvir e dei uma volta rápida, evitando um golpe de sua mão esquerda; depois, bati em seu pulso direito, fazendo a faca cair da mão dela.

Ouviram-se as exclamações animadas dos espectadores — junto com alguns poucos resmungos. Fiquei me perguntando o que Lizzie estava fazendo. Como poderíamos trabalhar juntos? Será que ela estava louca? Como poderíamos ter esperança de escapar daquela sala juntos?

Ajude-me! Faça isso por minha filha, Alice, ou todos nós morreremos aqui!

Ouvi-la dizer o nome de Alice me deixou com raiva, e enfiei a mão esquerda dentro do bolso, enrolando a corrente de prata no meu pulso. Enquanto fazia isso, Lizzie atacou, movendo-se rapidamente e me pegando no contrapé.

Inclinei-me, mas não fui rápido o bastante. Senti uma dor aguda quando sua faca fez um corte em minha testa abaixo dos meus cabelos. Cambaleei para trás, tentando apenas bloquear o golpe seguinte com o bastão, e senti o sangue quente descer para o meu olho esquerdo. Será que o corte tinha sido muito feio? Será que tinha sido muito profundo?

Limpei o sangue do meu olho com as costas da mão, mas isso só piorou as coisas. Eu mal podia ver agora e precisava dos dois olhos para avaliar corretamente a distância; portanto, eu sabia que teria de usar a corrente de prata muito rápido; caso contrário, seria tarde demais. Mais uma vez, enfiei a mão esquerda no bolso e enrolei a corrente ao redor do meu pulso.

Era mais fácil lançar a corrente em uma feiticeira quando ela se movia para a direita e para a esquerda ou para longe. Mas Lizzie estava atacando novamente, correndo direto para mim.

A corrente de prata caiu sobre sua cabeça, descendo depois pelo corpo e obrigando-a a se ajoelhar. A faca que restava caiu de sua mão quando a corrente ficou mais apertada. Foi um lançamento perfeito porque ela desceu do ombro para o joelho, deixando sua cabeça livre. Normalmente, um caça-feitiço precisa amarrar a boca de uma feiticeira para que ela não possa entoar feitiços de magia negra, mas, desta vez, não tinha importância, porque sua boca já estava costurada. Uma onda de alívio me invadiu. Naquelas circunstâncias, o lançamento não fora tão ruim assim. Eu vencera. Lançar a corrente era uma habilidade que eu havia transformado em arte. Todas as longas horas de prática com o poste no jardim do Caça-feitiço tinham valido a pena mais uma vez.

E, então, seguiu-se um breve momento de dúvida. Não teria sido fácil *demais*? Pensei comigo mesmo. Será que a derrota estava, de alguma forma, servindo aos propósitos de Lizzie?

— Mate-a! — gritou lorde Barrule, pondo-se de pé.

Ergui meu bastão e apontei a lâmina para o coração de Lizzie... Mas foi então que hesitei... não podia fazer aquilo. Eu matara outras criaturas das trevas antes, mas nunca daquela forma, a sangue frio. Em geral, amarradas ou não, elas ainda representavam uma ameaça para mim e eu precisava fazer tudo rapidamente. Mas Lizzie Ossuda estava bem presa. Não havia meio de libertar-se. E não era apenas isso — ela era a mãe de Alice. Não havia amor entre elas, mas isso tornava as coisas mais difíceis. Então, baixei meu bastão...

Muito bem, garoto!, ouvi Lizzie sussurrar. *Agora veja o que planejei.*

Olhei para lorde Barrule, que estava balançando a cabeça.

— Você não consegue reunir forças para fazer isso? — Sua voz ecoou pela câmara. — Estou surpreso. Que tipo de mestre o treinou? Que tipo de aprendiz de caça-feitiço é você? Essa era a nossa barganha: matar a feiticeira para ganhar o que eu prometera. Agora você terá que fazer outra coisa para conquistar sua liberdade. Você vai enfrentar a feiticeira de estimação!

Meu coração foi parar nas minhas botas. Ele ia me fazer enfrentar Alice e não havia meio de escapar disso. Dois alabardeiros dirigiram-se para a jaula distante. Fitei, horrorizado, enquanto eles a retiravam de dentro dela. A visão de Alice fez meu estômago revirar, confundindo minhas emoções. Seus olhos estavam selvagens e cheios de dor, e o que fora feito à sua boca era tão cruel que mal se podia acreditar. O barbante que amarrava seus lábios estava cortando a pele macia, tornando-os vermelhos e inchados.

Eles a arrastaram para dentro do círculo de alabardas para que ela me encarasse. As facas de Lizzie foram empurradas para dentro de suas mãos. Ouviu-se um murmúrio de conversa dos apostadores e o tinir das moedas enquanto as apostas eram feitas mais uma vez. Fiz um esforço para pensar em algum meio de sair daquela dificuldade, mas nada me ocorreu. Parecia inútil. Não importava o que acontecesse, um de nós morreria.

Nossos olhos se encontraram. Os de Alice brilhavam com as lágrimas. O sangue ainda escorria pela minha testa e o esfreguei com as costas da mão. Como poderia enfrentá-la?

O xamã bateu palmas três vezes para sinalizar o início da competição. Nada poderia ter me preparado para o que veio a seguir. Alice ergueu as facas e correu na minha direção, como se quisesse me pegar de surpresa. Eu não podia acreditar. Será que ela realmente me machucaria depois de tudo que passáramos juntos?

Horrorizado, dei um passo para trás, instintivamente segurando meu bastão na frente do corpo e me preparando para enfrentar seu ataque.

CAPÍTULO 12
O CEMITÉRIO DE OSSOS

Eu deveria saber que Alice não me atacaria.

Não precisei usar meu bastão porque ela simplesmente passou por mim para chegar até Lizzie, que ainda estava amarrada pela minha corrente de prata. Ela se ajoelhou ao lado da feiticeira e, antes que eu pudesse reagir, usou a faca para cortar o barbante que costurava os lábios de sua mãe.

Será que Lizzie estava esperando, todo esse tempo, que isso acontecesse? Se ela tentasse soltar os próprios lábios com a faca durante nossa luta, eu a teria atacado imediatamente com o meu bastão. Será que ela planejara esperar Alice fazer aquilo?

A feiticeira ainda estava de joelhos, amarrada com a minha corrente de prata, mas uma expressão satisfeita percorreu seu rosto. Fiquei confuso — apesar da situação difícil e dos alabardeiros armados que nos cercavam, ela tinha um ar de triunfo.

Os alabardeiros fecharam o círculo, movendo-se em nossa direção com as lanças em prontidão.

— Matem todos! — gritava o xamã. — As apostas estão encerradas. Não se arrisquem. Matem-nos agora!

Em resposta, Lizzie pronunciou apenas uma palavra, quase um sussurro. Era um som indistinto, mas parecia com alguma coisa na língua antiga.

Imediatamente uma onda de frio tomou conta de mim — embora isso não fosse nada comparado ao efeito sobre os guardas à nossa volta. Raramente eu vira tamanho pânico e terror em tantos rostos. Alguns jogaram as alabardas no chão e saíram correndo. Outros simplesmente caíram de joelhos e começaram a soluçar. Todos os cães gemeram ao mesmo tempo e ouviram-se gritos e berros de pavor dos apostadores à minha direita.

Se era uma forma mais poderosa de *temor* ou algum outro feitiço, com apenas uma palavra, Lizzie tinha reduzido, no intervalo de alguns segundos, os alabardeiros a uma multidão apavorada. Agora ela olhava para lorde Barrule. Segui seu olhar e vi que, além de nós três, ele era a única pessoa na sala que não fora tomada pelo terror. Ao contrário, estava olhando para nós, com o rosto contorcido de maldade. O que ele faria — usaria sua própria magia negra contra nós? Talvez convocasse o buggane para ajudá-lo? A ameaça era palpável no ar. Lizzie ainda não tinha vencido...

— Liberte-me da corrente! — gritou ela, voltando sua atenção novamente para mim.

Era uma ordem; não havia magia envolvida. Mas não hesitei. Instintivamente eu sabia que era a coisa certa a fazer. Lizzie representava a única esperança de Alice e eu sairmos do Torreão de Greeba com vida. Fui até ela, peguei a ponta da corrente, balançando para desenrolá-la de seu corpo. Ela estava de pé antes mesmo de eu devolver a corrente ao meu bolso.

Com as longas unhas do dedo indicador e do polegar esquerdo, feito um pássaro puxando uma minhoca do solo úmido, Lizzie retirou dois pedaços de barbante de sua carne: primeiro, do lábio superior; depois, do inferior. Em seguida, lambeu as gotas de sangue, apontando o dedo indicador para o teto e arqueando as costas. Em seguida, gritou três palavras e bateu o pé.

No mesmo instante, ouviu-se um crepitar feito um raio no interior da sala. Todas as tochas bruxulearam e se apagaram, e mergulhamos na escuridão absoluta. Por um momento, fez-se silêncio; então, uma pequena chama ardeu perto de nós. Lizzie estava segurando uma vela negra. Os cães começaram a latir e ouvi barulho de pés que corriam, recuando para longe. Os alabardeiros e apostadores corriam para salvar suas vidas — mas e quanto a lorde Barrule? Será que se fora também ou ainda estava escondido na escuridão?

— Vamos sair pelo túnel, garoto! — disse Lizzie, dando um passo na minha direção.

— E quanto ao buggane? — perguntei.

— Deixe que eu me preocupe — respondeu ela.

Olhei para Alice. Ela estava usando uma das facas para cortar o barbante dos próprios lábios. Com um gemido de dor, arrancou-o, e gotas de sangue pingaram de suas feridas.

Lizzie abriu caminho até a entrada do túnel. O que acontecera a Barrule? Será que a feiticeira o derrotara com tanta facilidade? Eu não podia ver nada além do pequeno círculo de luz amarela lançado pela vela. Mas, ao passarmos pelas jaulas que mantinham presos os cães de Arkwright, hesitei. Queria libertá-los e levá-los comigo.

Quando cheguei à jaula de Patas, porém, ela arreganhou os dentes e se lançou na minha direção com raiva; o que a impediu de enterrar seus dentes em mim foram as barras.

— Deixe-a aqui, Tom — disse Alice, agarrando meu braço. — Não vale o risco. Encontraremos um meio de tirá-los daqui mais tarde.

Assenti e a segui para dentro do túnel. Os três cães ainda estavam sob o controle do xamã. O perigo de deixá-los para trás era que ele ainda podia fazê-los lutar até a morte — provavelmente, uns contra os outros — por vingança. Mas que escolha eu tinha?

Começamos a rastejar ao longo do túnel de terra batida. Eu não podia ver muita coisa — Lizzie segurava a única vela, e ela e Alice à minha frente obscureciam a maior parte da luz. Eu ainda tinha o toco de vela, mas não tivera tempo de usar meu estojinho para fazer fogo e acendê-lo. Para a feiticeira, bastara um segundo para acender sua vela, graças à magia negra.

O túnel serpenteava, dava voltas, e subia e descia, algumas vezes, muito íngreme. Ocasionalmente, as raízes de uma árvore quase bloqueavam nosso caminho, e imensas garras de madeira penetravam o solo. A certa altura, pensei ter visto um único movimento sutil. Provavelmente fora minha imaginação, mas me recordei do que o Caça-feitiço dissera sobre os túneis do buggane se moverem ou desmoronarem repentinamente. Pensei ter entrevisto ossos também — era difícil dizer sob a luz fraca e bruxuleante da vela — mas, em certo instante, tive certeza de que meus dedos roçaram um crânio humano frio.

Finalmente, o túnel rumou para a superfície e saímos no interior de uma árvore oca. Ficamos sentados olhando uns para os outros com as costas voltadas para o interior do tronco. Havia um cheio de madeira podre úmida. Acima de nós, decoradas com moscas mortas, teias de aranha pendiam feito cortinas, enquanto, embaixo, os insetos corriam apressados para longe da vela tremeluzente.

Lizzie soubera claramente aonde estava indo.

— Estamos seguros agora! — disse. — Nada pode nos alcançar aqui.

— Nem mesmo o buggane? — perguntei.

A feiticeira balançou a cabeça e me deu um sorriso cruel.

— No fim das contas, ele pode até nos encontrar, mas disfarcei bem este lugar... bem no meio de seu labirinto. Teremos tempo suficiente para sair daqui. Mas, primeiro, tenho que dar um fim no mestre dele. Está com fome, garoto?

Balancei a cabeça. Eu tinha comido pouco antes de lutar com Lizzie, mas agora precisava fazer jejum e me preparar para qualquer magia negra que ela pudesse usar contra mim.

— Bem, é certo que eu estou. Podia comer um boi com cascos e tudo! — Ela apontou para cima no escuro. — Suba até ali! — ordenou; eu podia sentir a compulsão em sua voz e tinha de resistir. — Isso o levará para fora até um galho. É uma pequena distância do chão. Traga-me um par de coelhos — e veja se ainda estão vivos...

— Não, Tom! — gritou Alice, alarmada. — Não dê ouvidos a ela. Ela criou um cemitério de ossos aqui e esta árvore fica bem no centro. Você será esmagado assim que tocar o solo!

Embora nunca tivesse encontrado um, sabia o que era um cemitério de ossos por causa das leituras do Bestiário do Caça-feitiço. Criado por magia negra, tornava muito pesados os ossos de qualquer criatura que entrasse nele. Ela seria incapaz de se mover e ficaria presa até a chegada da feiticeira para recolher e se alimentar dos ossos ou para catá-los e praticar magia negra. Próximo ao centro, a pressão era tão grande que a vítima era esmagada até a morte — embora apenas uma criatura muito rápida, como uma lebre, conseguisse chegar tão longe assim antes que as forças mágicas surtissem efeito. Mas aqui estávamos em seu centro, em seu *olho* — a salvo dessas forças. Porém, se eu saísse da árvore oca...

— Você tem uma boca bem grande, garota! — disse Lizzie, zangada. — Deve estar querendo ser costurada de novo...

Alice a ignorou e puxou uma pequena algibeira de couro do bolso da saia, que continha ervas que eram usadas para curar. Ela rastejou até onde eu estava e examinou com atenção a minha testa.

— Esse é um corte bem feio, Tom — disse ela. O interior do tronco tinha umidade em alguns locais, e Alice recolheu um pouco dela com os dedos para umedecer uma folha, antes de pressioná-la com firmeza na minha pele. — Isso deve resolver e evitar uma infecção, mas você vai ficar com uma cicatriz. Não tenho como resolver isso.

Então, eu teria outra cicatriz para se juntar à que eu possuía na orelha, no local em que Morwena, a feiticeira da água, me fisgara com o dedo, enfiando a unha através da pele. Eram ossos do ofício; já era de se esperar ao treinar para o perigoso trabalho de caça-feitiço.

Em seguida, Alice lambeu os lábios e encostou pedacinhos da folha contra os furos deixados pelo barbante ao redor de sua boca. Ao terminar, estendeu uma folha na direção da mãe, mas Lizzie Ossuda balançou a cabeça.

— Vou me curar sozinha, garota. Não preciso de sua ajuda — zombou, pondo-se de pé. — Vou sair e pegar meus próprios coelhos. Vocês dois ficam aqui, se souberem o que é bom para vocês!

Ao dizer isso, começou a subir no interior da árvore, empurrando a cabeça através das teias de aranha. Pouco depois, nós a perdemos de vista no escuro, mas podíamos ouvir os sapatos de bico fino raspando na casca da árvore, e então uma pancada surda quando ela caiu no solo do lado de fora. Lizzie estaria segura no próprio cemitério de ossos: normalmente uma feiticeira deixava uma trilha sinuosa para que pudesse se mover por ele ilesa. Ela também poderia guiar outras pessoas por ele — mas como obrigá-la a fazer isso? Nossa única opção real era voltar para dentro dos túneis, mas não imaginava que tivéssemos chance contra o buggane.

— Oh, Tom, o cântaro de sangue está seguro? Você ainda o tem? — indagou Alice, com os olhos cheios de ansiedade.

— Está seguro, sim, pois não fui revistado. Barrule até me deixou manter a corrente de prata. Mas como eles pegaram você, Alice? — perguntei. — Vi você rolando e fugindo do buggane, mas, depois, você desapareceu.

— Eu me escondi atrás de uma árvore para que ele não pudesse me atacar de novo, mas depois Lizzie se esgueirou até mim e cobriu a minha boca com a mão; foi isso que ela fez. Não percebi a sua aproximação — ela deve ter usado alguma magia realmente poderosa. Ela me arrastou para longe e me trouxe para cá. Antes, havia ficado escondida aqui durante vários dias. Eles nunca a teriam encontrado, se ela não tivesse se arriscado porque quer o Velho Gregory. Ela o quer morto, isso sim, para se vingar por ele tê-la amarrado na cova em seu jardim. Quer lhe dar uma morte lenta e dolorosa.

"Por isso, no fim daquela noite, partimos para caçá-lo. Ela havia me amarrado sob um feitiço e somente metade da minha mente estava funcionando. Não podia contrariar nada que ela fazia ou dizia. Mas ela estava confiante demais — nem se importava em farejar o perigo a distância. Pensou que poderia lidar com qualquer coisa. Quando estávamos em campo aberto, os homens do xamã nos atacaram. Ela usou *temor* e matou muitos dos alabardeiros, isso sim — alguns com sua faca, outros, com maldições — mas havia um número muito grande deles. No fim, eles a deixaram inconsciente, batendo com as extremidades das lanças e nos arrastando para o Torreão de Greeba."

— Você viu algum dos outros prisioneiros? — perguntei, pensando em Adriana.

Alice balançou a cabeça.

— Não vi ninguém. Eles nos colocam em celas separadas. Levaram-me até a jaula pouco antes de você entrar. E não vi Lizzie de novo até eles a arrastarem para lutar com você. Foi muito ruim, Tom, ruim mesmo — especialmente quando eles costuraram a minha boca. Mas a pior parte de tudo foi quando o buggane rastejou para fora do túnel e me farejou. Ele era todo peludo, com dentes pontudos e grandes. Pensei que fosse morrer e que nunca mais veria você...

Ela começou a soluçar; por isso, coloquei meus braços em volta dela e a abracei com força. Depois de um tempo, ela se acalmou e ficamos sentados lá, de mãos dadas para nos consolarmos.

— Você sabe alguma coisa sobre o feitiço que controla um cemitério de ossos, Alice? — perguntei, afinal. — Você conseguiria descobrir a trilha secreta de Lizzie através dele?

— Você não quer que eu use magia negra, não é, Tom? Não pode me pedir para fazer uma coisa dessas, não é...? — Havia uma ponta de ironia na voz de Alice.

Por um longo tempo, eu tinha evitado de todas as formas usar as trevas, mesmo quando estava lutando pela minha vida. Alice se esforçara para me persuadir a usar o cântaro de sangue. Mas minhas preocupações com nossa recente separação tinham sido infundadas em grande parte. Ela estivera perto de Lizzie e o Maligno não podia se aproximar de uma feiticeira que tivera um filho dele.

— Foi só uma ideia, Alice. Não consigo pensar em outro modo de sair daqui. A menos que arrisquemos os túneis...

— Seria bem melhor fazer isso que mexer com o cemitério de Lizzie. É verdade que tem um caminho através dele, mas é difícil de encontrar. São coisas muito perigosas de se lidar. Um erro, e você morre...

De repente, ouvimos um barulho do lado de fora. Alguém começara a subir na árvore. Instantes depois, vimos os sapatos de bico fino de Lizzie e ela desceu os últimos centímetros, ficando de pé à nossa frente, enquanto segurava alguma coisa na mão esquerda.

— Posso dar um, mas vou precisar dos outros dois. Tenho que recarregar minhas forças por causa do que virá pela frente, e sangue de rato é melhor que nada. Vai servir até eu pegar seus polegares, garoto!

CAPÍTULO 13

MEU PRESENTE PARA O CONDADO

—Só por cima do meu cadáver! — gritou Alice, pondo-se de pé com raiva.

Lizzie Ossuda deu um sorriso cruel.

— Vamos torcer para que não chegue a isso, garota. Acalme-se. Tenho outro uso para o garoto que deve lhe permitir continuar respirando por um pouco mais de tempo... isso se as coisas derem certo.

A feiticeira sentou-se e, pondo um dos ratos de lado, ergueu o outro pela cauda fina e comprida. Ela arrancou a cabeça dele com os dentes e cuspiu-a longe; depois, começou a chupar o sangue de seu pescoço; um pouco dele escorreu de sua boca até o queixo. Ela bebia fazendo barulho, e os sons desagradáveis me davam vontade de vomitar. Estremeci, enquanto Alice esticava o braço e apertava minha mão.

Lizzie olhou para nossas mãos juntas, baixou o rato e deu um sorriso malicioso.

— Como você é tola, garota! — disse ela. — Não vale a pena perder tempo com homem nenhum. Este garoto certamente vai decepcionar você. Vai ser a sua ruína. Muitas feiticeiras boas amoleceram por causa de um homem.

— Tom e eu somos bons amigos — retrucou Alice. — Você não sabe nada disso. Comer ratos e matar pessoas... é nisso que você é boa. Por que eu tenho que ter uma mãe feito você? O que você queria com o Maligno? Não podia ter sido um homem normal?

As feições de Lizzie endureceram, e ela lançou um olhar severo à filha.

— Tive homens, mas nenhum deles durou muito. Gostavam de coisinhas bonitas, isso sim. Sabe por quê? Porque têm medo. Têm medo de uma mulher de verdade no seu auge. Olham para mim, veem o que sou e correm para suas mães. Você sabe a minha idade, garota?

Alice balançou a cabeça e apertou minha mão mais uma vez.

— Completei quarenta anos na semana passada, um dia depois de a casa do Velho Gregory ser queimada e de eu sair da cova. Uma feiticeira de Pendle atinge o seu auge aos quarenta anos e herda todo o seu poder. Agora tenho forças para lidar com qualquer um. Você, filha, poderia ser até mais forte um dia. — Lizzie me deu um sorriso cruel, olhando direto nos meus olhos. — Você sabe o que a Alice é, garoto? Ela é meu presente para o Condado...

Sorriu de modo significativo ao pronunciar as últimas palavras. Era o que minha mãe dissera sobre mim numa carta ao Caça-feitiço. Será que Lizzie podia ler minha mente agora? Tirar coisas da minha mente como se estivesse revirando uma gaveta aberta?

— Ela é meu presente especial para os clãs de Pendle — continuou a feiticeira, depois de fazer uma pausa. — Um dia, vai uni-los de uma vez por todas, e então é melhor que o mundo se cuide!

Ela voltou a beber o sangue do rato. Depois de beber tudo, passou para o segundo, chupando e fazendo barulho, até que não sobrou nem uma gota. Vendo que não tocamos no terceiro rato, ficou com ele também.

Aos poucos, começou a clarear no interior do tronco de árvore, indicando que a aurora se aproximava.

— Está com sede? — perguntei a Alice.

Ela assentiu.

— Minha garganta está seca.

— Vai chover logo — disse Lizzie, sorrindo de modo cruel. — Você vai poder tomar toda a água que quiser!

Ela tinha razão. Uma hora depois, começou a chover. Primeiro, era um tamborilar baixinho contra a árvore, seguido, pouco depois, pelas pancadas de uma tempestade forte. Hora após hora, a chuva continuou e a água começou a pingar para dentro da árvore, descendo, finalmente, numa cascata no interior do tronco.

Era água corrente, e Lizzie não gostava disso; portanto, afastou-se do tronco, mas Alice e eu recolhemos o suficiente com as mãos em concha para saciar a nossa sede.

A chuva deve ter diminuído no início da tarde. Foi então que ouvi os cães.

Lizzie deu um sorriso satisfeito e mudou de lugar para se encostar-se à madeira mais uma vez.

— Os cães sentiram nosso cheiro — disse ela. — Não que isso lhes sirva para alguma coisa. Não, quando entrarem no cemitério...

Imaginei os cães correndo na direção do cemitério de ossos, caminhando para o centro da árvore. Sua velocidade os traria para muito perto, antes que a pressão os esmagasse.

— Patas e os filhotes... — falei, olhando cheio de pavor para Alice.

— Ele não vai usá-los, garoto, não precisa temer. Ele tem outro uso para os cães — disse Lizzie. — Vai querer que você lute com eles — e até a morte!

— Como você sabe? — indaguei com raiva.

Ela sorriu.

— Ele é fácil de entender, isso sim. Foi isso que planejou na noite passada. Primeiro, você me enfrentaria; depois, se tivesse vencido, lutaria com Alice e, finalmente, com cães. Foi o que eu farejei. Eles chamam esse tipo de aposta de tripla. Cada vitória continua na etapa seguinte. Isso lhe dá um bom dinheiro, se você ganhar as três etapas. As chances estavam contra você, mas o xamã gostou disso. Só que não funcionou para ele, funcionou? Mas se lhe derem meia chance, ainda vai fazer você lutar contra os cães. É esperar para ver...

Os latidos se aproximavam, mas o som rapidamente se transformou em uivos e gemidos quando o primeiro deles pisou no cemitério de ossos e começou a sentir a pressão exercida pela magia negra de Lizzie.

— Não vão chegar tão perto assim para saber o local exato em que nos escondemos — disse ela. — Não ajudaria se fizessem isso também. Estamos bastante seguros aqui — pelo menos, de criaturas como eles.

Agora eu ouvia os homens gritando e xingando ao longe, e chamando os cães de volta. Então, ouviu-se, de repente, um grito mais alto. Dessa vez, a voz era humana, e Lizzie sorriu. Durou um longo tempo, e Alice cobriu os ouvidos. Finalmente, a não ser pelo tamborilar da chuva leve, fez-se silêncio.

O tempo passava devagar, mas minha mente estava apressada. Eu tentava desesperadamente pensar em um modo de sair dessa situação. Ainda tinha meu bastão e a corrente, mas, mesmo que pudesse amarrar Lizzie novamente, o que Alice e eu faríamos contra o buggane?

Quando começou a escurecer, ouvimos um ruído vindo dos túneis. Será que os homens do xamã haviam nos encontrado? Mas, à medida que os sons se aproximavam, tornavam-se mais assustadores. Eu os ouvira antes.

— Ele nos encontrou, enfim — disse Lizzie. — Sem dúvida, não estava com pressa.

Agora eu podia ouvir a respiração alta: o buggane chegara. Lizzie rastejou até o centro da árvore oca, retirou o toco de vela negra e falou uma palavra em voz muito baixa. A vela acendeu bem a tempo de iluminar a cabeça monstruosa e peluda projetando-se na entrada do túnel. Seus olhos grandes e cruéis olharam para nós um por um, parando finalmente em Lizzie Ossuda. Em vez de recuar, a feiticeira arrastou-se para a frente, de joelhos. e lentamente esticou a mão.

O buggane abriu bem a boca e rosnou, exibindo duas fileiras de dentes, mas a mão de Lizzie continuou avançando.

— Muito bem, muito bem, você é um bom garoto — disse ela em voz rouca e baixa. — Que coisinha peluda e linda que você é, com esse pelo tão bonito e brilhante...

Sua mão esquerda estava, na verdade, tocando o buggane; ela afagava a horrível cabeça pouco acima do focinho úmido.

— Muito bem, muito bem, meu querido — disse baixinho. — Nós podíamos ajudar um ao outro.

Ao dizer essas palavras, Lizzie ergueu a mão esquerda e arranhou o próprio pulso com a unha comprida e afiada do dedo indicador direito. Colocou o corte acima da criatura, e gotas de sangue começaram a cair sobre o focinho dela. Subitamente, uma língua comprida e escarlate saiu do meio dos dentes triangulares e afiados e começou a lamber o sangue com um desagradável som alto.

Ela estava alimentando o buggane, tentando amansá-lo.

— Bom garoto! Bom garoto! Lamba tudo. Há mais de onde esse veio. Agora volte para seu mestre e diga-lhe exatamente onde nós estamos. Está na hora de termos uma conversinha...

O buggane se afastou lentamente, voltando para o túnel, e Lizzie virou-se para nós com uma expressão de triunfo.

— Esse é um bom começo! Em breve, nós o poremos à prova. Mas nosso próximo visitante prefere a escuridão... vamos agradá-lo!

Com essas palavras, ela soprou a vela, e nós mergulhamos no escuro.

Não demorou muito até que um vulto luminoso começasse a se formar diante do túnel. Era a figura alta e macilenta do xamã.

— Finalmente, eu a encontrei — disse ele, e os olhos cruéis olharam apenas para Lizzie. — Você vai pagar por criar toda essa confusão!

— Não é preciso usar palavras duras entre nós — retrucou Lizzie, com uma expressão maliciosa tomando conta de seu rosto.

— Não? Tenho mais um homem morto, além de cinco de meus melhores cães. E a culpa é toda sua!

— E quanto ao que você fez comigo? — acusou a feiticeira. — Você costurou meus lábios. Nenhum homem me fez calar a boca dessa maneira antes. Eu deveria matá-lo por isso, mas, se pudermos resolver as coisas de outra maneira, estou disposta a esquecer o que se passou.

— Vamos resolver as coisas, sim. Em uma hora, eu lhe mostrarei do que sou capaz. Enviarei o buggane... dessa vez, em sua forma espiritual. Vou começar com a feiticeira de estimação, com a garota. No fim da noite, ela estará morta.

Depois, será a vez do garoto. Vou poupá-la até o fim para que tenha tempo de assimilar o que vai acontecer...

— E se o buggane der ouvidos a mim?! — gritou Lizzie.

— E se sussurrar dentro da *sua* cabeça? Talvez então você esteja disposto a acertar nossos termos...

O xamã fez uma careta, e seus lábios contorceram-se com desprezo; então, sua imagem desvaneceu, desaparecendo completamente.

— Você pode fazer isso? — indagou Alice em plena escuridão. Ela parecia apavorada.

— Ainda não posso fazê-lo sussurrar dentro da cabeça dele, mas ele não sabe disso, sabe? Mas já disse o suficiente para que ache que sim. Não precisa ter medo, garota. Já fiz o suficiente para mantê-lo longe de nós. Não teremos que fazer isso por enquanto. Quando lorde Barrule descobrir que o buggane não vai mais obedecê-lo, ele voltará, pode anotar minhas palavras!

A mão de Alice encontrou a minha no escuro, e eu a apertei para tranquilizá-la. Depois disso ninguém falou por um longo tempo. A força de Lizzie fora posta à prova. Será que realmente poderia manter o buggane longe de Alice?

Depois de um par de horas, a imagem do xamã começou a se formar mais uma vez.

— Voltou rápido! — grasnou Lizzie. — E não sussurrou na cabeça da garota ainda, não é, querida? — disse, virando-se para Alice.

— Não ouvi nada — respondeu a garota.

— O que você quer, feiticeira?

— As nossas vidas e uma passagem para sair de Mona em segurança, a oeste da Irlanda, através do mar da ilha Esmeralda. É isso que queremos.

— E quanto a mim? Você falou em termos. Então, o que vou ganhar?

— Primeiro, você continua com seu poder sobre o buggane. Quanto mais eu ficar aqui, mais se torna provável que ele seja meu. Por isso, é de *seu* interesse me tirar desta ilha. Depois, vou lhe entregar o garoto. A última coisa que eu quero é um aprendiz de caça-feitiço me acompanhando. O senhor gosta de apostar, não é? Então, faça o garoto lutar com os próprios cães... até a morte. Isso deve ser interessante!

— Não! — gritou Alice.

— Cale a boca, garota! Silêncio! Fiquem quietos, os dois!

E, então, Lizzie disse uma palavra baixinho, uma palavra gutural na língua antiga. Minha garganta ficou apertada e, por um momento, eu não podia respirar. Consegui puxar o ar, embora não fosse capaz de falar. Eu sempre tivera algum grau de resistência às trevas, por ser o sétimo filho de um sétimo filho, mas parecia impotente diante do poder das trevas de Lizzie. Tentei ficar de pé, mas minhas pernas não reagiam. Era como se eu fosse feito de pedra. Vi Alice caminhar na minha direção, mas ela também ficou presa por algum feitiço das trevas.

— Em troca, você retira todos os seus homens da área ao nosso redor — continuou ela, voltando sua atenção mais uma vez para o espírito do xamã. — Chame-os de volta para o torreão. Assim que o garoto começar a lutar, vou deixar esta árvore, mas apenas quando eu tiver saído da ilha em segurança é que o buggane voltará a lhe obedecer. Estamos entendidos?

A aparição olhou para a feiticeira com expressão severa por algum tempo, sem dizer uma palavra, depois, fez um leve aceno com a cabeça.

Lizzie sorriu.

— Eu sabia que entenderia. E isso é raro. Não se vê muitos homens com juízo por aí. Agora envie mais dois homens sensatos pelos túneis para pegarem o garoto... isso, se você conseguir encontrar algum. Se não tiverem juízo, vão morrer! Por isso, nada de gracinhas...

Foi uma questão de minutos antes de ouvir os homens do xamã rastejando pelo túnel na direção da árvore oca. Eu ainda estava de mãos dadas com Alice, minha mão esquerda na direita dela, e tentando respirar.

Lizzie acendeu a vela novamente e a ergueu quando o primeiro homem apareceu. Ele estava com medo e ficou de pé sem saber o que fazer, mas a feiticeira assumiu o comando imediatamente.

— Esse é o garoto que vocês vieram pegar! — gritou, apontando para mim.

Eles me arrastaram até a entrada escura do túnel. A imobilidade estava passando, dando lugar a pontadas dolorosas de alfinetes e agulhas, mas eu ainda me sentia fraco e não conseguia resistir.

— Não se esqueçam do bastão! — gritou Lizzie. — Ele vai precisar, isso sim! Ou ele morre ou morrem os cães. Um ou os outros, com certeza!

CAPÍTULO 14

LUTAR ATÉ MORRER

Eles me puxaram e empurraram ao longo do sistema claustrofóbico de túneis de terra batida, até que ouvi o som de latidos a distância e, finalmente, saímos na sala comprida com as jaulas. Eu estava triste e aborrecido. Depois de tudo que passei, derrotando Lizzie e escapando, eu retornara ao mesmo ponto.

Havia muitos alabardeiros armados com lanças e porretes, mas apenas alguns apostadores estavam sentados nos fardos de palha. Lorde Barrule estava esperando no meio da sala, de pé, com os braços cruzados, na serragem manchada de sangue.

— Se eu não gostasse tanto de apostar, tiraria sua vida agora mesmo, garoto, e faria isso lentamente — disse ele. — No entanto, para uma boa luta, você precisa de um incentivo; por isso, ainda vou deixá-lo partir, se você vencer.

Desta vez, claro, você não poderá levar os cães — já que os terá matado. O que me diz?

Abaixei a cabeça, desanimado por causa do que me pediam para fazer.

— Como você quiser, mas eu acho que, de qualquer forma, você vai lutar por sua sobrevivência. Quem não lutaria? Mas você vai poder pensar um pouco. Estou esperando a chegada de algumas pessoas. Não poderia desperdiçar a chance de tirar dinheiro delas, e tirar é o mais importante. E em quem você acha que apostei o meu dinheiro desta vez?

Mais uma vez, não respondi. A diversão com o jogo continuaria, e neste mesmo lugar haveria mais mortes para se juntarem às que eles já haviam testemunhado. Por quantos anos mais o xamã e seus amigos agiriam assim?

— Vão apostar a maior parte do dinheiro em você porque viram como derrotou a feiticeira. Mas discordo deles. Mudei de ideia porque você é muito frouxo... dá para ver isso agora. Se não pôde matar a feiticeira, então, certamente não vai conseguir matar seus cães. Eles vão rasgar sua garganta. Por isso, estou apostando neles, garoto!

O xamã se afastou, e os dois homens me arrastaram para um lado, forçando-me a agachar no chão enquanto esperavam que os procedimentos começassem. Foi preciso mais de uma hora para que, um a um, os outros apostadores entrassem na sala e fizessem suas apostas. Quem eram essas pessoas — membros importantes da comunidade local que tinham esse vício secreto? Nem todos os presentes pareciam igualmente satisfeitos. Sem dúvida, a maioria temia Barrule e tinha pouca opção, além de se juntar a ele aqui; outros pareciam tão entusiasmados quanto ele, com expressão de ansiedade no rosto.

Os últimos se dirigiram até os cães para examiná-los; alguns vieram até mim para dar uma olhada.

— Façam-no ficar em pé — disse um deles. — Ele não está machucado, está?

— Fique de pé, rapaz! — ordenou o alabardeiro. Quando hesitei, ele puxou meus cabelos com a mão, obrigando-me a ficar de pé.

— Ele vai ter armas como da última vez? — perguntou outro.

— Com certeza, o bastão e tudo! Mas a corrente de prata não vai ter utilidade contra os cães! — O guarda deu uma risada; em seguida, me fez ficar de joelhos novamente. — Descanse tanto quanto puder — aconselhou com voz irônica. — Você vai precisar. Aqueles dentes logo lhe farão em pedacinhos, começando pelas partes macias!

Os cães na jaula começaram a latir e choramingar, e olhei para o local em que os três animais de Arkwright estavam confinados. O que eu ia fazer? Como poderia matá-los? Patas, a mãe, salvara minha vida no passado e, se não fosse pelo poder das trevas do xamã, estaria do meu lado e não do dele, assim como os filhotes. Eu não tinha ilusões sobre o que aconteceria se eu vencesse. O xamã não manteria a promessa e me mataria ou imaginaria outra aposta na qual eu teria um papel central e doloroso.

Também achava difícil acreditar que ele dera a Lizzie Ossuda passagem livre pela ilha. Ele poderia retirar os homens enquanto ela atravessava o cemitério de ossos a oeste, na direção da costa. Mas ele a encontraria muito antes de ela chegar ao mar. Não importava qual fosse seu destino, a pobre Alice o compartilharia. Isso, se o Maligno não a encontrasse primeiro.

E o Caça-feitiço? O que fora feito dele? Fiquei me perguntando. Esperava, para o seu bem, que ele não tentasse me salvar. Que chance tinha? E se caísse nas mãos de Lizzie, teria a mais lenta e terrível das mortes imaginadas.

Eu já estivera em muitas situações perigosas antes, mas esta era a pior! Estava entre dois poderosos adversários das trevas, uma feiticeira e um xamã, e não podia ver nenhum meio de triunfar sobre um nem outro.

Meus pensamentos sombrios foram interrompidos pelo tinir de metal. O latido esporádico deu lugar a um estranho gemido. Patas, Sangue e Ossos foram soltos e arrastados pela coleira até o centro da arena de serragem.

— Ponha-se de pé, garoto! — gritou um dos guardas, voltando a me puxar pelos cabelos.

Enquanto uma expectativa silenciosa pairava na sala, fui empurrado até estar frente a frente com os três cães. Olhei para eles com tristeza. Seu pelo estava coberto de terra, e era evidente que não comiam havia dias. Nenhum deles conseguiu retribuir meu olhar. Antes de começar, eles pareciam miseráveis e derrotados — embora eu soubesse que isso era coisa do xamã. Em um momento, ele os prepararia para lutar.

Percebi que, desta vez, não havia um círculo formado por lanceiros. Da última vez, a feiticeira havia sido a preocupação. Os cães lutariam comigo até a morte e, de qualquer forma, para onde eu poderia correr?

Barrule estava sentado novamente no trono de madeira, e eu o observei, desanimado, levantar-se e bater palmas três vezes. Imediatamente os cães se transformaram: fixaram seus olhos nos meus e começaram a rosnar, abrindo a boca e prontos a morder e rasgar. Os tratadores nervosos soltaram as coleiras e os três cães pularam no mesmo instante em cima de mim como se fossem as fúrias.

Eu girei, afastando-me do ataque e rodando o bastão para mantê-los longe de mim. Mantive a lâmina retraída; não ia de jeito nenhum tentar usá-la. Sangue e Ossos vieram direto para mim e, pela primeira vez, usei o bastão para me defender. Acertei Sangue no pescoço e bati na cabeça de Ossos, tentando não usar muita força em cada um dos golpes. No entanto, num momento de distração, Patas pulou em cima de mim, vindo de trás. O peso dela me fez cair de joelhos e quase soltei o bastão. Isso fez com que algumas pessoas da multidão soltassem um gemido.

Eu me pus de pé na mesma hora, girando mais uma vez o bastão, em desespero, tentando me defender dos três cães. Mas eles eram caçadores corajosos, treinados por Bill Arkwright para perseguir criaturas aquáticas através dos pântanos ao norte de Caster. Se eles podiam atacar uma feiticeira da água, apesar da ameaça que representavam suas garras mortais, certamente não teriam medo de mim. Isso era morte certa. Eram eles ou eu.

Então, tive uma surpresa. Com um clique, liberei a lâmina retrátil do meu bastão. Não foi uma decisão consciente: alguma coisa dentro de mim decidira que eu não ia morrer. Nem aqui. Nem agora.

Fiquei chocado com o que fizera. Será que eu realmente mataria os cães? Minha cabeça se encheu, de repente, de justificativas para o ato instintivo...

Eu tinha muito trabalho a fazer, tinha de defender o Condado. Então, um tipo inteiramente novo de terror me invadiu. Se eu morresse ali, recordei, o Maligno levaria a minha alma! Eu tinha de destruí-lo antes que isso acontecesse ou meu destino seria uma eternidade de terror e tormento nas trevas.

Os três cães atacaram juntos e, antes que eu pudesse usar o bastão, estavam em cima de mim. O peso combinado me fez cair de joelhos de novo. O bastão foi lançado da minha mão com a força do golpe. Ossos enterrou os dentes no meu tornozelo; Patas agarrou o meu ombro, enquanto Sangue foi direto para o meu pescoço. Estiquei a mão direita para me defender das bocas imensas, e os dentes se fecharam ao redor da minha mão, mordendo com força. Eu tinha que me levantar ou estava acabado...

De repente, os cães me soltaram. Ao mesmo tempo, ouvi um suspiro de medo do público, e as luzes na sala comprida bruxulearam e diminuíram. Fiquei de quatro e peguei novamente o meu bastão.

As tochas ameaçavam apagar a qualquer momento. Na escuridão crescente, bem perto de mim, um vulto luminoso espectral começou a se formar. Era o vulto de um homem, com, pelo menos, duas vezes o tamanho normal, e estava brilhando com uma cor vermelho-sangue ameaçadora.

Olhei para ele, espantado, mas essa sensação rapidamente deu lugar ao choque e à surpresa. O vulto estava vestido com as roupas de um caça-feitiço e segurava um bastão na mão esquerda — um bastão escurecido e queimado, assim como a face esquerda. Havia queimaduras terríveis que o desfiguravam, e um olho desaparecera. A capa transformara-se em trapos e as mãos estavam cobertas de bolhas.

Era o fantasma de Bill Arkwright!

CAPÍTULO 15

OS OSSOS DOS POLEGARES

—Eu tinha posto meus olhos em Bill Arkwright pela última vez no verão passado, na Grécia, quando ele ficara para trás na Ord. Ele se oferecera para deter um grupo de elementais do fogo, enquanto nós tentávamos escapar.

Tínhamos imaginado que ele fizera o sacrifício final de um caça-feitiço e morrera, e agora nossas suposições mostraram-se corretas. Ele havia morrido queimado, como eu podia ver claramente. Mas o que estava fazendo aqui? Será que Bill Arkwright ficara preso nas trevas quando a Ord retrocedera através do portal de fogo? Ou será que ele estava no limbo, a região limítrofe entre vida e morte, onde, algumas vezes, espíritos traumatizados ficam durante muitos anos até encontrar o caminho para a luz?

Primeiro, pensei que o fantasma de Arkwright estivesse olhando para mim. Mas não. Seu único olho fitava diretamente os cães. E, embora a sala estivesse esvaziando rápido, tomada pelos gritos dos homens à beira da loucura por causa do medo, os três cães balançavam o rabo com alegria diante daquela visão, por mais assustadora que fosse, de seu antigo mestre.

Pelo canto do olho, vi o xamã pondo-se de pé devagar e dando um passo na nossa direção, com uma expressão confusa no rosto.

O vulto subitamente esticou o braço direito e apontou diretamente para mim, e então Arkwright falou numa voz alta, cheia de poder de comando, que ecoou pela sala.

— *Esse garoto é seu amigo, não seu inimigo!* — disse aos cães. — O braço fantasmagórico girou lentamente para a direita, indicando o xamã. — *O homem está ali! Ele é o verdadeiro inimigo! Matem-no agora!*

Como se fossem um só, os cães lançaram-se para a frente e pularam sobre o xamã com as mandíbulas abertas. Ele ergueu um braço para se defender, de queixo caído por causa do choque, mas sem esperança. Todo o seu poder sobre os animais era inútil agora. Os três cães puxaram-no para o chão e começaram a atacá-lo, e seus dentes mordiam e arrancavam sua carne. Ele gritou — e o som prolongado podia ser ouvido com clareza acima dos rosnados dos agressores.

Quando o fantasma de Bill Arkwright desapareceu lentamente, as tochas bruxulearam, mergulhando-nos em total escuridão. Os cães tinham terminado o cruel trabalho e, a não ser pela respiração forçada, tudo estava em silêncio.

Eu me ajoelhei, totalmente exausto e tremendo. Depois de algum tempo, ouvi um som vindo do túnel. Alguém estava se aproximando. Seria o buggane?

Tremendo, fiquei de pé, mas o vulto que emergiu era Lizzie Ossuda, segurando o toco de vela aceso. Atrás dela, estava Alice.

— Isso foi muito bom, garoto — disse a feiticeira, baixando os olhos para o xamã, com expressão exultante. — Ele não era tão forte quanto pensava, hein? Não vale a pena comprar briga comigo! Bem, quem tudo quer, tudo perde — é o que a Velha Mãe Malkin costumava me dizer...

E com essas palavras, Lizzie colocou a vela no chão; em seguida, apontou para as duas tochas mais próximas na parede que, obedientemente, acenderam. Então, ela retirou uma faca do bolso do vestido na altura do quadril e ergueu a mão esquerda do xamã. Ouvi Alice resmungar, e nós dois viramos as costas diante da visão nojenta de Lizzie retirando os polegares do inimigo morto.

Percebi que ela devia ter planejado isso o tempo todo. Nunca tivera intenção de fugir. E, nem por um momento, o xamã suspeitara que ela o atacaria em vez de se retirar. E ela havia usado o fantasma de Bill Arkwright para conseguir seu objetivo. Isso significava que o espírito dele estava em seu poder; afinal, ela era uma poderosa feiticeira de ossos, e a necromancia — o controle dos mortos — estava entre suas armas das trevas.

Enquanto ela se agachava para pegar os ossos do xamã, Lizzie era um alvo perfeito para a minha corrente de prata. Mas, quando estendi a mão para pegá-la, as pontas dos meus dedos não conseguiram chegar perto do meu bolso.

Tentei com todas as forças, e, embora minha mão se esfor-
çasse e tremesse, não conseguia alcançar a corrente. Lizzie
ainda estava exercendo algum tipo de poder especial sobre
mim.

Ela ergueu o rosto, olhando para mim e para Alice, ao
mesmo tempo que segurava os ossos ensanguentados, com
uma expressão de êxtase.

— Estes aqui parecem bons! — gritou, enfiando-os
no bolso junto com a faca e ficando de pé. — Tem muito
poder aqui, isso sim! Agora, vamos dar uma voltinha pelo
andar de cima e ver o que tem lá! Mas, primeiro, vamos
levar os cães de volta para as jaulas...

Ela bateu palmas por três vezes, assim como o xamã
fizera, e Patas, Sangue e Ossos saíram das sombras e tro-
taram de volta para as jaulas obedientemente.

— Isso, garoto, tranque-os aí!

Era evidente que a feiticeira podia controlar os cães
agora, mas será que tinha todos os poderes do xamã? Após
sua morte, será que eles haviam passado para o lado dela?
Como se eu estivesse sonhando, sem conseguir resistir,
caminhei e fechei as portas das jaulas, passando o ferrolho.
Quando fui até a jaula de Patas, ela soltou um breve gemido
e tentou me lamber através das grades. Senti uma onda de
esperança. Será que isso fora obra de Arkwright? Embora
Lizzie os tivesse obrigado a matar o xamã, antes, seu fantasma apontara para mim e dissera: *Esse garoto é seu amigo, não
seu inimigo!*

Será que, com essas palavras, ele tinha devolvido os cães
para mim? Será que fizera de tudo para me ajudar?

Alice e eu acompanhamos Lizzie Ossuda pelos corredores úmidos. Quando chegamos aos degraus de pedra e começamos a subir, senti a pulsação do medo irradiar mais uma vez da feiticeira. Ela o estava usando como uma arma para eliminar qualquer obstáculo ao nosso progresso nas áreas à nossa frente. Três degraus depois, saímos no aposento dos guardas que eu cruzara no caminho para as celas. Lanças, alabardas e porretes estavam em suportes ao longo da parede e o fogo ardia na lareira; refeições não terminadas tinham sido abandonadas sobre uma mesa comprida. Os pratos ainda estavam quentes. Os ocupantes da sala tinham fugido havia muito pouco tempo.

Eu imaginara que Lizzie ia nos conduzir para fora do Torreão de Greeba e fiquei me perguntando se a porta corrediça na parte interna estaria erguida. Mesmo se estivesse, ainda restava uma, que bloqueava a entrada principal, com a qual teríamos de lidar. Mas, para minha surpresa, Lizzie continuou a subir até a torre. Ela parecia extraordinariamente confiante: com o xamã morto, talvez, não estivesse mais em perigo. À medida que subíamos, ela testava cada uma das portas, lançando um olhar para os cômodos: quartos, salas de descanso e amplas cozinhas — todos desertos. Então, no alto, chegamos ao cômodo mais amplo de todos. Era revestido com mármore branco e, das paredes, pendiam tapeçarias. Um tapete escarlate, comprido e estreito, cruzava a extensão da sala, até um estrado de sete palmos de altura; sobre ele, via-se um trono todo enfeitado, esculpido em jade.

Tinha que ser a sala do trono onde o xamã, lorde Barrule, havia recebido as pessoas e distribuído sua rigorosa justiça. Era impressionante: feito para um rei, o que dirá para um lorde. Da entrada, Lizzie ficou olhando o trono durante um longo tempo, depois caminhou até a única janela. Ela tinha um banco em um recesso, e a feiticeira sentou-se nele, lançando um olhar para o lado de fora durante algum tempo sem dizer uma palavra. Alice e eu ficamos parados atrás dela e acompanhamos seu olhar.

Mais abaixo, as pessoas ainda estavam fugindo do torreão. A porta corrediça externa fora erguida e, além da ponte sobre o fosso, grupos de alabardeiros erguiam os olhos para a torre. Com eles, estava Stanton, seu comandante, com a espada no cinturão: não havia esperança de escapar por ali.

Lizzie afastou-se da janela com um meio sorriso estampado no rosto; depois, começou a caminhar por toda a extensão do tapete, dirigindo-se ao trono verde. A cada passo, os saltos de seu sapato de bico fino faziam marcas profundas no tapete escarlate e suas solas sujavam-no com a lama dos túneis.

Então, ela se sentou deliberadamente no trono e fez um gesto para que nos aproximássemos. Alice e eu chegamos mais perto, até ficarmos parados na base dos degraus.

— Eu poderia governar esta ilha — observou Lizzie. — Poderia ser sua rainha!

— Rainha? Você? Você não é uma rainha — zombou Alice. — Parece mais que foi arrastada de costas por uma sebe e rolou num monte de lixo!

Era verdade. As roupas da feiticeira estavam salpicadas de lama; seus cabelos, cobertos com ela. Lizzie fez uma careta e pôs-se de pé, com a raiva ardendo em seus olhos. Alice deu um passo para trás, mas então Lizzie sorriu.

— Você verá, garota. Nós vamos dar um jeito nisso. — Ela apontou para uma porta atrás do trono. — Vamos ver o que temos aqui...

Nós a acompanhamos, passando pela porta, e descobrimos que, afinal, não estávamos no ponto mais alto da torre. Havia ainda outro lance de degraus íngremes, que conduziam a uma antecâmara circular com oito portas. Entramos num cômodo de cada vez, caminhando em sentido contrário ao dos ponteiros do relógio. Assim como a sala do trono, cada um deles tinha uma imensa janela com cortinas, e um banco em um recesso na parede externa. O primeiro tinha piso de ladrilhos com uma grande banheira de madeira. Lizzie fitou a banheira e sorriu. Os cinco cômodos seguintes eram quartos luxuosos, com espelhos decorados, além de ricas tapeçarias, pendurados nas paredes.

O sétimo era o estúdio do xamã: três fileiras de prateleiras guardavam seus livros — grimórios, em sua maioria — e sobre uma imensa mesa de madeira um caderno grande se encontrava aberto, ao lado de um crânio humano. As outras prateleiras continham garrafas e cântaros com poções. No canto, via-se uma imensa arca, mas quando Lizzie tentou abri-la, descobriu que estava trancada.

— Eu poderia abri-la sozinha, mas isso vai levar tempo e será um desperdício de poder. Por que fazer o trabalho duro quando se tem quem faça para você? Venha, garoto, pegue a sua chave e abra isto aqui.

Como Lizzie sabia sobre a chave? Foi o que me perguntei. O que mais ela sabia? Será que podia ler todos os meus pensamentos?

A arca tinha pertencido ao xamã e poderia muito bem conter coisas que aumentariam o poder da feiticeira; por isso, balancei a cabeça.

— Está se recusando, não é? Vou lhe mostrar o que acontece com quem me desobedece...

O rosto de Lizzie escureceu e ela começou a murmurar um feitiço; no mesmo instante, o estúdio ficou muito frio e o medo apertou minha garganta. Parecia haver coisas se movendo nos cantos mais escuros — formas sombrias e ameaçadoras. Agarrei meu bastão com força, e meus olhos se moviam de um lado para o outro. Quando eu olhava diretamente para as criaturas, elas desapareciam; quando desviava os olhos, elas cresciam e se aproximavam.

— Faça o que ela quer, Tom. Por favor — implorou Alice.

Então, assenti e retirei a chave do bolso.

Em breve, eu teria de enfrentar Lizzie, mas faria isso quando ela menos esperasse. Eu apenas torcia para que fosse o que fosse que estivesse dentro da arca não ser útil para uma feiticeira de ossos.

A chave especial, que fora feita por Andrew, irmão do caça-feitiço, um mestre serralheiro, não me decepcionou. Ergui a tampa e vi que a arca continha dinheiro: bolsas com moedas de ouro e prata.

Pensei que Lizzie ficaria desapontada, mas ela simplesmente sorriu mais uma vez.

— O dinheiro é uma coisa útil — disse. — Posso lhe dar um bom fim. Tranque a arca de novo, garoto. Não quero ninguém pondo as mãos sujas nela. — Lizzie deu uma olhada pelo quarto, com os olhos pousando sobre as garrafas e cântaros e depois, finalmente, sobre o caderno aberto. — Vou ter que remexer nessas coisas por aqui muito em breve — resmungou. — Ver o que ele andou tramando. Quem sabe, talvez eu aprenda alguma coisa nova.

Quanto tempo Lizzie Ossuda pretendia ficar? Será que ela falava sério sobre governar a ilha? Nesse caso, como ela planejava fazer isso com os inimigos reunidos além do torreão? Eles tinham ficado muito assustados, mas isso não duraria para sempre. Logo voltariam com força total. Eles a capturaram antes; se um número suficiente pudesse reunir a coragem, conseguiriam fazer isso de novo. Então, Alice e eu pagaríamos por sermos seus cúmplices.

A oitava porta conduzia a um imenso vestiário cheio de roupas — eram trajes ricos e elaborados; roupas adequadas à corte. Deviam ter pertencido à esposa de Barrule.

— Elas parecem ser do meu tamanho. — Lizzie deu um sorrisinho irônico. — Sabe o que vocês vão fazer daqui a pouco?

Não respondemos.

— Encher a banheira! — gritou ela. — Aqueçam a água na cozinha e tragam-na aqui para cima. Em meia hora, quero isso feito!

— Lavar atrás das orelhas não vai fazer de você uma rainha! — retrucou Alice.

Lizzie sibilou furiosamente, e Alice soltou um grito de medo, dando alguns passos para trás. Segurei sua mão e rapidamente a levei de volta para a antecâmara; em seguida, descemos os degraus até a sala do trono.

— O que vamos fazer, Tom? — perguntou ela.

— Fugir e encontrar o Caça-feitiço — respondi —, embora ainda não saiba como. Não podemos ir por ali... — Apontei para a janela. Mais embaixo, o pátio estava vazio. Parecia não haver ninguém dentro dos muros do Torreão de Greeba, mas havia muitos homens além do portão aberto. Eles acenderam fogueiras e estavam de pé ou sentados ao redor delas.

— Eu não gostaria de me arriscar nos túneis — disse Alice. — Sei do que Lizzie é capaz. O buggane já é quase dela. Sem dúvida, ela o enviaria atrás de nós.

— Então, só nos resta uma coisa que podemos fazer por enquanto — disse a ela. — Preparar o banho de Lizzie.

Alice assentiu.

— Pelo menos, isso a deixará mais cheirosa! — retrucou ela.

Por isso, descemos até a cozinha e, depois de comermos um pouco de galinha fria, esquentamos a água para Lizzie. O fogo da cozinha ainda ardia e havia barris de água ali. Pouco depois, tínhamos água esquentando em três grandes caldeirões. Essa foi a parte fácil; levar tudo pela escada até lá em cima e, depois, para a banheira de Lizzie é que foi um trabalho árduo.

De volta à sala do trono, ficamos sentados no banco da janela, olhando para fora. Além do fosso, nada mudara, mas espetos foram colocados acima de cada fogueira; os alabardeiros acampados ao redor delas estavam se preparando para comer. De imediato, não pareciam oferecer perigo.

— Alice, por que Lizzie ficou tão forte de repente? — perguntei. — Ela me impediu de usar minha corrente contra ela — eu nem pude enfiar a mão no bolso. E parece muito confiante. Veja o modo como está nos deixando andar por aí, livres, enquanto ela toma banho — como se não tivesse nada a temer de nós — e ela está certa. Posso sentir sua nova força.

—Tem um pouco de verdade no que ela disse antes sobre a idade — respondeu Alice. — As feiticeiras de Pendle acreditam que obtêm força total quando completam quarenta anos. Mas Lizzie sempre foi poderosa e perigosa. Sei do que ela é capaz. E conseguiu ossos frescos também — os do xamã —, portanto, isso provavelmente vai ajudá-la. Ela o enganou e acabou com ele direitinho, isso sim. São muito raros, os ossos de um xamã. Não tenho ideia do quanto isso poderia torná-la mais forte... Olhe, Tom! — gritou Alice, apontando na direção da porta corrediça. —Alguma coisa está acontecendo ali. Parece que estão se preparando para atacar...

Mas eram apenas dois homens cruzando a ponte, e pareciam ter um prisioneiro no meio deles, com as mãos amarradas atrás das costas. Ao chegarem ao pátio, cortaram as cordas e o libertaram; então, jogaram alguma coisa para ele — um bastão.

Era o Caça-feitiço.

CAPÍTULO 16

O PIOR PESADELO DE SEU MESTRE

—Rápido, Tom. Desça e avise a ele! — gritou Alice ao ver o Caça-feitiço se encaminhando para a torre. — Que chance ele tem contra Lizzie agora?

— Venha comigo — disse, puxando-a pelo braço.

— Não. Vou ficar aqui e manter sua alteza real ocupada. Vou perguntar se ela quer mais água quente. Quanto mais ela ficar na banheira, maiores serão as chances do Velho Gregory. Não se preocupe, vou ficar bem.

Eu não gostava de deixá-la com Lizzie Ossuda, mas tinha poucas opções. O que Alice disse fazia sentido. Talvez ela pudesse distrair a feiticeira. Eu sabia que tinha que avisar meu mestre. Se ele se aproximasse sem saber como Lizzie estava forte agora, poderia terminar morto ou nas masmorras, servindo de comida para o buggane.

Por isso, deixei Alice e comecei a correr os degraus tão rápido quanto podia. Encontrei o Caça-feitiço quando ele estava entrando no aposento dos guardas. Quase demos um encontrão.

— Calma aí, rapaz! — gritou ele.

— Lizzie está muito poderosa agora! — falei, fazendo um esforço para recuperar o fôlego. — Ela pode congelar o senhor com uma palavra. E me impediu de tirar a minha corrente do bolso!

O Caça-feitiço apoiou o bastão na mesa do aposento dos guardas e se sentou.

— Achei que deveria ter alguma coisa diferente com a feiticeira. Tem um pequeno exército lá fora e eles ainda não se sentem capazes de entrar pelo portão e lidar com ela. Acreditam que o xamã esteja morto. É verdade?

Fiz que sim com a cabeça.

— Lizzie pegou os ossos dele.

— Então, é um servo das trevas a menos para nos preocuparmos... Lizzie conseguiu apavorar os alabardeiros; eles resolveram me enviar para lidar com ela — um caça-feitiço e, além do mais, um estrangeiro. Essas pessoas sempre foram terrivelmente independentes e devem estar muito desesperadas.

— Ela anda dizendo que vai se tornar a rainha de Mona... — disse ao meu mestre.

Ele ergueu as sobrancelhas ao ouvir isso.

— Conte-me tudo sobre essa história. Leve o tempo que precisar e não deixe nada de fora...

— Mas ela está tomando banho neste momento. Poderia ser a sua melhor chance!

— Lizzie Ossuda está tomando banho? Já ouvi o bastante agora! — disse o Caça-feitiço, dando-me um raro sorriso. — Mas não vou dar outro passo até saber de todas as coisas. Quanto mais cedo você começar, mais cedo terminará.

Então, fiz o que ele me pediu. Contei-lhe sobre os lábios costurados de Alice e Lizzie, e sobre os túneis do buggane que conduziam a cada cela. Depois, falei sobre a luta e a nossa fuga, e sobre como ela sussurrou para o buggane; finalmente, contei sobre ter de enfrentar os cães, a aparição do fantasma de Bill Arkwright e a morte do xamã.

Meu mestre balançou a cabeça.

— Sem dúvida, ela tem mania de grandeza, embora seja muito perigosa. Pobre Bill... ao menos, depois de acabarmos com Lizzie, ele vai conseguir se libertar.

"Mas não podia ficar pior, rapaz. Fui mandado para cá para acabar com aquela feiticeira, mas, depois que isso for feito, não precisarão mais de mim. Haverá um novo mestre do Torreão de Greeba e as coisas continuarão do jeito que sempre estiveram. Poderíamos muito bem terminar novamente nas masmorras. Eles vão continuar agradando ao buggane mesmo com a morte do xamã. E voltarão para os antigos truques. O mundo é assim, infelizmente. A história se repete."

Meu mestre deu um suspiro profundo, perdido em pensamentos por um instante.

— E se ela estiver forte demais? E se...

— Olhe, rapaz, não se preocupe. Já enfrentei muitas feiticeiras antes e terminei vencendo. Você é jovem e ainda é um aprendiz. Por isso ela conseguiu controlar você. Vamos logo acabar com isso! Leve-me até Lizzie...

Eu não gostei nem um pouco, mas fiz como meu mestre me ordenou. Apenas torci para que a feiticeira ainda estivesse na banheira. Mas, assim que entramos na sala do trono, soube que tinha razão em ser pessimista.

Lizzie Ossuda estava sentada no trono e Alice, de pé nos degraus, com uma expressão de pavor. Lizzie usava um vestido escarlate e comprido, com os cabelos úmidos, mas penteados, emoldurando seu rosto, e os lábios pintados de vermelho. Ela parecia imponente — se não exatamente como uma rainha, certamente como uma mulher acostumada à vida na corte. Mas o que realmente me assustou foi seu comportamento e a expressão em seu rosto.

Ela parecia controlar tudo, e senti ondas de malícia fria irradiando dela. No entanto, o Caça-feitiço parecia decidido e começou a caminhar sobre o tapete na direção do trono.

Parou na base da escada. Eu estava bem perto dele, e vi quando enfiou a mão esquerda no bolso da calça para enrolar a corrente de prata em volta do pulso. Lembrei-me da última vez que meu mestre enfrentara Lizzie, bem no começo de meu aprendizado. Ele havia matado Tusk, o ab-humano muito forte que era seu cúmplice e, então, amarrara a feiticeira com a corrente de prata, antes de carregá-la nos ombros de volta para uma cova em Chipenden. Será que ele conseguiria fazer isso de novo? Certamente acreditava que sim. E, sem dúvida, Lizzie devia se lembrar do que acontecera da última vez.

Pouco depois, percebi que ela não estava nem um pouco preocupada. Na verdade, nem estava olhando para o Caça-feitiço. Olhava, sim, para mim, com os olhos cheios de malevolência.

— Não dá para confiar em você, hein, garoto? Basta virar as costas para você ir atrás do seu mestre. Deveria matá-lo agora mesmo...

Sem perder tempo, o Caça-feitiço girou a corrente de prata, jogando-a na direção de Lizzie. Ela ainda estava sentada no trono; era um lançamento fácil e a feiticeira estaria bem amarrada. Observei a corrente se transformar numa espiral reluzente e mortal; porém, para meu desespero, ela caiu inofensiva no chão, a um passo do lado direito dela.

Como ele podia ter errado? A magia negra poderosa tinha de ser a resposta. Ou, talvez, alguma outra coisa...

Meu coração foi parar nas minhas botas no mesmo instante. Alice estava certa em duvidar dos poderes de meu mestre, e eu estava começando a entender a verdade. O Caça-feitiço era um homem em decadência. Sua força estava indo embora. O John Gregori de quem eu me tornara aprendiz antes teria amarrado Lizzie sem dificuldade, por mais forte que fosse a magia usada contra ele.

Ele franziu a testa, e uma expressão admirada surgiu em seu rosto. Gaguejou e parecia querer falar, mas então sua mão foi até o pescoço, e ele começou a engasgar. Os joelhos amoleceram; em seguida, ele caiu para a frente e por pouco a testa não bateu no degrau da base da escada. Rapidamente me ajoelhei a seu lado. Ele ficou deitado lá, com o rosto virado para baixo, mal podendo respirar.

— Ele não está morto, não precisa se preocupar! — gritou Lizzie, pondo-se de pé. — O Velho Gregory não vai desfrutar de uma morte tão fácil assim. Não depois dos dolorosos anos em que fiquei presa naquela cova. Eu lhe devo isso, e ele vai sofrer, antes de morrer. Eu vou lhe dar tanta dor como ele nunca sentiu antes, você vai ver! Esse vai ser o pior pesadelo de seu mestre!

As palavras dela me lembraram do sonho de meu mestre com Lizzie, no qual ela ficava sentada em um trono, e o chão estava banhado de sangue. Tudo começava a se tornar verdade de um modo terrível.

Ela desceu os degraus e ergueu o pé como se fosse chutá-lo com a ponta do sapato; depois, parou e balançou a cabeça:

— Qual é a vantagem de chutar se ele não pode sentir? — resmungou. — Agora, garoto, tenho um trabalho para você. Quero que você saia e fale com aqueles homens do outro lado do portão. Diga-lhes que agora trabalham para mim e que devem escolher um deles: um homem sensato com experiência, para ser meu senescal — o servo que dará ordens aos outros em meu nome. Ele deve vir até a sala do trono para uma audiência comigo.

"E outra coisa: não gosto de ficar esperando. Eles têm dez minutos para decidir. Depois disso, de cinco em cinco minutos, um deles vai morrer. Então, ande rápido e conte a eles, garoto!"

Baixei os olhos para meu mestre e depois para Alice, mas esse momento de hesitação irritou Lizzie. Ela deu um passo na minha direção, com os olhos brilhando perigosamente.

— Está pensando em me desobedecer, garoto? Bem, pense direito. Sabe, eu sei tudo sobre o cântaro de sangue...

— Sinto muito, Tom, sinto muito. Ela me fez contar... — gritou Alice.

— É só uma questão de saber quem o Maligno vai pegar primeiro. Se a Alice aqui me desagradar, vou jogá-la nas masmorras. Se eu não estiver a seu lado, ela não vai durar nem cinco minutos. E quanto a você — bem, é simples. Vou resolver isso com você agora mesmo. Tire o cântaro de sangue do bolso e quebre-o no chão! Anda! Faça isso!

Tentei resistir, tentei mesmo, mas vi minha mão obedecendo à feiticeira. Alice arregalou os olhos, horrorizada, e senti o suor escorrendo da minha sobrancelha. Meu coração bateu mais forte quando vi a mão se movendo, como se fosse por vontade própria, retirando o cântaro e erguendo-o bem alto, preparando-se para quebrá-lo no chão.

— Pare! — gritou Lizzie, no último minuto. Ela me deu um sorriso cruel. — Agora você pode voltar a guardar o cântaro de sangue no bolso porque sabe do que sou capaz. Da próxima vez que me desobedecer, vou fazer você quebrar esse cântaro e vou jogá-lo na mais profunda, escura e úmida das masmorras. Depois, veremos quem vem atrás de você primeiro: o buggane ou o Maligno.

Peguei meu bastão, dei meia-volta e saí para fazer o que ela ordenara. Que outra opção eu tinha?

Quando passei por baixo da primeira porta corrediça e segui pelo pátio na direção do portão principal, os alabardeiros puseram-se de pé, reunindo-se pouco depois do fosso.

— O que temos aqui? — disse o comandante Stanton, andando na minha direção. — Ela o enfeitiçou direitinho! Mandamos você velho e alto, e você volta jovem e com uns bons centímetros a menos!

Todos riram da piada, mas algumas das gargalhadas foram forçadas e a diversão, superficial.

— Meu mestre está machucado — disse a ele, e então comecei a transmitir a mensagem de Lizzie, preocupado com a maneira como Stanton reagiria às instruções dela. Ele não parecia o tipo de homem que aceitaria tranquilamente seu plano de controlar o Torreão de Greeba. Também parecia altamente improvável que ele concordasse em escolher um senescal para ela. Apenas torcia para que ele não metesse na cabeça que queria punir a mim, seu mensageiro.

Stanton pareceu indiferente.

— Somos obrigados a trabalhar para ela, não é? E se nós tivermos planos próprios?

— Ela disse que vocês têm apenas dez minutos para decidir. Se não responderem nesse tempo, alguns de vocês poderão morrer — um a cada cinco minutos que a deixarem esperando.

Alguns dos homens ao redor dele começaram a resmungar e pareceram apreensivos. Eu podia sentir o medo passando de um para o outro feito uma doença.

De início, Stanton não respondeu. Ele parecia pensativo e ergueu os olhos para a torre. Então, virou-se novamente para mim.

— Você é um aprendiz de caça-feitiço e conhece essas coisas. Ela poderia fazer isso? A feiticeira realmente poderia matar alguns de nós assim a distância?

— Não é fácil — admiti. — As feiticeiras costumam usar maldições para matar os inimigos a distância, embora nem sempre funcionem. Mas Lizzie Ossuda é uma feiticeira muito forte. Ela fez coisas nas quais eu não teria acreditado. Um caça-feitiço tem alguma imunidade contra feitiçaria, e meu próprio mestre praticou seu ofício com sucesso por muitos anos. No entanto, isso não o ajudou — continuei, balançando a cabeça com tristeza. — Ela usou magia negra, e ele caiu inconsciente a seus pés. Então, quem sabe do que ela é capaz?

Ele assentiu e olhou para seus homens.

— Bem, digo que vamos testá-la. — Dei meia-volta para atravessar o fosso, mas Stanton agarrou meu braço. — Não, rapaz, você fica conosco até sabermos como serão as coisas.

Ele me fez sentar perto do fogo e ajoelhou-se a meu lado, aquecendo as mãos diante das chamas.

— Quem mais está aqui, além da feiticeira e do seu mestre? — perguntou ele.

— Minha amiga, Alice.

— Alice? Você está falando da pequena feiticeira que sobreviveu ao teste no barril? A garota travessa que me bateu com a pedra?

— Ela não é uma feiticeira...

— Barrule pensou que fosse e ele entendia dessas coisas — interrompeu-me.

— Ela não é realmente uma feiticeira — insisti.

Stanton fitou-me com expressão severa por um longo tempo, como se estivesse decidindo alguma coisa e, então, perguntou:

— Qual é o seu nome, garoto?

— Tom Ward.

— Bem, Tom Ward, meu nome é Daniel Stanton, o comandante por aqui. Servi lorde Barrule durante quinze anos e, algumas vezes, fiz coisas das quais não gostava em seu nome. Mesmo assim, um homem sabe de que lado do pão fica a manteiga e, de tempos em tempos, fazemos coisas que não nos deixam totalmente satisfeitos. No entanto, não sei ao certo se me agrada ser o senescal de uma feiticeira.

"A situação é a seguinte: lorde Barrule não deixou um herdeiro. Há cerca de dez anos, a esposa morreu de parto e o bebê viveu apenas algumas horas depois dela. Portanto, o parlamento, o Tynwald, vai decidir na próxima semana quem será designado para ocupar seu lugar e tornar-se o líder do Conselho Governante. Pelo que entendo, minha obrigação é cuidar do torreão para seu próximo mestre, que será meu novo patrão. Isso significa ter de lidar com a feiticeira de um jeito ou de outro..."

Ouviu-se um súbito grito de dor vindo de alguém próximo à fogueira. Daniel Stanton pôs-se de pé com um salto. Eu o acompanhei e vi um homem deitado de costas, perto das chamas: ele se contorcia de dor, com as mãos no pescoço como se estivesse engasgando. Seu rosto estava ficando roxo. Alguém o pôs sentado e tentou ajudá-lo, erguendo uma caneca de água até seus lábios. Repentinamente, porém, o homem deu um suspiro, estremeceu e caiu sem forças.

— Ele está morto! — Foi o grito que se ouviu.

Eu estava olhando para diversos rostos assustados. Alguns dos homens de Stanton pareciam dispostos a correr.

— Foi a feiticeira quem fez isso! — gritou alguém.

— Foi mesmo — concordou uma segunda voz —, e se ela fizer de novo? Qualquer um de nós poderá ser o próximo!

Os alabardeiros andavam, confusos, com expressões tensas no rosto. Stanton era o único que não parecia apavorado. Ficou de pé, impassível, com os braços cruzados e a cabeça erguida.

Cinco minutos depois, um alabardeiro perto de nós soltou um gemido, levou as mãos ao pescoço, cambaleou e caiu morto aos nossos pés. Agora os homens de Stanton estavam apavorados. Esses alabardeiros eram soldados acostumados a enfrentar mortes violentas, mas aquilo não era natural. Eles começaram a entrar em pânico.

Stanton ergueu a mão, pedindo calma, e se dirigiu aos homens em voz alta e clara.

— Faremos o que a feiticeira ordena! — gritou. —Vou conversar com ela pessoalmente. — E pôs a mão em meu ombro. — Muito bem, garoto, imagino que você gostaria de dar cabo dela se pudesse?

Assenti.

— Bem, por que não acabou com ela quando teve a chance na outra noite? Eu estava lá e vi o que aconteceu.

Balancei a cabeça.

— Por muitas razões... Não conseguiria matá-la a sangue frio.

— É uma coisa difícil de se fazer — concordou ele com um gesto de cabeça —, e você é apenas um garoto. Mas, se eu tiver a chance, não vou hesitar. Então, vamos trabalhar juntos nisso, certo?

— A primeira coisa é deixar meu mestre em segurança. Ele vai descobrir o que fazer.

— Vamos ver o que a feiticeira tem a dizer — disse Stanton. — Vamos fazer o que ela quer por um tempo e esperar que a oportunidade se apresente.

CAPÍTULO 17

O FESTIM

Juntos, atravessamos os portões na direção da torre e subimos os degraus até a sala do trono. Lizzie estava à nossa espera, sentada no trono, altiva. Não havia sinal de Alice nem do Caça-feitiço.

Daniel Stanton fez uma pequena mesura para ela.

— Estou a seu dispor, senhora — disse ele.

Era a coisa certa a fazer, e a feiticeira estava verdadeiramente radiante.

— Como os homens o chamam? — indagou ela.

— Stanton, senhora. Fui comandante da guarda de Greeba. Trabalhei para lorde Barrule por quase quinze anos.

— Bem, agora, mestre Stanton, você é meu senescal, embora ainda seja o capitão da guarda. Mande-os voltarem a seus postos imediatamente, bem como os outros servos — em particular, as cozinheiras. Amanhã à noite, haverá um festim em minha homenagem. Qual é o maior cômodo do torreão? Quantas pessoas cabem dentro dele?

— O grande salão, senhora. Fica no edifício ao lado da torre. Cabem quase duzentas pessoas dentro dele.

— Envie os convites, então — ordenou Lizzie. — Quero que esse salão fique cheio. Mas, veja, não quero a ralé. Quero proprietários rurais aqui: gente rica e importante. Traga os membros do Conselho Governante e do Tynwald — tantos quantos puder.

— Vou fazer isso nesse mesmo instante senhora — disse Stanton.

Lizzie o dispensou. Quando ele partiu, ela se pôs de pé e desceu os degraus na minha direção.

— Vou governar a ilha. Duvida de mim, garoto? — perguntou ela.

Eu a fitei cauteloso.

— Parece que tudo está indo de acordo com os planos — concordei.

— Melhor do que você imagina — disse Lizzie, contorcendo seus lábios. — E não pense que não estou preparada para lidar com algum truque. Daniel Stanton fala bonito, mas posso ver através de suas lisonjas. Depois de amanhã à noite, ele vai estar com medo demais até para pensar em se opor a mim. E quanto a você, vou mantê-lo vivo por mais um pouco, você bem que pode ser útil. Mas um passo em falso e será o fim do cântaro de sangue... então, o Maligno poderá ficar com você. Você me entendeu?

Fiz que sim com a cabeça.

— Muito bem; então, me dê seu bastão. Não vai mais precisar dele.

Tentei resistir, mas a compulsão ainda era forte e me vi depositando-o aos pés dela. Eu sabia que ela não ia querer tocá-lo. Feiticeiras odiavam tocar em sorveira-brava.

— Agora saia da minha frente — ordenou ela —, mas não saia do torreão, a menos que eu mande, e fique longe das masmorras. Se chegar perto de seu mestre, será pior para vocês dois. Você vai dormir em um dos quartos aqui de cima — disse ela, apontando para os degraus —, onde poderei manter um olho em você.

Em uma hora, o torreão estava fervilhando com atividade: os guardas voltaram para suas posições e as cozinheiras preparavam o festim da noite seguinte.

Não havia nada que eu pudesse fazer, além de subir as escadas e escolher um dos quartos; passei as horas seguintes no banco da janela, observando o burburinho embaixo, no pátio, enquanto eu tentava tomar pé da situação e planejar o melhor curso de ação. As coisas pareciam sombrias e eu estava preocupado com meu mestre. E onde se encontrava Alice? Lizzie não mencionara a ausência dela. Será que também estava presa nas masmorras? Nesse caso, ela estaria fora do alcance da proteção do cântaro de sangue.

As coisas não pareciam nada boas. Éramos como moscas presas na teia de Lizzie e eu não fazia ideia de como nos livrarmos dela. Eu só tinha de esperar uma oportunidade e, quando ela chegasse, aproveitá-la, apesar do risco.

Para meu alívio, pouco antes de anoitecer, Alice apareceu na entrada da porta do meu quarto. Ela trazia uma bandeja com presunto frio, queijo e biscoitos.

— Pensei que você poderia dividir o jantar comigo — disse, vindo na minha direção.

— Onde está o Caça-feitiço? — indaguei.

— Está trancado numa masmorra, Tom. Lizzie me fez ajudar a levá-lo lá para baixo.

Sentamos juntos no banco da janela e beliscamos a comida.

— Não coma demais — disse Alice, dando um sorriso. — Deixe algum espaço para o banquete da rainha amanhã à noite.

— Será que Lizzie está falando sério? — perguntei. — O que ela espera conseguir?

— Ela vai soltar todos os prisioneiros do Torreão de Greeba e convidá-los para o festim. Todos, menos o Velho Gregory, claro. Não sei por que quer fazer isso. Qual é o jogo dela, Tom?

— Difícil dizer por que ela soltaria os prisioneiros, mas, se realmente quer governar esta ilha, imagino que vá querer impressionar e amedrontar os convidados amanhã, mostrar-lhes que não adianta resistir. Mas temos alguém do nosso lado: Daniel Stanton, a quem Lizzie acabou de nomear seu senescal. Ele vai matá-la, se tiver uma chance. Trabalhou durante muitos anos para Barrule, mas agora sua lealdade está com o próximo mestre. O Tynwald provavelmente nomeará alguém na semana que vem. Mas e quanto ao sr. Gregory — ela não vai alimentar o buggane com ele, vai?

— Não ainda, Tom. Lizzie quer machucá-lo bastante, primeiro. Depois que ela tiver sua diversão, então será a vez do buggane.

— O que não entendo é por que ela já não me matou — ou me pôs numa cela para alimentar o buggane. Por que ela iria se arriscar com um aprendiz de caça-feitiço por perto?

— Ela não o machucou ainda porque implorei que não fizesse isso — disse Alice. — E ela ainda não me machucou porque fala sério quando diz que eu vou unir os clãs de Pendle um dia. Ela pensa que pode me convencer a ir para as trevas. Não pode, mas não vai fazer mal deixá-la pensar que estou indo para o lado dela. É a única razão de você ainda estar vivo, Tom. Também pedi que deixe os cães irem embora — ou, pelo menos, que os alimente. Mas ela não quer nem ouvir falar nisso. Eles devem estar morrendo de fome agora.

Assenti com tristeza. Patas, Sangue e Ossos sofreram terrivelmente, mas, pelo menos, ao contrário dos outros cães, ainda estavam vivos. Eu teria de fazer alguma coisa em relação a eles... e logo.

Na manhã seguinte, passei por Stanton na escada. Ele enfiou uma lista de convidados debaixo do meu nariz. Havia muitos nomes.

— Estas são as pessoas para quem enviamos os convites — todas as pessoas importantes, mas muitas não virão.

Consideram Lizzie Ossuda uma assassina e uma feiticeira, e já estão fazendo os próprios planos para lidar com ela — talvez até contratar um tipo de força militar para avançar contra o torreão. Claro, eles não podem fazer muita coisa até o parlamento se reunir na semana que vem.

— Mas tem aqueles que concordaram em vir. Por que, eu não sei — prosseguiu o comandante, balançando a cabeça —, mas alguns, especialmente aqueles que não conseguem as coisas junto ao Tynwald, veem-na como um caminho para o poder. Alguns virão simplesmente para avaliar o perigo que ela representa. Se as pessoas reunidas se voltarem contra ela, eu poderei aproveitar o tumulto para matá-la ali mesmo. Agora, diga-me uma coisa: qual é a melhor maneira de matar uma feiticeira, rapaz?

— Uma lâmina de liga de prata no coração seria a maneira mais eficiente — disse a ele. — O bastão de um caça-feitiço tem uma, mas Lizzie trancou o meu e o do meu mestre. Mas qualquer lâmina no coração poderia resolver — pelo menos, por algum tempo...

Eu não gostava da ideia de lhe contar que ele teria que retirar o coração dela depois — caso contrário, enfrentaríamos uma Lizzie Ossuda morta e, provavelmente, ainda mais perigosa... Mas, primeiro, o mais importante, pensei.

Os convidados começaram a chegar ao torreão pouco depois do pôr do sol. Foram recebidos no portão e acompanhados até o grande salão. Eram homens, em sua maioria, sozinhos ou em grupos, mas também havia alguns casais.

O salão era imenso e espetacular, com seu teto alto apoiado em pesadas vigas de madeira arrumadas numa sequência de triângulos, como eram encontradas em muitas das maiores igrejas do Condado. Embora tivesse sido construído em menor escala, recordava-me o interior da catedral de Priestown. Nas paredes, ricas tapeçarias representavam cenas da história da ilha: viam-se barcos vikings e homens de aparência feroz usando capacetes com chifres; embarcações atracando em costas rochosas; batalhas, com casas queimando e campos cobertos de mortos. Dezenas de tochas alinhadas nas paredes exibiam-nas.

Gradualmente, o salão começou a ressoar com o ruído baixo de conversa enquanto os servos traziam bandejas de vinho e ofereciam um copo a cada um dos convidados. As mesas estavam organizadas em fileiras paralelas; a mesa principal, onde Lizzie ficaria sentada, estava virada para elas. Para nossa surpresa, Alice e eu estávamos sentados imediatamente à esquerda da cadeira da feiticeira, enquanto Daniel Stanton encontrava-se à sua direita. Alabardeiros armados com lanças ficavam de guarda ao longo da parede atrás de nós.

Assim que todos os convidados chegaram, outro grupo de alabardeiros trouxe os prisioneiros e conduziu-os até a mesa bem no fundo, próxima à porta. Vi que Adriana estava entre eles.

Foi somente então que Lizzie entrou no salão e andou lentamente até o seu lugar na mesa principal. A conversa diminuiu ao mesmo tempo que os convidados acompanhavam sua caminhada. Evidentemente, ela se apropriara do guarda-roupa da falecida esposa de lorde Barrule; desta vez, também pegara as joias: seus dedos estavam adornados com anéis de ouro; seus pulsos, com finos braceletes reluzentes e, entre os cabelos que agora estavam limpos e sedosos, estava uma espetacular tiara de diamantes.

Quando se aproximou de sua cadeira, Lizzie parou e lançou um olhar a todo o salão. Depois, deu um sorriso, mas não havia brandura nele. Era cruel, o sorriso malicioso de alguém muito confiante no próprio poder, o risinho sádico de uma pessoa má prestes a atormentar a vítima indefesa.

— Comam o que quiserem! — ordenou. — Comeremos primeiro e conversaremos depois.

Então, sem perda de tempo, garçons entraram apressados no salão com bandejas com os melhores pedaços de carne. As cozinheiras tinham trabalhado muito e era realmente um festim digno de uma rainha. Mas todos os convidados comiam em silêncio, limitando-se a mordiscar a comida, e dava para perceber o medo e desconforto que tomava conta deles agora. Eles sabiam do que Lizzie era capaz — como assassinara o poderoso lorde Barrule e matara os alabardeiros a distância. Ela até derrotara um caça-feitiço.

Finalmente, quando as mesas foram esvaziadas e os copos voltaram a ficar cheios, Stanton pôs-se de pé e pediu silêncio. Um murmúrio cheio de expectativa irrompeu quando Lizzie Ossuda se levantou e encarou os nervosos convidados.

Ela os fitou por um longo tempo em silêncio, contraindo os lábios pintados de vermelho. De repente, senti uma friagem no ar. Ela já estava usando alguma coisa das trevas.

— Os velhos costumes não vão mais vigorar! — gritou. — Está na hora da mudança!

Havia uma autoridade verdadeira em sua voz; não era mais a Lizzie suja de lama que conseguira refúgio conosco nos túneis — embora ela ainda torcesse a boca e falasse com o sotaque forte de Pendle.

— Vocês têm inimigos do outro lado do Condado, para o leste. Eles capturaram o Condado e agora vão olhar para estas bandas. Eles vão querer tirar as suas terras e transformar todos em escravos, não resta dúvida disso. Não há tempo para vacilar; não há tempo para conversas vazias. Ninguém precisa de um parlamento agora. Quem precisa de um grupo de debates quando a ação é necessária? Vocês devem estar querendo uma voz forte e única. E precisam de um tipo diferente de regra. É de mim que precisam! Eu serei sua rainha. Eu protegerei vocês. Me deem seu apoio e manterão a liberdade. A escolha é *sua*.

Enfatizando a palavra "sua", ela esticou o braço esquerdo e traçou lentamente um arco, da esquerda para a direita, apontando o dedo indicador para os convidados. Os anéis em seus dedos e os diamantes na tiara faiscaram.

Ela realmente estava agindo feito uma rainha agora: majestosa, poderosa e controladora. Estava dizendo a essas pessoas que elas tinham apenas uma opção: obedecê-la.

Ouviu-se um resmungo de desaprovação, embora um ou dois homens sorrissem e assentissem. Será que realmente a viam como sua futura líder, como alguém que os arrastaria atrás de si?

Lizzie ignorou os resmungos.

— Será uma vida diferente para todos aqui. Deixei os prisioneiros irem embora. Eles eram prisioneiros de lorde Barrule, não meus. O tempo dele já passou; por isso, soltei-os e agora as celas estão vazias, exceto pelo Caça-feitiço, claro. Mas outros se juntarão a ele nas minhas masmorras: todos que se opuserem a mim.

Desta vez, o resmungo transformou-se num rumor; depois, em gritos de desaprovação.

— Vocês estão comigo ou estão contra mim! — A voz de Lizzie interrompeu a confusão.

Em resposta, um homem levantou-se; a seu lado estava uma mulher de cabelos grisalhos ricamente vestida, e seus trajes rivalizavam com os de Lizzie. Com uma expressão de alarme no rosto, a esposa agarrou-lhe o braço, tentando puxá-lo para a cadeira. Mas ele se desvencilhou dela e caminhou até ficar bem em frente à mesa alta.

Com as faces coradas e ligeiramente acima do peso, ele parecia próspero e senhor de si. Mas ali estava ele negociando com uma criatura além de sua experiência.

O homem apontou um dedo para Lizzie e abriu a boca duas vezes antes de alguma palavra sair. Suas mãos estavam tremendo e a testa brilhava com suor.

— Você é uma estranha na nossa ilha — disse ele com voz trêmula —, uma intrusa, uma refugiada e, além disso, uma feiticeira! Como ousa ficar diante de nós e assumir tal título? Que direito tem você de se declarar nossa soberana?

Lizzie deu um sorriso malévolo.

— Um governante tem que ser forte, e sou a mais forte aqui! — disse ela. — Você está desafiando meu direito de governar, velho. Por isso, sua vida será sacrificada!

Ela bateu o pé três vezes, murmurou alguma coisa bem baixinho e apontou o dedo indicador da mão esquerda direto para o homem, que já contorcia o rosto horrorizado.

Suas mãos ergueram-se até o pescoço e pude ver os olhos esbugalhando-se nas órbitas. Ele não emitiu nenhum som, mas o sangue começou a escorrer das narinas e descer sobre a boca, antes de pingar de seu queixo. Então, ele se curvou para a frente e desmoronou, batendo a cabeça com força no chão de laje. Ficou deitado lá, totalmente imóvel.

Lizzie matara o homem.

CAPÍTULO 18

UM ESPÍRITO PERDIDO

A mulher de cabelos grisalhos pôs-se de pé e, com um grito de angústia, correu para ajudar o marido. Mas ela nunca alcançou o corpo dele.

Lizzie traçou um sinal no ar e entoou as palavras de um feitiço. A mulher caiu de joelhos, sacudindo as mãos na frente do rosto como se estivesse se defendendo de algo terrível.

Percebi outra agitação no fundo da sala, onde os prisioneiros estavam sentados. Uma pessoa tentava abrir caminho até nós, mas estava sendo contida pelos alabardeiros. Parecia ser Adriana. O que havia de errado com ela? Se não tomasse cuidado, acabaria voltando para as celas.

Mas Lizzie ainda não terminara. Aquela era uma clara demonstração de seu poder, com o objetivo de impressionar quem a observava para que ninguém jamais ousasse voltar a se opor a ela. Bateu o pé três vezes e, com uma voz alta e imperiosa, pronunciou mais palavras de encantamento na língua antiga. Eu ainda estava aprendendo aquela língua, era um principiante e as palavras, cantadas de modo tão rápido que eu não conseguia acompanhar nem entender. Mas as consequências eram imediatas e terríveis.

Todas as tochas da sala bruxulearam e se apagaram, e fomos lançados numa escuridão quase total. Gritos de medo irromperam da multidão. Então, o imenso vulto de um homem começou a se formar no ar acima de Lizzie. Parecia um espírito aprisionado, que fora convocado do limbo. De início, pensei que ela tivesse convocado mais uma vez Bill Arkwright, mas conforme a aparição tomava forma, vi que era o fantasma do homem que Lizzie acabara de matar. A seu redor giravam as névoas cinzentas e sombrias do limbo.

— Estou perdido! — gritou o espírito. — *Onde estou? O que aconteceu comigo?*

— Você está morto e não volta mais — interrompeu Lizzie. — O que acontecerá com você depende de mim. Posso mantê-lo aprisionado nessa névoa para sempre ou deixar você ir.

— *Ir? Para onde?* — perguntou o espírito.

— Para a luz ou para as trevas, o que sua vida na Terra preparou para você. Qual é o seu nome? O que você fez neste mundo, enquanto viveu e respirou?

— *Fui o moleiro chefe de Peel, um homem que trabalhava duro. Meu nome é Patrick Lonan e sou membro do Tynwald...*

Não admirava que Adriana tivesse de ser contida pelos alabardeiros. Lizzie acabara de matar o pai dela.

A feiticeira deu uma risada baixa e cruel.

— Você foi um membro do Tynwald. Agora é só um espírito perdido. Serve a mim e cumprirá as minhas ordens. Volte para a névoa e aguarde meu chamado!

O fantasma de Patrick Lonan deu um grito de medo e começou a desaparecer. As tochas arderam mais uma vez, revelando os rostos apavorados dos convidados. Muitos estavam de pé, prestes a sair do salão. Os alabardeiros pareciam igualmente apavorados, sem condição de deter quem tentava fugir. Mas Lizzie assumiu o controle da situação de imediato.

— Sentem-se! — ordenou ela. — Todos vocês. Façam isso ou juntem-se ao falecido moleiro!

Em segundos, eles voltaram novamente a seus lugares. Olhei para a mesa no fundo, mas não podia ver sinal de Adriana. A mulher, que imaginei ser sua mãe, ainda estava de joelhos, tentando defender-se de um atacante invisível. Todo o seu rosto se contorcia, seu corpo começava a entrar em convulsão. Ela murmurava coisas sem sentido, impelida à beira da loucura pela magia de Lizzie.

Olhei para Daniel Stanton. Ele estava tão apavorado quanto o restante da multidão, evidentemente sem condição de atentar contra a vida de Lizzie.

— Vocês viram o que eu posso fazer — gritou a feiticeira. — A morte aguarda aqueles que se opuserem a mim, juntamente com medo e sofrimento além do túmulo. Permitirei que o Tynwald se reúna uma última vez para dispensar o Conselho Governante e me declarar no governo desta ilha. Vão embora! Todos vocês! Quem quiser trabalhar para mim pode voltar ao torreão a esta mesma hora, amanhã à noite, e vou aceitar, então, seus respeitos.

O salão esvaziou rapidamente e vi que Lizzie tinha um olhar de triunfo no rosto. Ela fez um sinal para dois dos guardas e apontou para a mulher do moleiro.

— Levem-na para casa... para morrer! — ordenou. — Deixem-na ser um exemplo do que acontece a quem me desagrada.

Eles arrastaram a mãe de Adriana, que ainda gritava com ansiedade.

— Fora da minha vista, vocês dois! — disse ela, apontando para mim e para Alice. — Voltem para a torre. Quero conversar com meu senescal em particular.

Por um instante, pensei apenas em seguir os outros convidados para fora do grande salão e além do fosso. Mas então nunca conseguiríamos voltar para o torreão e resgatar o Caça-feitiço. E, de qualquer forma, duvido que Lizzie permitisse isso — seu poder sobre mim ainda era forte. Então, segui Alice obedientemente pelo pátio e nos sentamos juntos no banco da janela. Do lado de fora, estava muito escuro, e nem a lua nem as estrelas eram visíveis; apenas algumas lanternas tremeluziam no muro distante.

— Lizzie matou o pai de Adriana... — murmurei.

Alice assentiu.

— E, a essa altura, Adriana terá sido levada até as masmorras para se juntar ao Velho Gregory. Não ia demorar muito até Lizzie começar a encher essas celas de novo, não é? Não podemos deixar que ela simplesmente mate quem quiser. Temos que fazer alguma coisa, Tom.

— Se nós a atacarmos, ela poderá nos matar na mesma hora com um de seus feitiços. Você viu o que fez ao moleiro. Ela pode me forçar a fazer coisas contra a minha vontade — até destruir o cântaro de sangue. Em alguns dias, estará no controle desta ilha e então vai pensar em se vingar do Caça-feitiço. Temos que tirá-lo da cela, antes que ela comece a realmente machucá-lo. É arriscado, mas o único meio de sair deste torreão é através dos túneis do buggane.

Minhas palavras eram corajosas, mas, por dentro, eu tremia ao pensar no buggane. Ficar frente a frente com o demônio em seu próprio domínio significaria morte certa.

— Você tem razão, Tom, mas temos que escolher uma hora em que ela não esteja nos observando. Assim que Lizzie descobrir que fomos embora, ela vai mandá-lo nos buscar. Neste minuto, ela está ocupada, dando ordens para o novo senescal, consolidando seu poder aqui. E todos os guardas estão ocupados no momento, não estarão no aposento dos guardas! Agora, neste exato minuto, é o momento de nos mexermos — gritou ela.

Alice tinha razão. Tínhamos de atacar — e agora, quando Lizzie não esperava que isso acontecesse. Se ela nos pegasse, não mostraria compaixão. Tentando não pensar no risco do que estávamos fazendo, levei Alice para o estúdio onde lorde Barrule havia estudado e praticado o animismo. Abri a porta e recuperei o bastão do Caça-feitiço e o meu. Enquanto dávamos meia-volta para sair, Alice pegou o caderno do xamã.

— Para que queremos isso, Alice? — perguntei, franzindo a testa, ansioso para irmos embora antes que Lizzie retornasse.

— Quem sabe o que poderemos aprender, Tom? Poderá acabar sendo útil. Além disso, se nós o levarmos, Lizzie não poderá pôr as mãos nele.

Concordei, pois era verdade. Apertamos o passo pela sala do trono e descemos os degraus na direção das masmorras. Passamos em segurança pelo aposento dos guardas e, tirando uma lanterna de um gancho, percorremos o corredor estreito e úmido, seguindo na direção das masmorras.

Havia um monte de celas, mas não precisávamos olhar em cada uma porque as que estavam vazias tinham as portas abertas. Por fim, chegamos a duas que estavam trancadas. Usei minha chave e abri a primeira porta, encontrando Adriana sentada no canto, no chão, com a cabeça nas mãos. Quando viu que éramos nós, levantou-se com um pulo e correu em nossa direção.

— O que aconteceu com a minha mãe? — perguntou, com os olhos cheios de lágrimas.

— Eles a levaram para casa — respondi. — Adriana, lamento muito por seu pai...

— Então, ela o matou? Eles me arrastaram para fora dali antes que eu pudesse ter certeza do que havia acontecido. — Ela olhou para mim, com os olhos cheios de tristeza.

— Sim, ela o matou — admiti, inclinando minha cabeça. Não lhe contei sobre a hora em que Lizzie convocou seu espírito do limbo; isso apenas aumentaria sua dor.

—Vai ser difícil para minha mãe viver sem ele — disse ela, começando a soluçar. — Papai sempre falou o que pensava.

— Ele foi corajoso — disse eu —, mas não poderia ter sabido o que ia enfrentar nem como Lizzie é realmente poderosa...

— Vamos tentar escapar do torreão pelos túneis — disse Alice, afagando o ombro de Adriana em solidariedade. — Será perigoso, mas é melhor do que ficar aqui.

Saímos da cela e enfiei minha chave na fechadura da cela seguinte. Estava rígida e, por alguns instantes, fiz um esforço para girá-la. Finalmente, ela cedeu e eu abri a porta. Alice segurou a lanterna e nós examinamos o seu interior.

Vi a parede de terra batida e o túnel. Então, alguma coisa se moveu. Meu coração quase parou e dei um passo para trás, nervoso. De início, pensei que fosse o buggane, mas o Caça-feitiço arrastou os pés em nossa direção, com uma das mãos erguida para proteger os olhos do brilho da luz. Ele ficara no escuro por um longo tempo.

— Bem, rapaz, você é uma visão e tanto para olhos cansados.

Sorri e estendi-lhe o bastão.

— Tenho muitas coisas para lhe contar, mas isso terá de esperar até mais tarde. Os guardas poderão vir nos procurar a qualquer momento. Vamos fugir daqui pelos túneis do buggane. É isso ou voltar pelas escadas para enfrentar Lizzie. E agora ela controla os alabardeiros.

O Caça-feitiço assentiu.

— Nesse caso, temos poucas opções. Não sabemos aonde os túneis levam; portanto, podemos tentar muito bem por aqui — disse ele, apontando para a entrada escura na parede de terra batida da própria cela.

Subitamente, perguntei-me se ele já não tinha tentado fugir pelo túnel. Antes, quando ficara trancado em minha cela, eu decidira não me arriscar. Mas ainda era um aprendiz; ele, porém, era o Caça-feitiço e deve ter pensado que seria a única chance de escapar antes de ser torturado e morto. Será que lhe faltara a força e a coragem para encarar o túnel sozinho? Tive pouco tempo para refletir sobre essa ideia, antes de Alice tornar a falar.

— Nós *sabemos*, sim, aonde um dos túneis conduz — disse ela. — Aquele que parte da sala comprida, onde os cães lutavam, ele nos leva até a árvore oca...

— Mas está cercado por um cemitério de ossos, Alice — recordei.

— É muito perigoso, mas talvez eu consiga encontrar o caminho secreto de Lizzie. Estou disposta a tentar.

— Se você cometer um erro, será esmagada até morrer em questão de segundos, garota — disse o Caça-feitiço, balançando a cabeça.

— Não tem opção melhor — retrucou Alice. — Caso contrário, viajaremos às cegas através dos túneis do buggane.

O Caça-feitiço suspirou; em seguida, fez um gesto com a cabeça, concordando.

— Está bem, você pode ir na frente, então...

Saímos da cela e seguimos pelo corredor; pouco depois, ele ficou mais largo e havia lajes secas sob os nossos pés. Pegamos mais lanternas; precisaríamos do máximo de luz possível no túnel. Quando chegamos perto da sala comprida, ouvimos latidos altos; o fedor de morte e de fezes de animais era muito intenso. Vimos que os três cães ainda estavam trancados nas jaulas e o corpo putrefato de lorde Barrule jazia onde tinha caído, perto do trono.

— Deveríamos soltar os cães — disse. — Eles não foram alimentados. Talvez apenas daqui a alguns dias alguém se preocupe em fazer alguma coisa com eles.

— Cuidado, rapaz — advertiu o Caça-feitiço. — Eles foram tratados com crueldade. Quem sabe como vão reagir?

Cautelosamente nós os libertamos. Mas os cães não nos atacaram nem brigaram uns com os outros. Alguns saltaram imediatamente para fora da sala, mas a maioria simplesmente saiu andando triste. No entanto, Patas, Sangue e Ossos estavam satisfeitos por me ver. Era bom afagá-los e ver os rabos balançando com animação; sua alegria criou um bolo na minha garganta. Eles estavam morrendo de fome e sujos, e eu sentia raiva pelo modo como tinham sido tratados, mas, ao menos, o poder do xamã sobre eles fora interrompido e eles voltaram a ser como antigamente. Quando entramos no túnel no fim da sala, eles nos seguiram.

Fui na frente, com Alice nos meus calcanhares, e o Caça-feitiço caminhava atrás de Adriana, caso fôssemos atacados por trás. O túnel era de terra, sem vigas de madeira, como se fosse uma mina, e a ideia de toda aquela quantidade de solo acima de nós era assustadora. Poderíamos facilmente ser enterrados vivos ali embaixo; trechos do túnel deviam desmoronar a toda hora. Viam-se raízes também; algumas vezes, elas se contorciam feito cobras, e eu tinha de ficar repetindo para mim mesmo que não estavam se movendo.

As lanternas eram muito mais eficazes que o toco de vela que eu havia usado da primeira vez que descera até aqui com Alice e Lizzie, e não demorou muito até vermos as primeiras ossadas: elas não estavam em grandes pilhas, como no covil de uma feiticeira de ossos, mas nunca nos afastamos mais que dezoito metros sem perceber um lampejo de um fragmento de esqueleto humano. Algumas vezes, era um crânio enterrado pela metade na parede lateral do túnel ou um fragmento de um osso da perna ou do braço ou ainda apenas alguns dedos da mão ou do pé. No entanto, não percebi nenhum espírito pairando ali; eram apenas restos mortais. Fiz uma pausa ao lado de um pé humano praticamente intacto; faltava apenas o dedinho do pé. Do lado esquerdo, havia um crânio; uma raiz de árvore abrira caminho, contorcendo-se, através da órbita do olho esquerdo e saía pelo direito antes de continuar até o solo.

— Por que há tantos ossos por aqui? — perguntei para o Caça-feitiço. — Será que são dos prisioneiros que tentaram escapar das celas?

— Alguns, provavelmente — respondeu ele. — Mas o buggane regurgita alguns dos ossos que engoliu, depois de se alimentar.

Estremeci ao me dar conta de que o pé e o crânio haviam passado um tempo no estômago do buggane.

Durante cerca de cinco minutos, tivemos um bom progresso, mas então nos deparamos com um problema. Havia grossas raízes de árvore à nossa frente, bloqueando completamente o túnel principal. Outro túnel seguia em um ângulo, conduzindo para baixo. Era novo e fora cavado recentemente; não gostei nem um pouco da aparência dele.

–Isto é coisa do buggane. E agora o que faremos? — perguntei.

— Para chegar até a árvore oca, precisaremos passar, de algum modo, por aquelas raízes — respondeu Alice.

— Poderíamos cavar ao redor delas com os bastões, mas levará séculos. Eu sei um modo melhor — disse, virando-me para olhar além de Alice e Adriana. — Tem raízes bloqueando nosso caminho! — gritei para o Caça-feitiço. —Vamos recuar um pouco no túnel. Precisamos dar espaço aos cães para trabalharem. Patas! Sangue! Ossos!

Os cães espremeram-se entre nós com ansiedade quando os outros se retiraram. Cavei a terra ao lado das raízes com a minha mão e apontei mais à frente. Pouco depois, os três estavam cavando animadamente, jogando terra para trás com as patas. Na verdade, tínhamos dois túneis em vez de um porque Patas trabalhava do lado esquerdo, enquanto Sangue e Ossos cavavam o próprio túnel do lado direito.

O último era uma escavação maior, e o Caça-feitiço e eu o ampliamos com as lâminas dos bastões até podermos nos espremer por ele.

Finalmente, voltamos a nos locomover. Comecei a me sentir otimista, pensando que íamos escapar da árvore oca. Era perigoso, mas, se havia alguém que podia encontrar o caminho secreto através do cemitério de ossos, esse alguém era Alice.

Logo nos deparamos com outro problema, e este era muito pior que o anterior. Descobrimos que a passagem à nossa frente estava completamente bloqueada com terra compacta. Mais uma vez, um novo túnel fora escavado pelo buggane e conduzia direto para baixo.

O Caça-feitiço arrastou-se até se juntar a mim, balançando a cabeça.

— Poderíamos tentar cavar de novo, mas todo o túnel correria o risco de desmoronar atrás de nós — disse ele. — Não gosto disso, garoto. É quase como se estivéssemos sendo conduzidos feito ovelhas. Forçados para baixo onde alguém quer que fiquemos.

— O buggane? — perguntei.

— Talvez, mas ele poderia estar agindo para Lizzie. A esta altura, provavelmente ela já sabe que fugimos da torre. Ou recuamos pelo caminho que fizemos ou descemos até ali — disse, apontando para o novo túnel.

— Se voltarmos, eles estarão nos esperando. Dessa vez, Lizzie colocará *a todos nós* nas masmorras — concluí.

O Caça-feitiço deu de ombros.

— Então, temos de prosseguir. Vou assumir a frente agora, rapaz, quem sabe o que vamos enfrentar? — E, com essas palavras, ele partiu, rastejando ao longo do túnel.

A descida ficou mais íngreme, e eu me tornava cada vez mais apreensivo, pois percebia o perigo à frente.

Então, a passagem começou a se abrir, e o Caça-feitiço pôs-se de pé e ergueu a lanterna. Momentos depois, vimos um vasto espaço mais adiante, e as paredes eram tão distantes que a luz não podia chegar até elas. Estávamos na entrada de uma caverna imensa.

Até os cães ficaram em silêncio. Eles se encontravam atrás de nós, sem querer se arriscar mais a explorar. Talvez se sentissem como nos sentíamos: uma sensação de temor; um sentimento de que enfrentávamos uma coisa totalmente nova e além de nossa experiência.

— Não esperava por isso — disse o Caça-feitiço, com a voz tão baixa quanto um sussurro. — Acho que sei que lugar é esse. Pensei que fosse apenas um mito, uma história. Mas é real...

— O que é real? — indaguei. — O que é isso?

O Caça-feitiço apenas resmungou alguma coisa para si mesmo e não respondeu à minha pergunta.

— Isso não foi feito pelo buggane. Precisaria de dez vidas para fazer um túnel tão grande assim, mesmo que suas patas pudessem cavar a rocha. — Isso já estava aqui e o buggane encontrou por acaso — completou meu mestre.

— Ou talvez ele soubesse — disse Adriana, saindo do túnel escuro. — Talvez tivesse escolhido de propósito construir o labirinto aqui porque sabia da existência dessa caverna.

— Mas para que ele iria querer uma coisa tão grande? — perguntei, pensando em voz alta.

— Bem, já lhe contei, rapaz — disse o Caça-feitiço —, o buggane retira o *animus*, a força vital de um ser humano, e o guarda no centro do labirinto; ele estava trabalhando com o xamã; por isso, precisava de muito espaço. Mas este lugar é imenso, muito maior do que ele precisaria.

— Para que ele usa as *animas*?

— Bem, sabemos que elas são uma fonte de poder mágico para um xamã, dando-lhe controle sobre os animais e permitindo que projete seu espírito para longe do corpo. Mas, quanto ao buggane, ninguém nunca conversou com uma criatura dessas. Ela sussurra, ameaça e então retira o *animus*, matando a vítima, mas não sabemos por quê. O xamã, lorde Barrule, saberia mais, porém, ele está morto agora... Bem, rapaz — prosseguiu meu mestre —, você me perguntou que lugar é este, e vou lhe dizer. Não pensei que viveria para vê-lo. É uma coisa da qual apenas ouvi falar. Ele é conhecido como "Depósito de Grim" por causa de seu criador, e é a maior fonte de animismo no mundo. Primeiro, foi reunido por um xamã conhecido como Lucius Grim há muitos séculos. Dizem que ele era capaz de projetar seu espírito nas próprias trevas, mas, finalmente, sua alma foi consumida por um demônio. Este é seu legado, sem dúvida, somado ao de outros xamãs desde então

— o último foi lorde Barrule. De qualquer forma, vamos continuar andando, mas mantenham-se perto das paredes da caverna. Quem sabe, talvez possamos encontrar outro meio de sair.

O Caça-feitiço caminhava à nossa frente, e os cães seguiam atrás, ainda desanimados. Sob os nossos pés, a lama fofa deu lugar às pedras. Pouco depois, Alice suspirou, espantada, pois percebera algo mais à frente.

— Tem alguma coisa ali — disse. — Posso ver as luzes se movendo. E não gosto da aparência delas.

Olhamos para o local que ela estava apontando. Minúsculos pontos de luz amarela, semelhantes a estrelas distantes, combinavam-se e formavam desenhos complicados, movendo-se feito um cardume e não como um bando de pássaros. Tentei contá-los; era difícil, mas achei que eram sete. De repente, um deles se separou do restante e flutuou até nós. Ao se aproximar, vi que era uma esfera brilhante.

— Elementais do fogo! — gritou Alice. — Iguais aos que vimos na Grécia...

Lá enfrentáramos tipos diferentes de elementais do fogo, desde esferas de fogo até os *asteri*, que pareciam estrelas de cinco pontas. Todos eram fatais e podiam reduzi-lo a cinzas instantaneamente. Sem dúvida, tinham feito isso com Bill Arkwright.

No entanto, o Caça-feitiço balançou a cabeça.

— Nada disso, garota, não tem como serem elementais do fogo. Esta caverna é úmida demais. Na verdade, toda a ilha tem um clima úmido, muito semelhante ao do Condado, e não é lugar para entidades como essas. Elas não sobreviveriam aqui.

Como se quisesse provar que meu mestre estava certo, em vez de nos atacar, a esfera cintilante recuou, movendo-se para cima e, mais uma vez, tornou-se um ponto de luz distante, ao juntar-se a suas companheiras na estranha dança. Era como se tivesse dado uma olhada em nós e decidido que não éramos interessantes.

Foi então que o Caça-feitiço percebeu, pela primeira vez, que Alice estava carregando um livro.

— Onde você conseguiu isso, garota? — perguntou, franzindo a testa. — Ele pertencia ao xamã?

Alice assentiu.

— É o caderno dele. Trouxe comigo para que Lizzie não pudesse pôr as mãos nele nem aprender coisas novas sobre as trevas. Melhor ficarmos com ele, o senhor não acha?

Meu mestre não parecia convencido, mas não disse nada, e continuamos a seguir pela parede curva da caverna. Mais uma vez, foi Alice quem nos fez parar. Ela farejou alto, três vezes.

— Tem alguma coisa mais à frente e está vindo para este lado — avisou. — Uma criatura das trevas...

Nem bem acabou de dizer isso, os três cães começaram a rosnar; eles também tinham sentido o perigo. Erguemos as lanternas e vimos um vulto se aproximando de nós.

— É o ab-humano — disse Alice quando ele se moveu para os arcos de luz.

Ela estava certa. Chifrudo vinha sozinho. Os dois buracos em suas orelhas, onde prendiam as correntes, ainda pareciam inflamados, e seus olhos cegos e com uma cor branco-leitosa se moviam como se ele estivesse examinando cada um de nós.

A união entre o Maligno e uma feiticeira podia gerar uma grande variedade de filhos. Grimalkin, a feiticeira assassina, dera à luz um bebê perfeitamente humano; o Maligno o matara no mesmo instante, justamente por isso. E havia Alice, que nascera totalmente humana, mas com a capacidade de se tornar uma feiticeira poderosa. Ali, no outro extremo da balança, estava aquela figura demoníaca, uma fera com chifres semelhantes aos do pai que o havia gerado.

O Caça-feitiço preparou o bastão e se aproximou da criatura.

O ab-humano sibilou para ele entre dentes; então, falou com voz rouca:

— Sigam-me.

— E por que deveríamos fazer isso? — indagou meu mestre, erguendo o bastão de modo ameaçador.

— Sigam-me — repetiu Chifrudo, dando meia-volta e caminhando para a escuridão.

Eu não gostava da ideia de abandonar a relativa segurança da parede de rocha. Tinha uma sensação ruim sobre me arriscar na imensidão da caverna: era possível perder-se ou simplesmente ser engolido pela escuridão.

— Espere! — gritou o Caça-feitiço, sem dúvida, pensando a mesma coisa. — Você tem de nos dar um bom motivo para segui-lo — caso contrário, ficaremos aqui!

O ab-humano voltou a se virar para nós, e seu rosto contorceu-se de raiva; seu olhar era mais parecido com o de uma fera selvagem que o de um ser humano.

— Vocês *devem* me seguir. Não têm escolha.

— Sempre se pode fazer uma escolha — disse o Caça-feitiço. — Com certeza, sempre se pode fazer. Se nós preferirmos ficar aqui...

— Então, vão ficar aqui nesta caverna até morrer. Não há como fugir daqui, a menos que eu queira. Agora que meu mestre está morto, quem controla o buggane sou eu. Apesar de todos os esforços da feiticeira, ele ainda faz o que eu mando; pelo menos, por enquanto.

— Ele poderia estar mentindo — disse Adriana, baixando a voz. — É mais seguro ficar aqui.

— Não, se todas as entradas e saídas forem feitas pelo buggane — respondi.

— E suspeito que seja exatamente isso que descobriremos — disse o Caça-feitiço. — Temo que a opção mais sábia no momento seja fazer o que ele está pedindo.

Então, relutantes, seguimos o ab-humano para dentro da caverna. Pouco depois, as paredes estavam atrás de nós e continuamos na poça de luz amarela lançada pelas nossas lanternas, além da qual nada parecia existir. A escuridão se estendia em todas as direções. Nossos passos ecoavam no silêncio e, aos poucos, meu nervosismo aumentava.

Logo depois, a situação piorou ainda mais: todas as nossas lanternas começaram a enfraquecer até que, em alguns minutos emitiram um brilho fraco. Isso só podia ser obra de magia das trevas, e o Caça-feitiço imediatamente ergueu a mão, fazendo um gesto para que parássemos. Nem bem tínhamos feito isso, as lanternas se apagaram completamente, lançando-nos na escuridão absoluta.

Seria um truque? perguntei-me, com medo. Será que Chifrudo nos atraíra para morrermos?

CAPÍTULO 20
PODER IMENSO

F iquei parado ali, preparando-me para algum tipo de ataque a qualquer momento, mas nada aconteceu.

— Continuem andando — ordenou Chifrudo, bem à frente no escuro. — Estamos quase lá...

Caminhávamos devagar e com dificuldade; estava tão escuro que eu não conseguia nem ver o Caça-feitiço. A não ser pelo som de suas botas nas pedras, ele poderia ter desaparecido. Foi então que vi um brilho pálido.

Quando nos aproximamos, a luminosidade aumentou; não em intensidade, mas em tamanho. Isso me recordou da esfera brilhante que descera do teto da caverna para dar uma olhada em nós. No entanto, se aquela esfera era pequena e amarela, esta era vermelha e imensa. Ela também não era uma esfera verdadeira: era flexível e mudava de forma, como se estivesse sob pressão de forças internas ou externas invisíveis.

A distância, ela parecia ter um contorno definido, mas, à medida que nos aproximamos, vimos que era mais como um tipo de névoa num vale coberto de árvores, difusa em seu perímetro, mas muito mais densa no interior. O ab-humano já estava caminhando para dentro dela e se tornando mais indistinto. Nós o acompanhamos — de minha parte, minha relutância crescia, e eu me perguntava se os outros sentiam a mesma coisa. A pele das minhas mãos e do rosto estava formigando, meu sentido para o perigo aumentava a cada passo. Então, o ab-humano parou e virou-se para nós — era apenas uma silhueta com chifres contra a claridade.

— Este é, de fato, o depósito de Lucius Grim. Eu estava certo — disse o Caça-feitiço.

— Ele não representa perigo para vocês — informou Chifrudo ao meu mestre. — Pelo menos, não sozinho. É o lugar no qual o buggane guarda a força vital que rouba dos vivos. É energia, apenas isso — uma imensa reserva de *animas* recolhidas durante séculos.

— Pensem nas centenas de pessoas que ele matou. — O Caça-feitiço balançou a cabeça com aversão.

— Não apenas centenas, são milhares de milhares — disse o ab-humano. — Outros bugganes aumentaram o depósito; o processo vem acontecendo há séculos. Esta caverna agora é uma grande fonte de energia e o local de encontro para todos aqueles que praticam a magia do animismo — não apenas os xamãs na forma espiritual, mas as feiticeiras romenas. No momento, um coven de sete feiticeiras projetou temporariamente os espíritos desde a pátria distante. Elas viram vocês entrando na caverna e me avisaram de seu paradeiro.

Agora, as sete luzes dançavam bem acima de nossas cabeças; deviam ser os espíritos das feiticeiras. Lembrei-me de ter lido um verbete sobre essas coisas no Bestiário do Caça-feitiço. Elas eram perigosas: um grupo como esse poderia drenar a força vital de uma vítima humana em questão de minutos.

— Ora, ora! Fale logo de uma vez — insistiu o Caça-feitiço, com uma ponta de impaciência na voz. — O que é que você quer?

—Vingança — disse o ab-humano, e seu rosto cruel se contorceu de raiva. — Quero me vingar da feiticeira que matou meu mestre, lorde Barrule. Quero vê-la destruída!

— Entendo, nós também gostaríamos de dar cabo dela — disse o Caça-feitiço. — Mas você nos trouxe aqui apenas para nos dizer isso? Nesse caso, teria sido melhor nos deixar seguir o nosso caminho.

— Eu precisava lhes mostrar isso e lhes dar informações importantes — prosseguiu Chifrudo. — Informações que poderiam ajudar vocês a impedi-la de dominar toda a ilha. A feiticeira está usando os ossos dos polegares de meu mestre como um canal e está utilizando o poder armazenado aqui. E vai ficar pior, muito pior. Estou usando esse mesmo poder e tentando resistir a ela. Mas ela está mais forte que eu, muito mais forte, e, em breve, terá o buggane em seu poder. Então, esta imensa reserva estará à disposição dela.

"No momento, ela não sabe nada sobre este depósito, mas assim que converter o buggane em sua criatura, descobrirá rapidamente a verdade. Então, perceberá do que é capaz. E não vai parar nisso. Finalmente, todas as nações além da nossa costa estarão correndo risco.

"Meu mestre era obcecado com apostas e nunca se importou em recolher mais que uma fração da magia disponível aqui; com certeza, a feiticeira vai pegar tudo e usar contra quem atravessar o caminho dela. Vocês têm que agir imediatamente, antes que seja tarde demais!"

O Caça-feitiço assentiu.

— Precisamos levar esses ossos para longe dela embora seja mais fácil falar do que fazer. Por quanto tempo você pode resistir? Por quanto tempo você pode mantê-la longe do buggane?

— Impossível dizer. Tudo que sei é que está ficando cada vez mais difícil com o passar dos dias — respondeu Chifrudo. — Não há tempo a perder. Vou lhes mostrar um túnel que os levará até a floresta acima de nós. Vocês não precisam enfrentar o cemitério de ossos da feiticeira.

Conforme o ab-humano nos conduzia através da escuridão da caverna, nossas lanternas voltaram a arder com todo o seu brilho. Ele nos levou até um túnel que fora cavado recentemente, antes de voltar para a escuridão. O túnel subia íngreme e, na verdade, estava limpo; em poucos minutos, saímos no meio das árvores. Ainda estava escuro, mas o céu ficava cada vez mais claro no horizonte a leste e podíamos ver o Torreão de Greeba ao longe, com as lanternas iluminando suas ameias; a guarda deveria estar completamente alerta.

— A torre está muito perto para ficarmos tranquilos — disse o Caça-feitiço. — Quanto mais distância deixarmos entre ela e nós, mais satisfeito ficarei.

— Nenhum lugar é seguro agora — disse Adriana. — Estou indo para minha casa em Peel; tenho de cuidar da minha mãe. O choque da morte de meu pai pode ter sido muito forte para ela. Vocês podem se juntar a mim.

— Somos estranhos nesta ilha; por isso, ficaremos felizes em aceitar o seu convite — agradeceu o Caça-feitiço —, mas, primeiro, seria melhor pegarmos nossas bolsas.

Elas ainda estavam onde as havíamos deixado. Peguei o caderno do xamã com Alice e guardei-o na bolsa, carregando-a junto com a de meu mestre, e partimos para o oeste, com Adriana seguindo à frente desta vez. Depois de algum tempo, Alice apertou o passo para caminhar junto com ela e as duas começaram a conversar.

Era uma manhã nevoenta e triste, com um chuvisco frio descendo em nossos rostos, vindo do céu cinzento. Nosso progresso era lento porque evitávamos as alamedas e trilhas, e cruzávamos florestas e caminhávamos ao longo de fileiras de sebes úmidas. Eu já estava disposto a comer alguma coisa e a ter um pouco de aconchego e onde me abrigar.

— Onde fica a Romênia? — perguntei, apertando o passo para caminhar com o Caça-feitiço.

— É uma região de florestas, a noroeste do país natal de sua mãe, a Grécia, rapaz. Por quê? Está pensando naquelas sete feiticeiras?

Fiz que sim com a cabeça.

— Elas vieram de muito longe para visitar a caverna — comentei.

— É verdade, rapaz, mas não vieram em carne e osso, ou estaríamos realmente encrencados. O que vimos foram seus espíritos projetados dos corpos pelo poder do animismo, atraídos para lá pelo depósito. Elas estavam cooperando com o ab-humano; por isso, não representavam uma ameaça. Mas temos uma tarefa importante em nossas mãos. Mesmo que lidemos com Lizzie e com o buggane, deixar todo aquele poder armazenado ali é perigoso. Algum outro habitante das trevas poderia encontrá-lo e usá-lo para seus próprios fins.

— Por que isso não aconteceu antes?

— Talvez tenha acontecido, rapaz, mas é preciso muita habilidade para controlar tal depósito. Nem Lucius Grim entendia adequadamente o seu poder, e isso, finalmente, levou à sua destruição. Por sorte, lorde Barrule estava muito distraído com as apostas para tirar total vantagem desse recurso. No entanto, não tardará para alguém com grande força das trevas fazer uso disso. Existem outros buggganes nesta ilha que poderiam se juntar a ele; como os ogros, eles podem usar *leys* para viajar de um lugar a outro. Sim, temos de tomar cuidado com isso. Uma importante tarefa nos aguarda.

Chegamos ao moinho de Peel no início da tarde. Quando saímos da floresta, vimos à nossa frente a imensa roda que girava lentamente sob a força da água que corria ao longo do aqueduto de vários arcos. Mas logo descobrimos que não estavam moendo farinha. Ao ouvir sobre a morte de Patrick Lonan, em sinal de respeito, os trabalhadores do moinho tinham ido para casa.

A imensa casa do moleiro ladeava o moinho: fomos muito bem recebidos ali. Depois de ocupar-se de sua mãe, Adriana ordenou aos servos que preparassem banho, refeições quentes e cama para todos nós. O pobre pai podia estar morto, mas ela insistiu em manter os negócios como sempre e enviou uma mensagem aos trabalhadores para que se apresentassem ao trabalho na manhã seguinte.

O ab-humano insistira que deveríamos atacar Lizzie sem perda de tempo, mas ficamos no moinho por dois dias, descansando e reunindo forças, imaginando qual seria o melhor modo de agir. O Caça-feitiço estava muito quieto, e me parecia que ele tinha pouca esperança para nos oferecer.

Como poderíamos vencer agora? Lizzie estava no controle do Torreão de Greeba, e não vi motivo pelo qual a ilha inteira não fosse dela em breve. E se ela soubesse de todo o poder à sua disposição... bem, eu não podia pensar nisso agora.

No entanto, sabíamos que não poderíamos ficar no moinho por muito tempo. Seria um lugar óbvio para se procurar: em breve, a feiticeira de ossos enviaria seus alabardeiros atrás de nós.

Na manhã do nosso terceiro dia ali, acordei de madrugada e fui caminhar com Alice. Era uma manhã clara e fria, com uma leve geada no solo. Alice parecia muito quieta e percebi que estava confusa.

— Qual é o problema? — perguntei. — Posso ver que alguma coisa está lhe incomodando. É Lizzie?

— Lizzie está incomodando a todos nós.

Fiquei calado, e caminhamos em silêncio. Mas, então, decidi perguntar um pouco mais.

— Lizzie é sua mãe, Alice, e todos querem que ela morra. Isso deve perturbar você... Converse comigo, não guarde isso só para você.

— Eu a odeio, isso sim. Ela não é minha mãe. É uma assassina, é isso que ela é. Mata crianças e tira seus ossos. Ficarei feliz quando estiver morta.

— Na noite em que lutei com ela, quando vocês estavam na jaula, eu poderia ter acabado com ela. Mas não consegui matá-la. Não que eu não conseguisse reunir forças para fazer isso a sangue-frio; era porque ela era sua mãe. Não parecia certo, Alice.

— Então me escute, Tom. Ouça bem o que vou lhe dizer. Da próxima vez que tiver a chance, mate-a. Não hesite. Se você a tivesse matado naquela noite, teria evitado muitos problemas para todos!

Nem bem falara, Alice começou a soluçar de modo incontrolável. Coloquei meus braços ao redor dela e ela enterrou o rosto no meu ombro. Chorou por um longo tempo, mas, quando ficou quieta, apertei sua mão e levei-a de volta para casa.

Quando saímos do meio das árvores, vi Adriana jogando migalhas para um pequeno bando de pássaros perto da porta da frente. Ao nos avistar, bateu palmas, os pássaros imediatamente levantaram voo, e a maioria pousou no telhado. Ela percorreu a grama congelada para nos encontrar.

Suas feições eram graves: a mãe ainda estava sofrendo os efeitos do encontro com Lizzie Ossuda e não havia notícias do paradeiro de Simon Sulby. Ele e o capitão Baines pareciam ter desaparecido sem deixar rastro.

— Como sua mãe está hoje? — perguntei.

— Parece mais forte — respondeu Adriana. — Com um pouco de persuasão, conseguiu engolir algumas colheradas de caldo, hoje de manhã. Mas ainda está confusa e não parece saber que voltou para casa. Felizmente, ela se esqueceu do que aconteceu a meu pai. Eu temia ter de lhe dar as más notícias. E lamento ter algumas notícias ruins para todos nós — prosseguiu ela, franzindo a testa. — Suponho que seja apenas o que já esperávamos desde a nossa chegada. Um dos nossos moleiros estava andando a cavalo para trabalhar nas colheitas hoje de manhã e avistou um grupo grande de alabardeiros reunindo-se na estrada a noroeste de St. John's. Parecia que estavam se preparando para marchar nesta direção. Nesse caso, poderiam estar aqui em breve.

Pʀᴇᴘᴀʀᴀᴅᴏs
ᴘᴀʀᴀ ᴀ ʟᴜᴛᴀ

—Temos de nos esconder — disse Alice. — Ou, talvez, seguir para o sul, ao longo da costa.

— Sim, vocês deveriam ir, mas não poderei acompanhá-los — disse Adriana. — Minha mãe está muito doente para andar. Terei de ficar aqui.

— Vejamos o que o sr. Gregory pensa — sugeri, indo com elas até os fundos da casa. Mas, antes que chegássemos, Alice avistou um mensageiro — um alabardeiro — ao longe. Nesse momento, o Caça-feitiço saiu da casa e juntou-se a nós; ele deve ter visto o homem pela janela. Parou ao nosso lado, segurando o bastão diagonalmente em posição de defesa.

O alabardeiro se aproximou, mas parecia não estar armado. Ficou parado ali por alguns minutos, com a cabeça baixa e as mãos nos quadris, fazendo um esforço para respirar. Depois, enfiou a mão no bolso e estendeu um envelope.

— Para Tom Ward — disse.

Peguei-o e abri, desdobrando a carta que estava dentro dele e começando a ler.

Caro mestre Ward,

Deixei o trabalho com a feiticeira. Na verdade, tive sorte em escapar com vida. Agora estou recrutando uma força para me opor à nova governante do Torreão de Greeba, e estamos a caminho de Peel. Nós nos encontraremos com você no moinho. Para ajudar a derrotar nossa inimiga, preciso do conhecimento do seu mestre e do seu.

Seu,
Daniel Stanton

— Ora, rapaz, não nos deixe esperando — disse o Caça-feitiço. — Leia em voz alta!

Fiz como meu mestre pediu. Quando terminei, ele coçou a barba e olhou para mim.

— Você confia nesse Daniel Stanton?

Fiz que sim com a cabeça.

— Ele é um soldado e provavelmente não levou uma vida completamente inocente, mas isso é verdade em relação a todos nós. Sim, confio nele.

— Muito bem; então, vamos esperar e ver o que ele tem a dizer.

— Como ele sabia que eu estaria aqui no moinho? — indaguei.

— Bem, não é muito difícil de imaginar, rapaz — respondeu o Caça-feitiço. — Ele sabe que fugimos com Adriana, e que ela estaria desesperada para se unir à mãe.

— Bem, se ele sabe onde estamos, é certo que Lizzie também sabe.

— Sim, rapaz, sem dúvida, ela sabe. Mas provavelmente está muito ocupada com o poder recém-descoberto para se incomodar por enquanto. Ela está certa de poder lidar conosco sem dificuldade, quando chegar a hora. Neste momento, deve estar dedicando todas as energias para obter o controle desta ilha. E finalmente virá atrás de nós, guarde minhas palavras.

Pouco mais de uma hora depois, Stanton chegou com seus homens. Talvez, não fossem mais de cinquenta ao todo, mas estavam armados com alabardas e porretes, e pareciam assustadores.

Adriana, o Caça-feitiço, Alice e eu nos sentamos ao redor da mesa da cozinha, enquanto ele explicava a situação.

— A feiticeira tem mais de trezentos homens armados enquanto eu nem tenho um sexto disso até agora. Mais homens vão se juntar a mim, e estão preparados para lutar, não se enganem. Há dois dias, Lizzie liderou ataques surpresa contra alguns dos proprietários de terras e fazendeiros locais — os que se recusaram abertamente a lhe oferecer apoio. Algumas famílias — homens, mulheres e crianças — foram assassinadas a sangue-frio. Mas eu já estava longe nesse momento.

"Lizzie me enviou até St. John's com alguns dos homens que vocês estão vendo aqui agora. Nossa tarefa é tomar a região e nos prepararmos para a reunião do Tynwald daqui a alguns dias. A feiticeira quer dissolver o parlamento e quer que o poder seja entregue a ela. Ela está planejando ir pessoalmente até lá assim que eu tenha o lugar sob controle.

"Mas conversei com alguns dos rapazes e uns poucos membros do Tynwald também, e decidi tentar enfrentá-la. Não vamos tolerar isso. Nunca tivemos de responder a ninguém antes e nunca faremos isso.

— E é aí que vocês entram — prosseguiu ele, olhando para mim e para o Caça-feitiço. — Fiquei próximo à feiticeira e ela me aterrorizou. Toda a força parecia estar sendo drenada do meu corpo. Ela mata as pessoas sem nem ao menos tocá-las. Como vamos lidar com isso?

— É uma coisa na qual ainda estou pensando — disse o Caça-feitiço. — O poder que ela exerce, de matar a distância com tal facilidade, é mais forte que qualquer coisa que eu já encontrei antes numa única feiticeira. Mas agora que sabemos sua fonte, encontraremos um meio de parar isso de uma vez, não se preocupe. — Meu mestre estava mais determinado do que parecia há algum tempo.

— O único problema é que Lizzie tem partidários — muitos alabardeiros armados, e não será tão fácil encontrá-la sozinha novamente — contou Stanton.

— Você disse que teve sorte por escapar com vida... O que aconteceu? — indaguei.

— Na noite em que a feiticeira matou seu pai — disse ele, indicando Adriana com um gesto de cabeça —, eu já decidira atentar contra a vida dela. Mas estava tão impotente e apavorado quanto o restante do grupo, e meu sangue simplesmente transformou-se em água. E ela sentiu alguma coisa. Era quase como se pudesse ler a minha mente.

"Depois, ela me interrogou. Queria saber se eu era leal. Disse que estava começando a ter dúvidas a meu respeito e ordenou-me que lhe dissesse a verdade. Eu podia senti-la dentro da minha cabeça, remexendo e cutucando. Comecei a tremer e suar, e foi necessária toda a minha força de vontade para não admitir que planejara matá-la. Foi por pouco, muito pouco."

— Bem, para mim, parece que muita coisa dependerá de quanta ajuda você poderá conseguir — disse o Caça-feitiço. — Com homens suficientes, você poderia atacar quando o Tynwald se reunisse. Na confusão, talvez conseguíssemos dar um fim nela. Se Lizzie estivesse distraída, ainda poderia ser amarrada com uma corrente de prata.

— Ou eu poderia atravessar seu coração com a minha espada — disse Stanton. — Vou mandar mensageiros para as cidades e aldeias próximas para reunir apoio. Qualquer um que possa carregar uma arma e queira lutar pela liberdade de nossa terra servirá.

Embora a notícia já tivesse se espalhado para as aldeias próximas, ao meio-dia, apenas alguns homens tinham se unido à causa de Stanton. A maioria era de trabalhadores rurais que não haviam trazido nada além de porretes — embora três ostentassem alabardas e um tivesse trazido uma lança. Estes últimos haviam sido alabardeiros, mas não eram mais jovens, e suas armas estavam enferrujadas. Apesar disso, Stanton recebera cada um dos homens calorosamente e aceitara sua oferta de lealdade.

E, então, outro recém-chegado trouxe um sorriso satisfeito ao rosto de Adriana: um jovem carregando um bastão grande e pesado. Era Simon Sulby.

— Alguma notícia do capitão Baines? — indagou o Caça-feitiço, quando Simon finalmente conseguiu se livrar do abraço de Adriana.

—Temo que ele tenha sido preso em St. John's — respondeu Simon. — Ele não deveria sair de Douglas; então, eles o levaram de volta ao navio sob guarda. E ficará lá até que precisem que ele leve os refugiados de volta para o Condado.

O início da noite trouxe um novo grupo de cerca de vinte alabardeiros armados, que aumentaram nossos partidários para mais de oitenta, além de algumas mulheres que tinham seguido seus conterrâneos. Por sua vez, elas trouxeram umas poucas crianças, incluindo três bebês de colo.

O sol baixou rapidamente, como se o próprio tempo estivesse se movendo cada vez mais rápido. Logo uma dezena de fogueiras estava acesa perto do moinho; as fogueiras ficavam cada vez mais claras à medida que o crepúsculo se transformava em noite. Um dos alabardeiros pendurou uma bandeira, com o emblema de três pernas, no telhado

do moinho. Ela tremulava na brisa, o acampamento temporário ecoava com risos, e a conversa se enchia de otimismo.
Alguém trouxe um violino, as mulheres tiraram os sapatos,
a grama subitamente estava cheia de dançarinos, e Simon e
Adriana rapidamente juntaram-se a eles. Alguns dos habitantes locais chegaram e observaram de longe. Estava claro
que temiam se envolver.

Agora Stanton estava preparado para marchar com seus
homens a leste, na direção de St. John's, disfarçados pela
escuridão. Ele planejava escondê-los na floresta, aos pés
do Slieau Whallian, e atacar ao meio-dia, quando o parlamento se reunisse. Batedores já tinham informado que
o caminho estava limpo; portanto, pegaríamos a estrada
principal durante a maior parte da viagem.

O Caça-feitiço, Alice, Stanton e eu seguíamos atrás
dos alabardeiros, mas as mulheres e as crianças ficaram no
moinho. Adriana permanecera relutante para tomar conta
da mãe. Depois que o remédio do médico falhara em trazer
alguma melhora, Alice a tratara com ervas e poções, com
pouco efeito.

O Caça-feitiço entregou-me a bolsa para carregar.

— As chances estão certamente contra nós — disse
para Stanton, balançando a cabeça. — Uma feiticeira como
Lizzie pode farejar o perigo que se aproxima. É muito provável que ela saiba que estamos chegando e que use *temor*
— o feitiço que aterroriza os inimigos. Se ela fizer isso, por
mais corajosos que sejam, os homens darão no pé.

Mas Stanton recusava-se a se deixar abater pelas palavras
do Caça-feitiço.

— Já vi do que ela é capaz, mas temos de tentar. Se não oferecermos resistência, ela vencerá — disse ele.

Algumas horas depois do amanhecer, estávamos escondidos no fundo da floresta, mas próximos a St. John's. Stanton posicionara os sentinelas e o restante de nós aproveitou a chance para descansar.

A aurora trouxe uma garoa e céus cinzentos, mas não podíamos nos arriscar a acender fogueiras; portanto, tivemos de nos virar com um café da manhã frio; para mim e para o Caça-feitiço, isso significou queijo, e ele resmungava enquanto comia um pequeno pedaço. Ele gostava de fazer jejum antes de enfrentar as trevas, mas sempre mantinha a resistência física com um pouco de queijo.

— Este queijo não se compara ao nosso no Condado, rapaz — comentou ele. — Prefiro o amarelo e muito esfarelado!

Eu não tinha apetite e comi pouco. Estava nervoso, e meu estômago dava nós. Eu tinha uma sensação ruim sobre o que íamos tentar. Os poderes recém-descobertos de Lizzie eram muito fortes, e ela tinha muitos homens. Não havia esperança de chegarmos perto dela. Se não morrêssemos no ataque, seríamos feitos prisioneiros novamente. Se isso acontecesse, temia pensar o que Lizzie teria reservado para nós — especialmente para o Caça-feitiço.

CAPÍTULO 22

A BATALHA NO MORRO TYNWALD

Daniel Stanton era um comandante competente, e era evidente que os homens confiavam nele e obedeciam a suas ordens sem questionar. A primeira etapa do ataque correu bem.

Avançamos em meio às arvores, num arco fino, na direção de St. John's, e os alabardeiros estavam espalhados para lidar com patrulhas inimigas. Encontraram três: duas se renderam sem lutar; a terceira deu mostras de resistência. Se tivesse sido uma batalha militar de verdade, o elemento surpresa estaria do nosso lado. Mas com Lizzie era diferente.

Nos primeiros dias de meu aprendizado com o Caça-feitiço, Lizzie se mudara para a região de Chipenden, ficando numa cabana a poucos quilômetros da aldeia. Ela pegara uma criança para retirar seus ossos. Consegui resgatá-la e, furiosos, os homens da região saíram com porretes e paus para pegá-la. Farejando a distância, ela percebeu o perigo e fugiu. A multidão queimou completamente a sua cabana.

Dessa vez, porém, era Lizzie quem estava em posição de poder. Ela percebera a ameaça que representávamos e usara suas forças superiores para nos esmagar tão facilmente quanto a uma mosca. Para resistir a isso, planejamos um ataque surpresa a ela, pegando-a desprevenida.

Sob o comando de Stanton, os alabardeiros formaram-se novamente, e o crescente fino transformou-se em um triângulo compacto, para enfrentar qualquer resistência e ir direto até a feiticeira. Quando nos aproximamos de St. John's, o Caça-feitiço, Alice, Simon e eu estávamos na retaguarda dos alabardeiros.

Meu mestre virou-se para mim e para Alice.

— Usem esses rapazes como proteção pelo tempo que puderem; depois, sigam direto até ela!

Assenti e liberamos as lâminas retráteis em nossos bastões. Alice não costumava trazer armas, mas Simon lhe dera uma faca. Agora ela a trazia no cinto. Fiquei imaginando se ela conseguiria usá-la contra a própria mãe. Por alguma razão, apesar de suas palavras duras contra Lizzie, eu duvidava disso.

— Fique perto de mim! — disse-lhe, temendo que a batalha nos separasse e que ela perdesse a proteção do cântaro de sangue.

Minha boca estava seca com o medo e a agitação. Estávamos perto da beira das árvores agora: eu podia ver as construções e uma ampla faixa verde mais à frente. Um grande número de pessoas se encontrava ali, algumas segurando piques e lanças, e nossos alabardeiros prepararam as armas.

— Agora! — gritou Stanton, liderando o ataque. Começamos a correr, ainda mantendo nossa formação de triângulo compacto. Não podia ver muita coisa através da multidão de homens, mas ao longe avistei as quatro fileiras cobertas de grama do morro conhecido como morro Tynwald, onde o parlamento já estava reunido. Lizzie deveria estar indo até lá agora; ela precisava estar em algum lugar por perto.

Então, ouvi berros e gritos de dor quando nossos alabardeiros entraram em contato com o inimigo. Nosso movimento de avanço estava começando a ficar mais lento à medida que a resistência endurecia.

Se tínhamos ou não alcançado o centro da faixa verde, eu jamais saberia, porque, nesse momento, assim como imaginara, Lizzie usou o feitiço chamado *temor*. Subitamente, senti um medo opressivo, uma forte necessidade de dar meia-volta e correr de alguma ameaça terrível e invisível que se movia na nossa direção. Resisti a essa necessidade, sabendo que Alice e meu mestre fariam a mesma coisa. Mas como nossos alabardeiros eram impotentes diante de tal feitiço, imediatamente romperam a formação, dispersando-se para cada ponto da bússola, assim como Simon Sulby. O que mais ele poderia fazer? Nunca se vira submetido a tal sensação de terror.

Mas não foi tão ruim assim: o feitiço não era seletivo e afetava as tropas de Lizzie tanto quanto as nossas. Será que ela não percebera que isso aconteceria? O feitiço certamente deixara de lhe dar alguma vantagem, pensei. Talvez o poder tivesse lhe subido à cabeça.

Viam-se alabardeiros correndo em todas as direções no campo, juntamente com membros do parlamento e outros dignitários, com os trajes do ofício ondulando ao redor dos tornozelos. Mas onde estava Lizzie?

— Lá está ela! — gritou o Caça-feitiço, apontando com o bastão.

Ela estava de pé, próxima ao morro, e nos observava com expressão cruel. Por um momento, seus olhos se fixaram nos meus, e um novo tremor de medo e expectativa percorreu meu corpo. Agora eu estava diante de uma coisa mais perigosa que o *temor*, que eu já deixara de lado. Lizzie tinha o poder de nos matar a distância, e provavelmente eu era o candidato mais provável. Ela não mataria o Caça-feitiço de imediato, pois lhe destinaria uma morte longa, lenta e dolorosa. Alice era filha dela, e eu não estava certo do que faria com ela. Mas eu era a pedra em seu caminho, a pessoa responsável pela destruição da Mãe Malkin, a avó de Lizzie.

Ainda estávamos correndo em sua direção, abrindo caminho através das fileiras cada vez mais finas de alabardeiros, quando subitamente o céu ficou escuro. Em um minuto, o sol desapareceu, nuvens furiosas cruzaram o céu, vindas do oeste, e as árvores começaram a balançar e a gemer. A chuva torrencial desabou bem em nossos rostos, dificultando nossa visão. Era mais magia negra poderosa sendo conjurada por Lizzie.

Baixei a cabeça e tirei a água dos olhos, enquanto a minha mão esquerda segurava o bastão. Eu estava perto dela agora e, quando ergui o rosto, vi sua face contorcida num sorriso torto e astuto, que em seguida se transformou num sorriso malvado de puro triunfo. De repente, percebi que era isso que ela pretendia todo o tempo. Ela não se importava que as próprias forças tivessem sido dizimadas por seu feitiço. Tudo que queria era enfrentar o Caça-feitiço, Alice e eu, e ter a sua vingança. Ela verdadeiramente acreditava ser páreo para nós três juntos.

Eu estava à frente do Caça-feitiço e de Alice; uns passos a mais me puseram ao alcance de um golpe. Ergui meu bastão, levantando-o como se fosse uma lança. Agora Lizzie segurava duas facas e se preparava para usá-las no primeiro que chegasse por perto.

Eu estava quase sobre ela quando alguém passou por mim, com a espada erguida.

— Ela é minha! — gritou Daniel Stanton. Por algum motivo, sua coragem conseguira resistir ao feitiço de Lizzie.

Mas quando ele chegou perto dela, empunhando a espada na direção de seu coração, a feiticeira afastou-a com a faca na mão esquerda; usando a outra arma, ela bateu o cabo com muita força na parte de trás da cabeça dele.

Stanton cambaleou e caiu, rolando com força, e a espada voou de sua mão.

Por que Lizzie não tinha usado a faca? Era o que eu queria saber. No mesmo instante, minha pergunta foi respondida quando ela respondeu dentro da minha cabeça:

— Ele *terá uma morte lenta e dolorosa* — *e você e seu mestre também!*

Em um minuto, eu estava em cima dela. Golpeei a feiticeira com meu bastão, mas, no último momento, escorreguei na grama úmida e ela me acertou um golpe oblíquo com o cabo de seu punhal. Uma luz piscou dentro da minha cabeça, e não me lembro de ter batido no chão.

Devo ter perdido a consciência por um breve tempo porque em seguida me lembro de ver o Caça-feitiço se aproximando lentamente de Lizzie, com o bastão na diagonal do corpo. Alice estava de pé ao lado dele, com expressão de medo no rosto, observando o encontro entre a feiticeira e meu mestre. Lizzie voltara a sorrir, quase triunfante. Olhei para o Caça-feitiço e senti seu medo. Não, era mais que isso. Todo o seu rosto estava se contorcendo, e seus olhos me diziam que ele já estava derrotado. Sem dúvida, Lizzie estava falando dentro de sua cabeça, dizendo-lhe que ele não tinha chance contra ela, dizendo o que faria com ele depois que ele se tornasse seu prisioneiro.

A visão de meu mestre naquela situação me apavorava e desanimava. Ele sempre fora uma torre de resistência. Mesmo quando era temporariamente derrotado pelas trevas, sempre se mostrava corajoso e otimista. Tudo isso se fora agora — eu lhe dei as costas, incapaz de suportar a visão de meu mestre tão humilhado.

De repente, o Caça-feitiço abaixou o bastão e caiu de joelhos aos pés de Lizzie. Ela sorriu e ergueu o punhal bem alto, prestes a descer o cabo sobre a sua cabeça, deixando-o inconsciente. Eu me estiquei e tentei ficar de pé, mas uma onda de tontura e náusea imediatamente tomou conta de mim. Queria intervir, mas sabia que não poderia chegar perto do meu mestre a tempo.

Mas *houve* uma intervenção. Inesperadamente, Alice deu um grito — era uma palavra na língua antiga. Eu não sabia o que significava, mas suspeitei que fosse algum tipo de feitiço. Alguma coisa pareceu ser arremessada entre Alice e Lizzie; uma coisa pequena e escura. Alice não a lançou — não importa o que fosse, saiu direto de sua boca aberta.

O efeito sobre a feiticeira de ossos foi imediato. Lizzie cambaleou para trás e o punhal caiu de sua mão. E então Alice atacou, erguendo o punhal no alto, embora não acertasse Lizzie. Ela usou a outra mão para enfiar as unhas no rosto da feiticeira. Lizzie gritou e caiu para trás.

Aquela era a minha chance e dei um passo para a frente, erguendo o bastão para enfiar minha lâmina no coração dela. Mas, embora eu tentasse com todas as forças, não podia machucá-la como Alice fizera. Eu não era páreo para o seu poder. O bastão ficou paralisado nas minhas mãos.

— Rápido, Tom! — gritou Alice, erguendo o Caça-feitiço. Peguei o bastão dele, segurando-o pelo outro braço, e começamos a puxá-lo para longe. Olhei para trás e vi Lizzie ainda apertando o próprio rosto. Não importava o que Alice tinha feito, eu sabia que seu efeito não duraria muito tempo.

De algum modo, nós nos livramos e nos perdemos na multidão de pessoas apavoradas. Conforme voltávamos por entre as árvores, vimos pessoas andando com dificuldade a esmo, tanto os alabardeiros quanto os membros do Tynwald, com o rosto demonstrando confusão e terror. Não se via sinal de Simon Sulby.

Quando abrimos caminho pela floresta, o Caça-feitiço nos sacudiu quase com raiva.

— Eu posso andar! Não preciso que me arrastem! — censurou ele, e imediatamente começou a caminhar à nossa frente. De início, parecia inseguro sobre os próprios pés, mas então continuou a andar com mais vigor. Alice e eu ficamos um pouco para trás para podermos conversar.

— Ele não está zangado com a gente, está zangado consigo mesmo — disse a ela.

— O Velho Gregory está com o orgulho ferido — disse Alice. — Lizzie o superou de novo, não resta dúvida.

— Mas você superou Lizzie. Como fez aquilo, quando ela estava tão forte?

— Foi uma coisa que minha tia Agnes me ensinou uma vez. É um feitiço que algumas feiticeiras chamam de *garra*. Você arranca com os dentes um pequeno pedaço da unha do seu dedo indicador e cospe na sua inimiga. Então, ele arranha o rosto dela, confundindo-a. Surpreendi Lizzie, isso sim. Ela não sabia que eu podia fazer isso. Mas isso nos deu somente alguns minutos. Nunca vou conseguir repetir o feitiço. Ela vai estar pronta para mim, da próxima vez.

A tia que Alice mencionara era Agnes Sowerbutts, com quem Alice vivera pouco tempo em Pendle.

— Mas eu pensei que você me havia dito que Agnes era uma feiticeira benigna, uma curandeira — disse a ela.

— Ela é, Tom, eu não mentiria para você, não é? Mas qualquer feiticeira que vive em Pendle precisa de alguns feitiços para se defender. Nunca se sabe quando outra feiticeira vai atacar. Agnes somente usaria algo para autodefesa. O mesmo vale para mim.

Logo deixamos St. John's, e o sol voltou a brilhar. Quando alcançamos o moinho no fim da tarde, Adriana ficou agitada ao ouvir dizer que Simon estava perdido. Ela temia o pior.

No entanto, para seu alívio, ele voltou antes do meio-dia do dia seguinte trazendo notícias terríveis. Uma hora depois, o Tynwald se reunira novamente e indicara Lizzie governante da ilha; o parlamento fora dissolvido, deixando-a com total controle.

— Acabou tão rápido — disse Simon. — Todos estavam morrendo de medo dela e simplesmente fizeram o que ela queria; depois, foram para casa. Quem pode culpá-los?

O Caça-feitiço assentiu.

— E depois? Lizzie ficou em St. John's?

— Não. Partiu imediatamente para o Torreão de Greeba.

— E quanto às forças de Daniel Stanton? Será que ela levou prisioneiros com ela?

— Só um: o próprio Stanton. Ela tinha grande pressa em partir, parecia agitada por causa de alguma coisa, e não creio que fosse apenas para se tornar governante de Mona. Ela não fez outros prisioneiros. Foi a única coisa boa em toda essa história: todos os alabardeiros já tinham sido companheiros e não estavam interessados em lutar uns contra os outros; por isso, não houve mortes. Somente meia dúzia de feridos, e nenhum em estado grave. Aqueles que não voltaram para Greeba simplesmente foram para casa.

— Fico me perguntando por que ela voltou com tanta pressa — resmungou o Caça-feitiço, pensativo.

— O senhor acha que ela descobriu a caverna e o que ela contém? — perguntei.

— Pode ser, rapaz. Nesse caso, ela vai parar ali, com toda certeza. — Ele olhou para Simon e Adriana, no outro lado da mesa. — Acho que vocês dois estarão seguros o suficiente aqui — disse-lhes. — Mas, assim que Lizzie Ossuda puser as mãos no depósito de poder, ela virá procurando por nós três. Levaremos os cães e nos esconderemos.

— Tem uma cabana abandonada ao sul daqui, em Glenmaye — disse Adriana. — Ninguém vive lá há anos, mas vocês teriam um teto sobre suas cabeças. — De repente, ela corou. — Era onde eu costumava me encontrar com Simon — um lugar sobre o qual papai não sabia. Simon ficava esperando por mim ali e eu me unia a ele, se pudesse escapar do moinho. Confiem em mim, vocês estarão seguros ali.

CAPÍTULO 23
PESADELOS

Adriana nos deu um saco de mantimentos: presunto, batatas, cenouras e queijo. Estava pesado; por isso, entreguei nossas bolsas para Alice e carreguei o saco sobre o ombro. Adriana também enviou um dos trabalhadores do moinho, um rapaz, para nos guiar.

A cabana se encontrava na beirada do vale, bem no interior da floresta. Embora as árvores tivessem perdido as folhas, ficava muito bem escondida e somente poderia ser alcançada por meio de uma trilha estreita que se contorcia entre as montanhas. Chegamos pouco antes de escurecer e passamos uma noite inquieta dormindo no úmido piso de lajes da cozinha. Na manhã seguinte, decidimos ficar mais confortáveis. Era uma cabana simples — com dois cômodos, no andar de cima e no de baixo — e cada um dos cômodos estava cheio de lixo: mobília quebrada, cobertores mofados e montes de folhas, sopradas para dentro através da porta aberta; a porta principal saíra das dobradiças.

Com alguns galhos, Alice fez uma vassoura e começou a varrer o lugar para limpá-lo. Acendi o fogo em cada cômodo para que, em pouco tempo, estivéssemos mais aquecidos e a cabana começasse a ficar um pouco mais seca. Não tinha as ferramentas para recolocar a porta nas dobradiças, mas eu a apoiei no vão da porta com o auxílio de pedras pesadas. Ainda havia uma corrente de ar, mas isso evitava que grande parte do ar frio entrasse.

No entanto, a cozinha era onde nos sentíamos mais confortáveis. Naquela noite, depois de comermos presunto e batatas cozidos, sentamos com as pernas cruzadas nas lajes próximas ao fogo. Estávamos cansados, e a cabeça do Caça-feitiço ficava balançando para a frente na direção do peito. Em pouco tempo, ele estava dormindo profundamente. Em seguida, começou a gemer e resmungar para si mesmo. Parecia assustado. Finalmente, meu mestre arregalou os olhos e acordou com um suspiro de terror.

— O que foi? Outro pesadelo? — indaguei.

— Foi mais que um pesadelo, rapaz. Lizzie estava dentro da minha cabeça, provocando e ameaçando. Dizendo o que faria comigo, se eu voltasse a cair em suas mãos.

Ver meu mestre naquele estado — e não poder fazer nada para ajudá-lo — me deixou triste.

— Não vale a pena se preocupar com isso — disse, tentando parecer otimista. — Ela pode ser capaz de atormentar a sua mente, mas está muito longe daqui. Estamos seguros, por enquanto.

O Caça-feitiço me lançou um olhar de raiva.

— Não vale a pena se preocupar? Eu tenho todo o direito de estar preocupado. Em todo esse tempo como caça-feitiço, nunca me senti tão humilhado e tão próximo da derrota. Minha biblioteca e minha casa se foram, e estou exilado numa ilha governada por uma feiticeira que simplesmente fica mais poderosa a cada dia que passa. Nunca deixei de amarrar uma feiticeira antes, nunca errei com minha corrente de prata. E agora falhei não uma, mas duas vezes. Lizzie provou ser muito forte para mim. Tudo por que trabalhei durante todos esses anos foi destruído. Nunca pensei que chegaria a este ponto.

— Encontraremos um modo de lidar com Lizzie — disse Alice. — Poderia haver alguma coisa no caderno do xamã que talvez ajudasse. Afinal, ele trabalhou com o buggane para construir aquele depósito de magia.

— E de novo usar as trevas para combater as trevas? — Meu mestre balançou a cabeça com tristeza.

— Não. — Alice o contradisse. — Não é isso, de jeito nenhum. Uma vez, o senhor me pediu para dizer ao Tom o que eu aprendera com Lizzie para que ele pudesse anotar em seu caderno. O senhor se lembra de ter dito isso, não lembra?

O Caça-feitiço assentiu.

— Bem, neste caso, é a mesma coisa. Só estou tentando obter informações. Vou começar a ler nas primeiras horas do dia.

— Desde que você apenas leia, garota — avisou ele. — Lembre-se, nada de feitiços, ou você terá de se ver comigo!

Na manhã seguinte, após o café da manhã, Alice começou a ler o caderno do xamã, mas não era uma leitura fácil. Algumas partes estavam em código e eram impossíveis de decifrar. Mesmo as partes que podiam ser lidas usavam termos dos quais ela nunca ouvira falar. Parecia que o animismo era um tipo muito diferente de magia da que era ensinada por Lizzie Ossuda. No entanto, Alice não desistia facilmente, e insistiu várias vezes em seu estudo do caderno. Às vezes, ela parecia animada, como se tivesse feito algum progresso, mas quando eu perguntava como estava indo, ela balançava a cabeça sem me contar.

Então, três dias depois do pesadelo do Caça-feitiço, eu tive o meu pesadelo.

Estava numa floresta escura, sozinho e desarmado. Meu bastão estava próximo, em alguma parte, mas eu não conseguia encontrá-lo. Eu estava desesperado porque, em alguns minutos, à meia-noite, alguma coisa viria atrás de mim — uma coisa terrível.

Mais tarde, quando acordei, não conseguia me lembrar do que era — às vezes, os sonhos são assim —, mas eu sabia que ele fora enviado por uma feiticeira que buscava vingança por algo que eu fizera.

No meu sonho, um sino de igreja começou a soar em algum lugar ao longe. Fiquei imóvel, petrificado, mas no décimo segundo repique comecei a correr na direção dele. Galhos açoitavam meu rosto enquanto eu corria desesperado entre as árvores. Alguma coisa me perseguia agora, mas não eram passos que eu ouvia: era o bater de asas.

Olhei por trás do ombro e vi que meu perseguidor era um imenso corvo negro. Vê-lo me encheu de terror, mas eu sabia que, se apenas conseguisse alcançar a igreja, estaria seguro. Por que deveria ser assim, eu não sabia — as igrejas não costumam ser locais para se refugiar das trevas. Os caça-feitiços e aprendizes confiavam nas ferramentas de seu ofício e no conhecimento adquirido. No entanto, no pesadelo, eu sabia que tinha de alcançar a igreja ou morrer.

Repentinamente, tropecei numa raiz e caí de cabeça. Sem fôlego, fiz um esforço para ficar de joelhos e ergui os olhos para o corvo que pousara em um galho. O ar brilhava à minha frente, e eu piscava furiosamente para clarear minha visão. Quando afinal consegui voltar a ver, estava sendo encarado por um vulto em um comprido vestido preto. Do pescoço para baixo era uma mulher, mas tinha uma cabeça enorme de corvo.

Mesmo quando olhei, a cabeça de corvo começou a se modificar. O bico encolheu, e os olhos mudaram de forma até a cabeça se tornar completamente humana. E eu conhecia aquele rosto. Era a face de uma feiticeira que agora estava morta.

Devo ter gritado ao acordar do sonho. O Caça-feitiço ainda dormia profundamente, mas, quando me sentei, tremendo, Alice passou o braço ao redor dos meus ombros.

— Você está bem, Tom? — murmurou ela.

Fiz que sim com a cabeça.

— Foi um pesadelo, apenas isso.

— Quer me contar sobre ele?

Fiz um breve relato do meu sonho para Alice.

— Acho que o corvo era a Morrigan, a deusa das trevas, adorada pelas feiticeiras celtas — acrescentei. — Sem dúvida, remonta à época em que eu e Bill Arkwright enfrentamos uma feiticeira celta que viajara até o Condado. Ela invocou a Morrigan, que me atacou na forma de um corvo, mas, de algum modo, consegui me livrar dela. A feiticeira me advertiu, então, a nunca vir para a Irlanda. Ela disse que a Morrigan era muito mais poderosa aqui e que tentaria se vingar de mim.

— Bem, isso explica seu pesadelo, Tom. Não se preocupe; não estamos na Irlanda. E vamos voltar para o Condado assim que lidarmos com Lizzie.

Eu sabia que Alice estava apenas tentando me confortar, mas me sentia pessimista em relação ao futuro.

—Tem pouca chance disso, enquanto ainda estivermos nas mãos dos inimigos — observei.

— Como o Velho Gregory disse uma vez, as guerras não duram para sempre — observou Alice, animada. — E por falar nisso, o que aconteceu com a feiticeira celta?

— Bill Arkwright matou-a com a faca. Bem no fim do pesadelo, o corvo assumiu o rosto da morta. Foi a coisa mais assustadora.

O Caça-feitiço ficou muito quieto e reservado, dando-me apenas uma hora de lição por dia no estudo da língua antiga. Então, usando o grande caderno que sempre carregava na bolsa, passou o restante do tempo escrevendo. Percebi que ele também estava desenhando.

— O que é que o senhor está fazendo? — perguntei, pois a curiosidade levara a melhor sobre mim.

— Tenho de começar de alguma parte, rapaz. — Foi o que ele me disse num de seus momentos expansivos. — Tudo que restou da minha biblioteca é o Bestiário; por isso, vou tentar reescrever alguns dos meus outros livros que foram perdidos. Tenho de fazer isso antes que me esqueça. Estou começando com *Uma história das trevas*. As lições que aprendemos da história são importantes, elas evitam que os erros do passado sejam repetidos.

Senti que deveríamos usar o tempo para descobrir como lidar com Lizzie. Na maioria dos dias, conversávamos sobre isso rapidamente, mas o Caça-feitiço parecia perdido em pensamento e pouco participava das nossas discussões. Sim, os livros realmente precisavam ser reescritos, mas ele estava se desviando do problema real — uma feiticeira que tinha cada vez mais poder.

Exatamente sete dias depois de nossa chegada à cabana, tivemos uma visita. Alice abriu a porta da cozinha para jogar fora restos de comida, e um pássaro voou direto para dentro do cômodo — um pombo cinzento. No entanto, em vez de bater as asas em pânico, ele parou sobre a mesa.

— Dá azar um pássaro voar pelo cômodo! — disse Alice. — Significa que alguém vai morrer em breve.

— Ora, nem sempre você está certa, garota. Além disso, acho que este tem uma mensagem para nós — disse o Caça-feitiço, apontando para um pedaço de papel amarrado à perna do pombo.

Ele esticou a mão e o pássaro pulou para dentro dela. Com cuidado, ele o pegou e estendeu a criatura na minha direção.

— Desamarre a mensagem, rapaz. Seja o mais gentil que puder...

Fiz como ele pediu. O pedaço de papel estava amarrado para que não se soltasse; ainda assim, com um puxão de leve no fim do barbante, a bolinha de papel caiu na minha mão. Enquanto o Caça-feitiço dava algumas migalhas de pão e água para o pássaro, desdobrei o pequeno quadrado de papel, alisando-o sobre a mesa. A letra era muito pequena e difícil de ler.

— É de Adriana — falei. — Ela diz que é seguro retornarmos, mas também tem más notícias.

— Ora, leia em voz alta, rapaz!

Então, fiz como meu mestre ordenou.

"Caros sr. Gregory, Tom e Alice,

Pouco depois de vocês partirem, os alabardeiros revistaram a região, mas fiquei escondida perto da casa e eles passaram por mim.

A feiticeira ainda está no Torreão de Greeba. Ouvi histórias estranhas sobre o que está acontecendo lá, e tenho muito para lhes contar; por isso, voltem correndo imediatamente.

Tenho notícias ruins também: há cinco dias minha mãe morreu. Portanto, a feiticeira matou meus pais. Devo isso a ela e pretendo pagar na mesma moeda.

Sinceramente,

Adriana"

— Pobre garota — lamentou o Caça-feitiço. — Bem, vamos voltar para o moinho e ver quais são as últimas notícias. Temo o pior.

Uma hora depois, estávamos no caminho de volta para Peel.

COISAS ASSUSTADORAS

Chegamos bem a tempo para a refeição da noite. Adriana mandara a cozinheira mais cedo para casa e preparou sozinha um guisado de cordeiro. Simon ajudou a nos servir. Foi a melhor coisa que comi em semanas, e ela ofereceu a cada um de nós uma grande xícara de hidromel, uma bebida feita com mel, cuja doçura era abrandada com especiarias aromáticas.

Quando o Caça-feitiço oferecera suas condolências pela morte de sua mãe, Adriana chorara amargamente.

— Bem — disse meu mestre, bebendo o hidromel. — Tentei ser paciente, mas não posso esperar mais. Quais são as estranhas histórias do Torreão de Greeba que você mencionou na carta?

— Coisas assustadoras têm sido vistas nas florestas próximas — monstros e demônios de toda espécie...

— O buggane pode assumir muitas formas diferentes — interrompeu o Caça-feitiço.

— Essas coisas não foram vistas no domínio do buggane — retrucou Adriana —, mas muito mais além, para o norte. As ovelhas e o gado têm desaparecido também. Tudo o que restou foram pequenos fragmentos de ossos.

O Caça-feitiço repuxou a barba.

— E quanto às visões? São testemunhas confiáveis? — indagou ele.

Adriana deu de ombros.

— Algumas são mais confiáveis que outras, mas havia um morador da floresta, um homem de fala simples e obstinado, que não era muito dado a voos da imaginação. Ele também viu estranhas luzes dançando; contou sete delas. Quando se aproximaram, ele fugiu. Será que poderiam ser as mesmas luzes que vimos na caverna?

— Ele fez bem em fugir — disse o Caça-feitiço. — O coven de feiticeiras espirituais poderia ter drenado sua força vital em minutos. São notícias muito ruins, e isso significa que os habitantes das trevas que visitavam o depósito de *animas* podem agora usar seu poder para vagar muito além dele. Eles são uma ameaça a toda a sua ilha e, provavelmente, mais além.

— Será que alguma coisa pode ser feita? — indagou Adriana.

— Sim. Matar o buggane evitaria isso. O depósito é atraente apenas enquanto continuar a crescer. Sem um buggane ativo, tal poder em breve começará a diminuir.

E o que mais? — perguntou o Caça-feitiço. — Há mais alguma notícia da feiticeira de ossos?

— Ela levou a força de alabardeiros de volta para Greeba, mas então pagou o que lhes devia e dispensou a maioria alguns dias depois, mantendo apenas cerca de cinquenta para os trabalhos de guarda.

— Ora, Lizzie cometeu um grande erro aí — observou o Caça-feitiço. — Esses homens tinham empregos permanentes na época do Conselho Governante. Eles ficarão insatisfeitos agora e poderão se tornar uma força a ser usada contra ela.

— Não se trata de um erro — disse Alice, balançando a cabeça. — Conheço Lizzie melhor que ninguém, e essa é a coisa mais assustadora que já ouvi até agora. Ela tem muito dinheiro, e, mesmo que tivesse esvaziado a arca, poderia ter elevado os impostos, se quisesse um pouco mais. Mas não está preocupada, está? Ela não precisa deles. E isso mostra como está poderosa agora.

O Caça-feitiço não respondeu, mas sua expressão demonstrava que as palavras de Alice o haviam perturbado.

— Desde então, alguns dos guardas desertaram, apavorados com as coisas que estavam acontecendo no torreão — continuou Adriana. — Ouviram vozes quando não havia ninguém por lá, e passos que os seguiam e que paravam quando eles paravam, além de estranhas sombras que somente podiam ser vistas pelo canto dos olhos. Nenhuma parte no interior do torreão estava livre disso, e ficava pior depois de escurecer, mas essas coisas podiam ser ouvidas e percebidas mesmo à luz do dia. Havia locais de frio intenso também...

Eu sabia que isso era ruim. O Caça-feitiço e eu, sendo os sétimos filhos de sétimos filhos, sentíamos uma estranha friagem quando alguma criatura das trevas estava próxima; em geral, outras pessoas não tomavam conhecimento disso. Se esses homens tinham percebido o frio intenso, então, uma magia negra muito poderosa estava envolvida.

— A essa altura, a feiticeira provavelmente não tem mais que uma dúzia de homens com ela — aqueles que têm mais medo de partir que de ficar — prosseguiu Adriana. — Ela fez ameaças, disse que qualquer um que partisse sem a sua permissão morreria durante o sono e, sem dúvida, dois foram encontrados mortos... Então, o que vamos fazer agora? — perguntou. — Lizzie tem de ser impedida.

— Andei quebrando a cabeça para preparar um plano — disse o Caça-feitiço. — Com a guarda reduzida, será mais fácil nos aproximarmos dela, mas o que poderemos fazer diante de tal poder? Da primeira vez, não consegui nem lançar minha corrente direito, e, em St. John's, ela me fez cair de joelhos. Eu estava impotente. — Nunca ouvira meu mestre falar de modo tão desanimado, tão derrotado. — Mas é minha obrigação dar um fim a ela. — O Caça-feitiço suspirou. — E farei isso, mesmo que custe a minha própria vida.

— Temos de distraí-la — disse Alice. — Se tirarmos os ossos dos polegares do xamã, será muito mais fácil lidar com ela.

— Chifrudo disse que eles eram um canal para ela usar o poder armazenado. Mas isso foi antes. Agora ela pode ter acesso direto a ele — observou o Caça-feitiço. — E pode não precisar mais deles.

— Temos de fazer alguma coisa — falei. — Distração é uma boa ideia. Deveríamos nos separar e nos aproximar dela vindo de diferentes direções. Vale a pena tentar.

— Diferentes direções? — perguntou o Caça-feitiço, bebendo sua xícara de hidromel. — Temos somente duas: o portão principal ou os túneis do buggane. O primeiro ainda estará guardado. E, quanto ao segundo, o buggane certamente será criatura de Lizzie agora. De minha parte, não gosto da ideia de enfrentá-lo lá embaixo. Ele nem tem de nos atacar diretamente. Poderia simplesmente derrubar um túnel e nos sufocar.

Estávamos cansados e fomos para a cama muito cedo, sem ter elaborado um plano adequado. Eu mal começara a dormir quando acordei com um pulo, consciente de que alguém estava de pé ao meu lado. Sentei-me e ouvi:

— Shhhh! Está tudo bem, Tom. Sou eu, Alice...

— Alguma coisa errada? — indaguei.

Sua mão encontrou a minha na escuridão.

— Queria conversar, apenas isso. O Velho Gregory não vai fazer nada. Ter perdido a casa e os livros, e agora falhado duas vezes ao enfrentar Lizzie — isso simplesmente acabou com ele. Ele está velho demais, Tom. Está com medo. Acho que você e eu deveríamos dar cabo dela. E estaríamos melhor sem ele.

De repente, senti-me frio como gelo.

— Não fale assim, Alice. Ele não tem tido sorte, é isso. Vai se recuperar e voltar a ser mais forte que nunca — espere e verá!

— Não, Tom. Você tem de encarar isso: ele está acabado. Ainda poderá ensinar você, poderá mesmo, mas será você que fará o trabalho de verdade, o trabalho perigoso, a partir de agora.

— E o que vamos fazer? Nenhum de nós pode pensar num modo de lidar com Lizzie — isso não é privilégio do sr. Gregory.

— Eu posso, Tom. Conheço um modo. Mas o Velho Gregory não aprovaria. Ele nunca concordaria com isso.

— Envolve magia negra? — perguntei.

Alice voltou a apertar a minha mão.

— Na verdade, não é questão de usá-la, Tom, mas de saber como combatê-la. O Velho Gregory não entenderia. Por isso, Adriana colocou alguma coisa em sua bebida. Ele vai dormir muito tempo depois do amanhecer. A essa altura, poderíamos já ter voltado — com tudo resolvido de maneira satisfatória.

— Vocês colocaram alguma coisa na bebida dele? Isso é loucura! O que ele vai dizer quando descobrir? Não posso fazer isso, Alice. Ele nunca me perdoaria.

— Você tem de ajudar; caso contrário, Adriana tentará lidar com Lizzie sozinha. Foi o que ela me disse. Sem nós, ela será morta ou dada ao buggane sem perda de tempo.

Ela já partiu para o torreão com Simon — e vai atacar Lizzie quer nos juntemos a ela ou nao. Não vamos nos arriscar nos túneis do buggane. Vamos direto pelo portão da frente, isso sim. Adriana pode nos fazer entrar!

— Como podemos passar pelos guardas? Ainda haverá muitos homens no interior do torreão e a porta corrediça estará abaixada.

— Haverá apenas meia dúzia, é isso: eles fazem a troca às onze da noite. Nenhum deles quer ficar ali durante a noite; por isso, revezam-se. Lizzie concordou com isso. Vamos atacar durante a mudança de guarda.

— Como Adriana vai nos ajudar? — perguntei.

— Lembra quando ela disse que era uma feiticeira de pássaros? Na hora, pensei que fosse bobagem. Bem, ainda não acho que ela seja uma feiticeira; ninguém acharia em Pendle. Mas você não ia acreditar no que ela pode fazer com os pássaros. Ela vai usá-los para distrair os guardas. Espere e verá.

— Mas tem um grande problema. Sabemos que Lizzie não conseguirá nos farejar a distância. Ela não vai saber que estamos a caminho. Mas, sem dúvida, vai farejar Adriana e Simon. Ela vai sentir o perigo antes que eles se aproximem da porta corrediça.

— Também conversei sobre isso com ela. Se entrarmos e atacarmos Lizzie, ela e Simon ficarão do lado de fora. Se não fizermos isso, os dois vão entrar juntos — Adriana está decidida a se vingar de Lizzie. — Alice balançou a cabeça e suspirou. — Mas ela não tem chance, Tom, por isso temos de ir. É a nossa única opção.

— Mas quando entrarmos, o que exatamente vamos fazer? — perguntei.

— Andei pensando a respeito. Vamos ter que chegar àquele quarto onde o xamã guardava os livros. Passei um longo tempo tentando entender o caderno dele — não consigo compreender muita coisa nele, mas ele remete a páginas nos grimórios. Se você souber onde procurar, haverá passagens sobre como controlar o buggane. E até menciona o depósito de *animas*. E diz como usar o seu poder.

—Você vai conseguir ler os grimórios? Provavelmente, foram escritos na língua antiga. Você sabe que venho estudando há meses, e estou fazendo um lento progresso.

— Pratiquei por quase dois anos. Lizzie tinha uma pequena biblioteca: a maioria dos livros estava em nosso idioma, alguns em latim, mas os feitiços mais poderosos de todos estavam na língua antiga. Ainda estou lenta, mas posso lê-la com um pouco de tempo. Vamos tentar, Tom. O que você me diz?

Então, muito relutante, concordei em acompanhar Alice. Despedi-me dos cães e consegui mantê-los quietos. O Caça-feitiço ainda estava roncando alto. Tive medo de pensar o que ele diria, caso descobrisse. Mas, em tais circunstâncias, que opção eu tinha?

CAPÍTULO 25
BATER DE ASAS

Era uma noite sem nuvens; a lua ainda não estava alta no céu, mas as estrelas eram muito brilhantes. Caminhávamos por entre as árvores, aproximando-nos do torreão, quando ouvi uma coruja piar três vezes em alguma parte mais à frente.

— É Adriana — murmurou Alice, conduzindo-nos na direção do som.

Quando chegamos mais perto, tive uma repentina e forte sensação de ser observado. Tudo parecia muito calmo e não havia nem sequer um sopro de vento. Então, olhei para cima e vi centenas de olhos me fitando atentamente. Os galhos acima de nós estavam cobertos de pássaros. Não havia luz suficiente para identificar as diferentes espécies, mas eles variavam de tamanho, de pardais a corvos imensos. Eles deveriam estar empoleirados a esta hora da noite;

no entanto, estavam aqui, bem acordados — era enervante vê-los nos observando daquela maneira.

Adriana nos aguardava com Simon debaixo de uma árvore. Ela pôs um dedo nos lábios, indicando que tínhamos de fazer silêncio. Entre as árvores mais adiante, eu podia ver a entrada do Torreão de Greeba. A porta corrediça estava abaixada, e cinco homens caminhavam na direção do portão.

Adriana deu um passo à frente e pôs sua mão esquerda no ombro de Alice e a direita no meu. Então, ergueu os olhos para o local em que os pássaros aguardavam em silêncio, abriu a boca e soltou um grito estranho; era uma espécie de chamado de pássaro, embora eu não o reconhecesse. Em resposta, o bando pareceu mover-se como se fosse uma única ave. Ouviu-se o farfalhar de penas, uma calmaria e depois novamente o silêncio.

— Vocês estarão seguros agora — murmurou Adriana. — Eles não vão tocar em vocês. Queria apenas que pudéssemos acompanhá-los...

— Não vale a pena correr o risco — sussurrou Alice em resposta. — Sem dúvida, Lizzie farejaria vocês. Assim que lidarmos com ela, nós voltaremos a encontrá-los aqui. Não sabemos daqui a quanto tempo. Poderiam ser horas — ou mesmo um dia ou mais.

Os homens tinham praticamente alcançado o portão agora. Ouvimos o ranger de metal sobre metal e o tinir de correntes quando a porta corrediça foi erguida lentamente.

— Simon e eu esperaremos aqui, não importa quanto tempo leve. E vigiaremos o torreão. Agora sigam até o muro bem à sua frente — disse Adriana, ainda em voz baixa. — Quando os pássaros atacarem, entrem escondidos pelo portão.

Fizemos como ela nos ensinara e começamos a seguir declive abaixo. A porta corrediça estava totalmente erguida agora e a guarda, prestes a mudar. Havia uma dúzia de homens ali. Em alguns instantes, a antiga guarda partiria para casa. Se olhassem em nossa direção, havia o perigo de nos avistarem.

De alguma maneira, chegamos ao muro sem atrair sua atenção. Metade dos alabardeiros estava indo na direção das árvores e ouviu-se o tinir de correntes mais uma vez, enquanto os outros começavam a baixar o portão. Em alguns momentos, seria tarde demais. Mas então ouvimos outro ruído — o bater de asas. Ergui os olhos e vi que as estrelas haviam sido encobertas. Como uma nuvem negra, um imenso bando de pássaros desceu sobre os dois grupos de homens. Ouvi xingamentos, berros e então um grito alto de dor.

Alice e eu começamos a correr ao longo do muro. Adriana falara sobre distrair os guardas, mas, quando chegamos ao portão, percebi que não se tratava de mera distração para facilitar nossa entrada no torreão. Aqueles homens estavam lutando pelas próprias vidas. Alguns corriam a esmo, com os braços balançando desesperadamente para se proteger dos agressores. Um deles estava no chão, rolando de um lado para outro, coberto de aves; o ar estava denso com as penas.

Todos estavam preocupados demais com a própria sobrevivência para nos ver passando pelo portão que agora tinha parado de descer. E ficou claro que os pássaros os estavam conduzindo para longe do torreão. Sem dúvida, o temor que os guardas tinham de Lizzie poderia muito bem fazê-los retornar mais tarde — isso, se estivessem em condições de fazê-lo.

Como eu imaginara, a porta corrediça interna — aquela que dava acesso à torre — também foi erguida, e, momentos depois, Alice e eu estávamos em seu interior em segurança.

Agora nos deparávamos com duas ameaças. A mais perigosa, sem dúvida, era a própria Lizzie: ela poderia muito bem nos matar no mesmo instante; ao menos, poderia pegar o cântaro de sangue ou mesmo me fazer quebrá-lo. Também poderíamos encontrar as criaturas ameaçadoras sobre as quais ouvíramos falar, atraídas para o local porque a feiticeira interferira com o depósito de *animas*, tornando-o instável. Agora ele funcionaria como um farol sinistro — uma fogueira acesa pelas feiticeiras, convocando entidades poderosas das trevas.

Começamos a subir os degraus da torre, tentando fazer o menor barulho possível. Eu sabia que as chances contra nós de chegar ao estúdio do xamã sem sermos detectados eram altas, e trazia o meu bastão de sorveira-brava com a lâmina em prontidão; a corrente de prata estava no bolso esquerdo da minha capa e eu enchera os bolsos da calça com sal e ferro. Quem sabe o que poderíamos encontrar?

Depois de atravessar as portas que levavam para as cozinhas e os quartos, finalmente, chegamos à sala do trono. Ela estava tranquila, vazia e pouco iluminada; apenas duas tochas bruxuleavam na parede. Caminhamos pelo tapete vermelho, passando pelo trono e indo até a porta, e subimos um lance de escadas. Na antecâmara circular, paramos para ouvir com atenção mais uma vez. Novamente nada nos indicava a proximidade de alguém; por isso, abrimos a porta do estúdio do xamã e entramos. A sala estava escura, mas via-se uma vela sobre a mesa. Alice deu um passo para a frente e pegou-a. Imediatamente ela se acendeu, enchendo o cômodo com uma luz amarela que tremeluzia.

— Alice! — exclamei, aborrecido. Ela usara magia negra para acender a vela; era a primeira vez que eu a vira fazer isso.

— Não temos tempo a perder, Tom! Não se preocupe — retrucou ela. — É apenas um truquezinho útil, não é pior que usar um espelho.

Mas eu estava preocupado; ela parecia estar usando cada vez mais as trevas — e aonde isso tudo nos levaria?

Aqui havia evidências de que Lizzie estivera remexendo as coisas. Fileiras de livros foram tiradas do lugar; havia espaços nas prateleiras. Três grimórios agora estavam empilhados sobre a mesa ao lado do crânio. Mas a arca imensa ainda se encontrava no canto.

— Ela andou pesquisando nesses livros — murmurou Alice. — Foi uma boa ideia pegar o caderno, não foi? Mesmo que eu não possa fazer alguma coisa com ele afinal, ao menos eu o mantive longe dela. Melhor tentarmos alguma coisa...

Com essas palavras, ela sentou-se à mesa e olhou para as capas dos três livros, um de cada vez. Isso feito, selecionou um deles, abriu e começou a folhear.

— Onde está a sua lista de páginas para consultar? — perguntei.

— Não seja tolo, Tom. Eu não traria nada para cá, para o caso de Lizzie botar as mãos nelas. As feiticeiras de Pendle leem as coisas uma vez e guardam tudo na memória. Todos os feitiços são decorados. O que eu preciso está na minha cabeça.

Deixei-a lendo e fui até a janela para espiar a noite escura. A lua se erguera, e agora, abaixo de mim, eu podia ver o pátio e um trecho do muro. Infelizmente, esta janela não dava para o portão; por isso, eu não podia dizer se algum dos guardas retornara para o torreão.

Onde estava Lizzie? Era o que eu queria saber. Se não estava na torre, será que estava em uma das outras construções? Subitamente, percebi que seria melhor vigiar do alto da escada, assim, eu ouviria se alguém estivesse a caminho.

— Vou ficar de vigia, Alice — falei.

Ela assentiu, virou uma página e então, com a cabeça nas mãos, franzindo a testa por causa da concentração, voltou à leitura. Saí para a antecâmara, deixando a porta aberta. Todas as outras sete portas estavam fechadas. Uma delas dava para o local onde os vestidos ficavam guardados. Outra era o banheiro. Portanto, havia cinco quartos. Um calafrio súbito percorreu minha espinha. E se Lizzie estivesse dormindo num daqueles quartos? Isso me daria a chance que eu precisava. Eu poderia amarrá-la com minha corrente de prata.

E, de repente, era como se um clarão de luz se fizesse dentro da minha cabeça. *Sempre confie em seus instintos* — era o que o Caça-feitiço dizia. No mesmo instante, tive certeza de que era o quarto de Lizzie. E também tive certeza de que ela estava dentro dele.

Apoiei o bastão contra a parede e enrolei minha corrente no pulso esquerdo, pronto para jogá-la. Depois, com a outra mão, abri a porta muito devagar. O quarto estava escuro, mas a tocha do lado de fora iluminava a cama, e eu podia ver Lizzie deitada ali. Ela estava deitada de costas sobre a roupa de cama, usando o vestido escarlate.

Caminhei cautelosamente até ela.

Mas no momento em que entrei, percebi o meu erro...

Afinal, não era Lizzie que estava deitada na cama. Era o vestido vazio!

Minhas pernas pareciam feitas de chumbo. Não tinham sido meus instintos, afinal. Eu fora atraído para uma armadilha. Algum feitiço de compulsão me atraíra até o quarto. Caí de joelhos. O que era aquilo — alguma coisa como o cemitério de ossos? Eu tinha dificuldade de respirar, e, a cada segundo, meu corpo ficava mais pesado. Eu parecia estar me derretendo bem ali no chão. Quando perdi a consciência, senti que estava sendo erguido e levado cada vez mais para baixo.

Ouvi um gemido perto de mim e abri os olhos. Eu estava deitado de lado sobre lajes úmidas.

Havia correntes amarradas ao redor das minhas pernas e presas a um anel de ferro na parede de pedra.

Sentei-me lentamente e continuei a me mover até minhas costas estarem apoiadas na parede. Eu estava dolorido, e minha cabeça doía. Olhei ao meu redor. Estava numa cela muito maior que aquela em que lorde Barrule me colocara, embora ela tivesse as mesmas três paredes de pedra e uma de terra batida. Uma tocha estava bem no alto de cada uma das paredes à minha direita e esquerda, tremeluzindo com a corrente de ar frio que vinha do buraco redondo na parede de terra batida bem à minha frente. Era outro dos túneis do buggane; percebi que estava novamente embaixo, nas masmorras.

Onde estava Alice? Será que fora feita prisioneira também? Será que Lizzie a encontrara no estúdio do xamã? Ou ela estava mais interessada em me capturar?

Do meu lado esquerdo, outro prisioneiro estava sentado, e ele também estava preso à parede; sua cabeça inclinava-se para frente, e o queixo tocava o peito; por isso, eu não conseguia distinguir seu rosto — embora fosse definitivamente um homem, e não Alice. Depois, percebi que havia outro vulto além dele; ao vê-lo, soltei o ar horrorizado, e a bile subiu para a minha garganta. Engasguei, fazendo um esforço para não vomitar. Era um alabardeiro morto, que jazia numa poça do próprio sangue. Faltavam-lhe um braço e ambas as pernas, e seu rosto estava destruído; o buggane estivera se alimentando dele.

Apertei os olhos com força e todo meu corpo tremia. Respirei fundo e devagar, e tentei me acalmar.

Olhei para o lado direito e vi que mais alguém estava acorrentado bem embaixo da tocha. Imediatamente reconheci os olhos leitosos e os dois chifres pequenos que se projetavam do tufo de pelo escuro. Era Chifrudo, o ab-humano. Quando percebeu que eu estava olhando para ele, soltou um grunhido que vinha do fundo da garganta. Parecia um animal selvagem e, apesar dos olhos cegos, eu me recordava que, de alguma maneira, ele tinha o poder de ver.

Tentei falar, mas minha garganta estava muito seca e as palavras apenas saíram na segunda tentativa.

— Não sou seu inimigo — falei com voz rouca. — Você está perdendo seu tempo me ameaçando.

— Você me mataria ou amarraria, se tivesse a chance! — acusou a voz profunda e feroz.

— Veja bem, nós dois estamos no mesmo barco aqui — falei.

Chifrudo deixou escapar um gemido rouco.

— Pensei que passaria os meus dias trabalhando para lorde Barrule. Ele era um bom mestre.

— Era? — perguntei. — Ele matou a sua mãe, não matou? Foi isso que me disseram.

— Minha mãe? Minha mãe! — Chifrudo cuspiu no chão de terra batida. — Era mãe de sangue e de nome apenas. Tratava-me de modo cruel e me causava mais dores do que eu podia suportar. Mas eu odiava o Maligno ainda mais do que ela, pois fora ele que me criara; ele que me fizera andar neste mundo marcado como um animal para que todos vissem! Lorde Barrule foi a única pessoa que mostrou alguma simpatia por mim.

Simpatia? Eu me lembrava do modo como os guardas de Barrule o tinham controlado com compridas correntes de prata em cada orelha. Isso dificilmente parecia simpatia, mas eu não tinha nada a ganhar irritando ainda mais a criatura.

— Suponho que a feiticeira agora controla o buggane? — indaguei.

Eu o vi assentir, com os chifres pontudos reluzindo à luz da tocha.

— Fiz todo o possível, sem resultado. Ela comanda o buggane, mas se esforça para controlar as *animas* na caverna. Não compreende totalmente os meios de meu mestre. Não é seu tipo de magia negra.

— Quem é este aqui, você sabe? — perguntei, fazendo um gesto com a cabeça para o local em que o outro prisioneiro estava caído.

— Comandante Stanton. Ele era cruel. Meu mestre dava ouvidos a ele, não a mim, e permitia que ele fizesse buracos nas minhas orelhas para as correntes de prata. Dizia que era o único meio pelo qual poderia me controlar. Se você quer saber, ele teve o que merece. Sua mente se foi: está vazio porque o buggane drenou seu *animus*. Em breve, ele virá atrás da carne e do sangue. Depois disso, será a minha vez...

Comandante Stanton! Ele pagara o preço por se opor a Lizzie.

Meus pensamentos se voltaram, mais uma vez, para Alice. Ela fizera muito bem ao impedir que Lizzie ficasse com o caderno do xamã — isso poderia ter feito toda a diferença. Eu não sabia exatamente aonde Alice pretendia chegar, mas uma vez ela fizera um pacto com o Flagelo, um demônio ainda mais poderoso que o buggane. Isso quase levou à sua destruição, mas ela conseguiu controlá-lo durante algum tempo. Com a ajuda dos cadernos do xamã e dos grimórios, quem sabe se ela poderia fazer a mesma coisa aqui?

Eu me sentia fraco, com fome e sede, mas pior que tudo era o terror que crescia dentro de mim e que eu me esforçava para controlar. Se Alice não me ajudasse, em breve, eu ia ter minha força vital retirada de mim. Pelo menos assim, pensei, sombrio, eu não estaria ali para ver as facas de Lizzie quando ela tirasse os ossos dos meus polegares. Era terrível saber que minha sobrevivência dependia de Alice e de seu envolvimento com a magia negra dessa maneira, mas, por um momento, isso me deu um pouco de esperança. Então, eu me recordei que ela poderia ter sido capturada também...

Meus braços não estavam amarrados e consegui enfiar as mãos nos bolsos, que encontrei ainda cheios de sal e ferro; nem minha corrente de prata fora retirada. Talvez Lizzie Ossuda não pudesse suportar tocar neles. Ou, talvez, agora, extremamente confiante em seu poder, ela não se importasse. Minha chave especial também estava ali. Ela abria praticamente qualquer fechadura, mas quando tentei os grilhões, não consegui nem chegar até o buraco da tranca. Minha súbita chama de esperança se extinguira.

Pelo menos, uma hora se passara enquanto eu pensava em todas as possibilidades — todas as coisas que poderiam me dar alguma esperança de escapar ou de ser resgatado. Finalmente, pensei no Caça-feitiço. Uma hora ele acordaria e talvez descobrisse o que acontecera. Mas ele fora impotente contra Lizzie. A verdade era que eu tinha mais confiança em Alice.

De vez em quando, Stanton soltava um gemido como se sentisse dor, mas era apenas o grito do corpo, uma ação reflexa; sua mente se fora há muito tempo, e os músculos e os ossos agora eram apenas uma casca vazia. Talvez sua alma também tivesse fugido.

De repente, ouvi um som diferente. Um som que fez o medo descer pelas minhas costas. Alguém ou alguma coisa estava se movendo pelo túnel de terra batida na direção de nossa cela.

Estremeci quando o solo desceu em cascatas sobre as lajes. Então, a cabeça imensa e peluda do buggane apareceu. Os olhos enormes e muito próximos examinaram cada um de nós e o focinho úmido farejou o ar antes que ele viesse para dentro da cela. Mas ele não estava só. Alguém mais rastejou para fora do túnel atrás dele, um vulto des-grenhado com roupas sujas e cabelos cobertos de lama. Era uma mulher, e parecia uma triste visão. Foi somente quando ela ficou de pé, e eu vi os sapatos de bico fino e olhos de aparência selvagem que reconheci Lizzie. A tiara ainda estava no lugar, mas quase invisível sob a camada de sujeira em seus cabelos.

A feiticeira me ignorou e caminhou para dar uma olhada em Daniel Stanton. Ela se ajoelhou diante dele e eu vi a faca em sua mão. Desviei o olhar quando ela começou a cortar os ossos de seus polegares. O comandante gritou como se estivesse em agonia, e tive que me recordar que era apenas a reação de seu corpo; que sua mente já não estava mais lá para sentir a dor.

Então, Lizzie se aproximou e agachou-se para me encarar. Ela sorriu, com as mãos cobertas de sangue, ainda segurando a faca, e com olhos severos cheios de malícia.

— É a sua vez, garoto. Agora preciso de toda a ajuda que puder ter. Os ossos de um sete vezes sete poderiam fazer toda a diferença.

Eu tinha que pensar rápido.

— Pensei que você quisesse ser uma rainha — disse, tentando distraí-la e enfiando as mãos nos bolsos para pegar um pouco de sal e ferro. — Pensei que quisesse governar esta ilha. O que aconteceu com você?

Nesse momento, Lizzie pareceu confusa, e uma expressão de dor e perda atravessou seu rosto. De repente, consegui ver Alice nela; a garota que a feiticeira fora uma vez. Então, suas feições se contorceram numa careta, e ela se inclinou para mais perto, de modo que o hálito fétido me envolvesse.

—Tem poder aqui, garoto, poder além dos meus sonhos mais selvagens; poder que me daria o mundo inteiro se eu quisesse. Mas vamos começar pelas coisas mais importantes. Para governar o que está em cima, tenho que controlar o que está na caverna. Vou levar o tempo necessário, mas valerá a pena. E seus ossos vão me ajudar...

CAPÍTULO 26

CORROMPIDA PELAS TREVAS

Por um momento, pensei que Lizzie quisesse retirar meus ossos no mesmo instante, e meus braços ficaram tensos, prontos para envolvê-la numa nuvem de sal e ferro. Em vez disso, ela guardou a faca na bainha em seu cinto e pôs-se de pé.

— Vou deixar que o buggane tire o que quiser primeiro — disse a feiticeira, dando meia-volta e caminhando novamente na direção do túnel.

Eu relaxei, soltando o ar devagar. Mesmo com o sal e o ferro, eu ainda estaria acorrentado; ainda estaria à mercê do buggane. A feiticeira teria se recuperado muito em breve.

Lizzie desapareceu no túnel, mas o buggane tinha negócios inacabados. Vi sua boca se abrir, revelando os dentes triangulares e afiados em seu interior. Ele enfiou os dentes fundo na garganta de Daniel Stanton e bebeu seu sangue com apetite. Quando ele o drenou, começou a rasgar sua carne. Cobri meus ouvidos para evitar os horríveis sons de algo se partindo, mas então ele começou a mastigar os ossos. Pensei que nunca iria terminar, porém, finalmente saciado, ele se afastou, deixando pegadas sanguinolentas nas lajes. Subiu de volta para o túnel e, pouco depois, estava fora de vista.

Quanto tempo levaria até que voltasse para mim na forma espiritual?, perguntei-me, temeroso.

Não tivera de esperar muito tempo. Pouco depois, começou o sussurro na minha cabeça e meu coração bateu disparado de terror. Primeiro, era quase fraco demais para ser ouvido, mas aos poucos consegui distinguir palavras isoladas, como podre, sangue e vermes. Então, experimentei uma sensação que não tinha esperado — ninguém jamais descrevera um sentimento como aquele. Era como se uma nuvem escura descesse, flutuando, do teto e me cobrisse com um cobertor frio e denso. O som distante de água pingando diminuiu até desaparecer; mas pior que deixar de ouvir foi o rápido escurecimento da minha visão. Já não podia mais ver as tochas; tudo estava escuro. Eu estava cego.

Meu coração batia com força no peito, e as batidas tornavam-se difíceis. Comecei a estremecer de frio quando o buggane lentamente drenou a energia do meu corpo, roubando minha força vital. O sussurro tornou-se mais alto. Eu não podia entender as palavras, mas imagens dolorosas do passado começaram a se formar no interior da minha cabeça, como se eu realmente estivesse presente naquelas cenas.

Eu estava numa trilha na montanha. Era noite, e a luz começava a diminuir. Eu podia ouvir uma mulher soluçando, e vozes elevaram-se com raiva. Parecia que eu deslizava mais do que andava, e não tinha controle da direção que estava tomando. À frente, uma rocha projetava-se feito o dente de um rato gigante; à minha volta, um grupo de pessoas estava de pé, entre elas, uma das antigas inimigas de minha mãe, a feiticeira Wurmalde. Ouvi uma série de pancadas ritmadas e vi alguém com um machado. A cada golpe, ouvia-se um grito de dor.

A angústia apertou meu coração. Eu sabia exatamente onde estava e o que estava acontecendo. Estava testemunhando o momento em que as inimigas de minha mãe pregaram sua mão esquerda a uma pedra. O sangue pingava pelo braço e sobre a grama. Depois de ser pregada, elas amarraram seu corpo nu com a corrente de prata, enrolando-a na pedra. Eu a vi encolher-se de dor, e as lágrimas desciam por suas bochechas.

— Em três dias, voltaremos — ouvi Wurmalde dizer, com a voz cheia de crueldade e malícia —, e então arrancaremos seu coração.

Elas a deixaram esperando sozinha no escuro; esperando que o sol raiasse sobre o mar a leste. O sol que iria queimar e encher de bolhas o seu corpo.

Eu queria ficar com mamãe. Queria confortá-la; dizer-lhe que tudo ia ficar bem. Que meu pai a encontraria de manhã e a protegeria do sol com sua camisa e sua sombra, e que eles se casariam e teriam sete filhos. Que ela seria feliz...

Mas não podia me mover e fui lançado na mais absoluta escuridão de novo. Feliz? Neste mundo, a felicidade não é duradoura. Nem a da minha mãe.

No piscar de um olho a vida de minha mãe acabou, e agora eu testemunhava como tudo terminara. Estava de volta à Ord, assistindo à luta com a Ordeen. Eu vira minha mãe mergulhar para o ataque, e as asas de lâmia com penas brancas faziam com que parecesse mais um anjo que um inseto. Eu a vira atracar-se com a inimiga com a forma de uma salamandra. Ela me dissera para sair e eu obedecera, escapando da Ord com os outros, todos, menos Bill Arkwright. Eu vira a destruição da cidadela ao longe, as torres desmoronando à medida que ela retrocedia através do portal de fogo na escuridão que a aguardava mais além, levando minha pobre mãe, além de Bill.

Mas aqui estava eu, muito perto do inimigo, observando as penas de minha mãe arderem, ouvindo seu grito atormentado quando ela agarrou a Ordeen num abraço mortal.

O fogo estava ao meu redor agora, e eu sentia dor física. As chamas queimavam minha própria carne e, pior ainda, eu podia ver a carne de mamãe formando bolhas e queimando, e ouvi seu longo uivo angustiado quando ela morreu em agonia.

Mais uma vez mergulhei na escuridão.

De repente, a luz voltou, e me encontrei de pé na cozinha da fazenda. Havia uma briga no andar de cima. Depois, eu estava no alto da escada. Três homens seguravam meu irmão Jack. Um deles estava batendo nele, espirrando seu sangue pela parede e pelas tábuas do piso. Agora eu estava testemunhando o que acontecera quando as feiticeiras atacaram a fazenda. Elas queriam os baús da minha mãe, mas ela os protegera das trevas dentro de um quarto no qual não podiam entrar. Por isso, obrigaram Jack a trazer os baús para o lado de fora.

Ele estava gritando por causa do terror e da dor, mas eu não podia ajudá-lo. Era apenas uma presença invisível e silenciosa, forçada a testemunhar seu sofrimento.

Então, continuou. O buggane me obrigou a visitar todas as lembranças agonizantes dos últimos anos. Mais uma vez, baixei os olhos para a sepultura de meu pai, e senti a dor da perda. Eu havia perdido seu funeral. Visitei essas cenas dolorosas repetidas vezes. Era uma espiral de sofrimento. Continuei a voltar para os mesmos pontos da minha vida e não podia fazer nada para mudar.

Novamente, as trevas; eu estava entorpecido, e ficava cada vez mais frio à medida que a minha força vital era retirada de mim. Eu sentia como se a morte estivesse próxima.

Mas então... uma coisa nova aconteceu. Ouvi uma voz.

Endureça ou não sobreviverá! Fazer o que o Velho Gregory diz não será suficiente. Você morrerá como os outros!

Era a voz de Alice. Ela dissera aquelas palavras quando eu a impedira de queimar a Velha Mãe Malkin. Queimá-la parecia horrível demais. Eu simplesmente não fora capaz de fazer aquilo.

Você tem de se igualar às trevas, Tom. Enfrente o buggane. Você pode fazer isso! Você pode fazer o que tem de ser feito!

No instante que Alice gritou essas palavras, tive uma nova visão: outro fragmento da minha vida. Após as primeiras semanas de aprendizado com o Caça-feitiço, eu retornara para a fazenda. Mãe Malkin apareceu por lá, infesta, macia e flexível. Ela entrara em Snout, o carniceiro de porcos, e o possuíra, controlando seu corpo, dirigindo todas as suas ações. Agora, ele estava segurando uma faca contra a garganta de Mary, o bebê de Jack e Ellie.

Revivi aqueles momentos terríveis quando pensei que a criança estava prestes a ser assassinada; cada segundo de angústia e horror. Alice correu para a frente e deu um pontapé forte em Snout, e o sapato de bico fino ficou enterrado tão fundo em sua barriga que apenas dava para ver o salto. Com o coração na boca, eu o vi deixar o bebê cair. Pouco antes de Mary bater no chão, Alice a pegou e ergueu em segurança. Agora era a minha vez: joguei sal e ferro nele. Com a cabeça envolvida numa nuvem da mistura, ele caiu sem sentido aos meus pés.

Isso estava acontecendo de novo. Snout estava inconsciente no chão, com os olhos revirando, e o avental manchado de sangue dos porcos que tinha acabado de matar. Observei Mãe Malkin deslizar para fora de sua orelha e voltar a tomar forma. Ela se encolhera para um terço do tamanho antigo e o vestido se arrastava no chão. Ela começou a se afastar.

Eu sentia muita raiva; um ódio terrível de tudo que eu fora forçado a ver sem parar. Antes, eu tinha deixado a bruxa ir embora. Alice correra atrás dela com um ferro em brasa, e eu a segurara, puxando-a para trás. Parecia terrível demais queimar Mãe Malkin. Eu não podia permitir. Desta vez, porém, minha raiva me transformou. Como antes, segurei Alice enquanto ela passava correndo por mim, mas dessa vez arranquei o ferro em brasa de suas mãos e persegui Mãe Malkin pelo terreno da fazenda.

Sem hesitar, coloquei fogo na bainha de seu vestido. Na mesma hora, começou a arder. Instantes depois, ela estava queimando; gritando, enquanto as chamas a consumiam. Era uma coisa terrível de se fazer, mas eu não me importava. Eu tinha de endurecer para sobreviver; para me tornar o caça-feitiço que estava destinado a ser. Então, ouvi alguém falar: não era um sussurro. A voz era alta e insistente.

— As trevas estão dentro de mim também! — gritava. — Eu posso me igualar a *qualquer coisa* que você faça. Sou o caçador, não a caça!

Lentamente foi que eu percebi que era eu quem estava gritando. E sabia que o que dissera era verdade. O ab-humano tinha razão. Eu me tornara corrompido pelas trevas e, com efeito, havia uma pequena parte de trevas na minha alma. Como minha mãe me prometera, estava se aproximando o dia em que eu me tornaria o caçador. E, então, as trevas teriam medo de mim.

Um século parecia ter se passado enquanto eu flutuava no limiar da consciência. Finalmente, abri os olhos.

Eu estava tremendo, minha testa ardendo de febre, minha garganta, seca. O buggane não me drenara totalmente:

eu sobrevivera ao primeiro encontro com ele, mas quanto tempo demoraria até que ele voltasse?

Eu me sentia fraco e letárgico. Não conseguia pensar claramente. Imagens dolorosas giravam devagar na minha cabeça como um redemoinho que estava me puxando para uma espiral escura e turbulenta. Foi então que ouvi uma voz à minha direita.

— Você tem sorte — disse Chifrudo. — Em breve, vai estar acabado para você. Você estará morto. Tenho de ficar sentado aqui, vendo você e aguardando a minha vez.

Exausto, virei a cabeça e olhei para o ab-humano. Ele estava nu da cintura para cima, mas, mesmo sob a luz fraca da tocha acima dele, eu podia ver os músculos poderosos e inchados nos ombros. E, subitamente, tive uma ideia.

— As algemas de ferro lhe causam dor? — indaguei.

Ele balançou a cabeça.

Nem todas as criaturas das trevas são vulneráveis ao ferro. Parecia que Chifrudo tinha alguma resistência. Tanto melhor...

— Então, por que você não se liberta? — sugeri. — Você tem força suficiente para fazer isso...

— E de que adianta? — perguntou. — A porta da cela é grossa demais para arrebentar.

— Quando você se libertar, vai me libertar também. Então, poderemos nos arriscar juntos nos túneis. Tenho armas contra qualquer coisa que possa nos ameaçar: sal, ferro e minha corrente de prata. É melhor que esperar aqui pela morte.

— Libertar você? Por que eu deveria confiar em você? Você é meu inimigo!

— Por enquanto, precisamos um do outro — disse-lhe. — Seremos mais fortes juntos. Uma vez livres, poderemos seguir nosso caminho.

Por um longo tempo, fez-se silêncio. Era óbvio que Chifrudo estava considerando minha sugestão. Então, ouvi um longo gemido. Apenas quando o som se repetiu foi que percebi que era mais o ruído causado por esforço que dor física ou angústia mental. Ele estava partindo as correntes.

Lambi os lábios secos e meu coração disparou. Repentinamente, eu me enchera de esperança.

Chifrudo ficou de pé e foi até onde eu estava acorrentado. Eu podia sentir o fedor de suor e um odor forte de animal. Mas não havia friagem; nenhum aviso de que eu estava perto de uma criatura das trevas. Chifrudo estava mais próximo de ser humano do que parecia. No entanto, eu tinha de ser cauteloso. Apesar de nosso frágil pacto, éramos inimigos naturais.

Sem hesitação, Chifrudo estendeu a mão e agarrou minha corrente perto do anel de ferro na parede. Ele voltou a gemer quando seus músculos ficaram tensos; em seguida, esticou-a até as correntes se esticarem e depois quebrarem. Com a extremidade livre, foi questão de minutos para desenrolá-las de minhas pernas.

— Você consegue enxergar? — perguntei, pensando em seus olhos aparentemente cegos e em como ele fora direto para a corrente.

— Posso ver melhor que a maioria, mas não com esses! — disse, apontando para cada um de seus globos oculares leitosos. — Eu tenho um terceiro olho, espiritual. Com ele, posso ver o mundo e até as coisas além dele. Posso ver as trevas nas pessoas.

Fiquei de pé com um salto, e meu coração começou a bater com mais força ainda. Eu me sentia fraco e trêmulo, mas estava livre! Ficamos frente a frente. Meu inimigo das trevas agora era meu aliado temporário. Juntos, com a ajuda de Alice, poderíamos ter uma chance real contra Lizzie.

Meu estojinho para fazer fogo estava na bolsa, mas eu ainda tinha meu toco de vela; por isso, estiquei a mão e o acendi na tocha. Segurando a vela na mão esquerda, abri caminho túnel adentro, percebendo, de repente, que poderia não ser necessário seguir os túneis do buggane por muito tempo: eu me lembrei de que as celas que não tinham prisioneiros eram deixadas com as portas abertas.

Quando cheguei ao fim do túnel curto, virei à direita. Cerca de dezoito metros à frente, alcancei o túnel de acesso para a cela seguinte e virei mais uma vez dentro dele. No instante em que emergi na cela vazia, minhas esperanças aumentaram. A porta estava aberta! Podíamos chegar aos degraus que conduziam à torre.

Certamente, isso significava passar pelo aposento dos guardas. Será que os alabardeiros tinham retornado, depois de serem atacados pelos pássaros? Era o que eu queria saber. Se não tivessem, quem me havia carregado do quarto de Lizzie para a masmorra?

VOU TIRAR SEUS OSSOS AGORA MESMO!

As passagens estavam totalmente escuras agora; ninguém tinha renovado as tochas. Sem a minha vela, teria sido difícil encontrar nosso caminho.

Não tínhamos ido longe quando senti repentinamente o frio especial que me dizia que uma criatura das trevas estava por perto. Parei e ouvi Chifrudo sibilar. Ele também percebera. Ouviu-se um som de algo crepitando e estalando diretamente à nossa frente, e então um rosnado ameaçador e profundo. Alguma coisa estava se movendo em nossa direção. Ergui o toco da vela, e vi que havia um local baixo na parede onde a luz aparentemente não alcançava, uma sombra mais escura que outras sombras. Ela se moveu até nós e começou a rosnar.

O que era aquilo? Nunca encontrara algo assim antes. Ouvimos novamente o rosnado, mais profundo e muito mais ameaçador. Era alguma entidade das trevas atraída até ali graças à Lizzie.

Eu tinha de agir — e rápido. Entreguei a vela a Chifrudo, enfiei a mão no fundo dos bolsos da calça e enchi cada mão com as substâncias que estavam ali: sal na mão direita; limalha de ferro na esquerda. Joguei as duas mãos cheias direto na sombra assustadora. Elas envolveram a criatura numa nuvem. Subitamente, ouviu-se um grito agonizante e então restaram nas lajes apenas o sal e o ferro espalhados. Fosse o que fosse que nos tivesse ameaçado já não existia. Fugira em agonia ou fora destruído. Mas poderia muito bem haver outros perigos semelhantes adiante.

Ergui os olhos com medo. Será que o barulho alertara os guardas em seu aposento? O grito certamente não se parecia com o de um ser humano. Talvez fosse mais provável fazer alguém fugir que descer na escuridão e investigar.

Chifrudo decidiu assumir a liderança. Passamos por uma parte do túnel sob o fosso, onde a água descia em cascatas e pingava do teto e, depois, seguimos para os degraus. Começamos a subir, fazendo uma pausa aqui e ali para ouvir com atenção. Quando, finalmente, chegamos à porta do aposento dos guardas, encostamos os ouvidos nela, mas não havia som nenhum em seu interior.

Chifrudo me entregou uma vela; então, abriu a porta. O cômodo estava vazio. Havia jarros com água na mesa distante e peguei um deles, tomando vários goles desesperados; em seguida, comi a casca de um pão velho, que amoleci com um pouco de água antes de engolir. Meu corpo tinha uma necessidade urgente de energia para substituir a que o buggane retirara. Quando terminou, o ab-humano deu alguns passos e me encarou.

— Deveríamos atacar a feiticeira agora — resmungou.

— Provavelmente, será melhor se esperarmos Alice — respondi. — Ela conseguirá ajudar.

Chifrudo assentiu, concordando; deixamos juntos o aposento dos guardas e continuamos a subir.

Encontramos Lizzie sentada em seu trono, com uma expressão arrogante no rosto. Evidentemente, ela sabia que havíamos escapado e estava esperando que fôssemos atrás dela. Éramos como duas moscas presas voando em círculos.

Então, percebi o corpo de um alabardeiro atrás do trono e o sangue nos lábios de Lizzie. Devia ter sido ele quem me carregara até a masmorra. Agora ela o matara e bebera seu sangue. Embora fosse, sobretudo, uma feiticeira de ossos, Lizzie também gostava de sangue humano. Ela preferia o sangue de crianças, mas, se estivesse com muita sede, beberia o de um adulto.

Quando Chifrudo e eu caminhamos sobre o tapete até ela, preparei minha corrente, imaginando se teria forças para amarrá-la desta vez. Mas antes que eu pudesse atacar, Lizzie pôs-se de pé e lançou um olhar severo para Chifrudo. Ela parecia selvagem, quase louca, e uma mistura de sangue e saliva escorria de sua boca descendo até a saliva em seu queixo.

— *Vocês* cruzaram meu caminho vezes demais. Deviam morrer de modo lento e doloroso, mas agora vão morrer rápido! — gritou ela, erguendo a mão esquerda com a palma apontada na direção de Chifrudo, e os dedos bem abertos. Então, ela fechou o punho, como se estivesse esmagando alguma coisa dentro dele, enquanto murmurava um encantamento na língua antiga.

O ab-humano gritou e enterrou o rosto nas mãos. Para meu horror, vi sua cabeça começar a se dobrar e retroceder, arrebentando e salpicando gotas de sangue. Chifrudo caiu no chão ao meu lado feito um saco de pedras, e o grito agoniado e estridente deu lugar a um último suspiro e, depois, ao silêncio. Sua cabeça fora reduzida a uma polpa ensanguentada.

Fiz um esforço para segurar o que havia em meu estômago, e meus joelhos começaram a tremer.

— Ora, onde está aquela minha filha? — perguntou Lizzie, um olhar de raiva vincando a sobrancelha.

Achei difícil acreditar que ela não tinha encontrado Alice. Onde ela poderia estar? Respirei fundo para me acalmar e encolhi os ombros.

— Não sei. Estou aqui para procurar por ela — respondi.

Lizzie retirou uma faca afiada das dobras do vestido.

— Desta vez, o buggane vai ficar sem o que quer — disse ela. — Você já me causou problemas suficientes; por isso, vou tirar seus ossos agora. *Venha cá!*

Contra a minha vontade, andei até ela. Tentei tirar a corrente de prata do bolso da minha capa, mas meu braço estava paralisado! Comecei a suar e tremer de medo. Respirei fundo para me acalmar, mas minhas pernas não estavam mais sob meu controle. Dei outro passo; em seguida, outro, até estar tão perto da feiticeira que quase podia sentir seu hálito quente e fétido no meu rosto, e por pouco não voltei a vomitar.

Lizzie pegou a minha mão esquerda com a mão direita e ergueu-me à sua frente.

— Dê uma última olhada nesse polegar, garoto. Em breve, ele estará fervendo e borbulhando no meu caldeirão!

O que significava aquilo? Então eu ia morrer ali, depois de tudo que passara?

Com a mão esquerda, a feiticeira baixou a faca na direção dos meus polegares. Tentei me livrar de seu aperto, mas não tinha forças. Eu me encolhi, imaginando que ia sentir uma dor agonizante. Mas a faca não fez contato com a minha pele; em vez disso, as tochas bruxulearam e se apagaram, e surgiu um clarão de luz. Subitamente, para meu total espanto, Alice estava de pé ali, na minha frente, segurando um dos grimórios do xamã.

Foi então que percebi o brilho revelador de uma aparição — não era Alice em carne e osso; era seu espírito. Ela se projetara até ali de algum outro lugar. De repente, me enchi de esperança. Será que aquilo era consequência de estudar os livros do xamã?

— Se você machucar o Tom, nunca vai pôr as mãos nisso! — advertiu Alice, com a imagem tremeluzindo. — Peguei o caderno de Barrule e o estudei. Aprendi que as coisas realmente úteis estão neste grimório aqui!

— Eu deveria saber que você ia aprontar alguma coisa, garota — rosnou Lizzie.

— Aqui diz como usar o poder do depósito diretamente, mas ele escreveu em código. Você tem de pegar pedacinhos de muitas páginas diferentes e ligar os feitiços — disse Alice. — Sem este livro e sem o meu conhecimento, você nunca vai saber o que fazer. Passaria anos estudando e não chegaria a parte alguma. Não é verdade?

O rosto de Lizzie se contorceu de raiva, mas ela não respondeu.

— Se você quer este livro e o que eu sei, venha pegar. Estou aqui na sala comprida, onde lorde Barrule e seus companheiros de jogo costumavam se divertir e apostar. Traga Tom com você, mas não ouse machucar um fio de cabelo dele ou nunca colocará as mãos sujas nisto. — Alice ergueu o livro na direção da mãe.

Ela desapareceu, e as tochas voltaram a arder.

Lizzie virou-se para mim.

— Parece que você vai viver mais um pouco, garoto! Ao menos, até eu pôr as mãos naquele livro...

Segurando meu braço com firmeza e mantendo a faca em posição, Lizzie me arrastou pelos degraus do torreão, através do aposento dos guardas e ao longo das passagens subterrâneas. Ao passarmos pelas celas, percebi que todas as portas estavam fechadas agora, como se tivessem prisioneiros.

A sala comprida estava praticamente escura — apenas algumas tochas bruxuleavam nos suportes de parede enferrujados. Lorde Barrule continuava ali no chão de pedra, e o local fedia com mais força ainda a morte.

Alice apareceu, saindo das sombras para encarar Lizzie. Ela ainda segurava o grimório na mão esquerda e o bastão na direita.

— Deixe Tom ir, e depois eu lhe digo o que sei e lhe dou o livro — disse com tranquilidade, e os cantos de sua boca se contorceram num sorriso.

Lizzie me empurrou bruscamente na direção de Alice.

— Me dê o livro e comece a falar! E rápido. Minha paciência já chegou ao limite! — repreendeu ela.

— Pode ficar com o livro — disse Alice, jogando-o para ela.

Lizzie estendeu a mão para pegá-lo, mas, antes que seus dedos se fechassem ao redor dele, com um *sopro* alto, o livro ardeu em chamas. A feiticeira se encolheu e ele caiu a seus pés, com as páginas ficando enroladas e negras.

Agora ela estava com cara de poucos amigos, mas Alice sorria com uma expressão de triunfo no rosto. A feiticeira arqueou as costas, apontou o dedo direto para a filha e murmurou algumas palavras na língua antiga. Por um momento, fiquei apavorado por causa de Alice, mas nada aconteceu e ela abriu um sorriso ainda maior.

— Usei o depósito para me proteger — disse a Lizzie. — Você não pode me machucar, e agora Tom está do meu lado e você também não pode machucá-lo! Mas eu posso ferir você. Se me provocar, vou machucá-la muito. Se não fosse minha mãe, eu a mataria neste minuto! Mas agora você vai fazer o que lhe digo, e vai fazer imediatamente. Me dê os ossos do polegar do xamã! Entregue agora!

Lizzie começou a tremer, e gotas de suor apareceram na testa. O rosto dela estava contorcido pelo esforço de tentar resistir ao comando de Alice, mas não era forte o bastante. Lembrei-me de como ela tinha nos controlado, mas agora as coisas estavam invertidas. Agora ela era obrigada a fazer a vontade de Alice, enfiando a mão no bolso do vestido e retirando os ossos que cortara do cadáver de lorde Barrule. Os ossos estavam brancos e limpos, e a carne fora fervida como parte do ritual para usar todo seu poder.

Alice estendeu a mão para recebê-los e, mais uma vez, Lizzie tentou resistir, e todo seu corpo tremeu com o esforço, mas então, com um suspiro, ela finalmente os deixou cair na palma da mão da filha.

Isso feito, com um grito, a feiticeira correu na direção do túnel subterrâneo e entrou com dificuldade nele.

CAPÍTULO 28
O BUCCANE

—Temos de ir atrás dela — falei, dirigindo-me para a entrada do túnel. — Não podemos deixar que escape. É meu dever amarrá-la.

Alice balançou a cabeça.

— Desculpe por deixá-la ir, Tom. Eu poderia tê-la matado, mas, apesar do que disse, não fui dura o bastante para fazer isso. Afinal, ela é minha mãe. Que tipo de garota mataria a própria mãe...?

— Não é uma boa ideia segui-la pelos túneis agora. Embora eu esteja mais forte, Lizzie ainda controla o buggane. Ela conseguirá encontrar um caminho para a superfície, mas não poderá voltar para o torreão. Eu tranquei todas as portas das celas, isso sim, apenas para ter certeza de que ela não vai tentar voltar para o local do qual saiu. Vou trancar a porta desta sala também — disse, erguendo a chave.

— Depois, deveríamos ir até o local em que deixamos Adriana e Simon e tentarmos interceptá-la!

Alice assentiu, mas seus olhos estavam cheios de medo.

— Qual é o problema? — perguntei.

— Quanto mais nos afastarmos do Torreão de Greeba, menos capaz eu serei de drenar o poder do depósito. Depois de alguns quilômetros, seria apenas eu contra Lizzie, e ela com certeza vai ser a mais forte.

— Mais motivo ainda para lidarmos com ela antes que se afaste muito — disse.

Saímos correndo do torreão; estava deserto e nós nos dirigimos até Adriana e Simon. Eles ainda estavam esperando na beira das árvores; então, explicamos rapidamente o que acontecera e continuamos andando até a capela, prestando muita atenção para ver se Lizzie aparecia.

Mas vigiamos e esperamos em vão. Duas horas depois, não havia sinal da feiticeira e começamos a perder o ânimo. Será que ela já havia escapado?

— Você não pode farejá-la, Alice? — perguntei.

Ela balançou a cabeça.

— Ela já esteve aqui antes, sim, mas o fedor está espalhado por toda parte. Não dá para saber qual é o mais recente, porque ele está muito forte aqui.

Foi então, quando a luz começou a diminuir, que vi um vulto se aproximando ao longe e meu coração foi parar nas botas. Teríamos um acerto de contas agora.

Era o Caça-feitiço, e à medida que ele se aproximava, eu via sua cara feia.

Foi Adriana quem falou primeiro. Deu um passo para a frente, colocando-se entre ele e nós.

— Foi minha ideia — disse ela. —Tínhamos que tentar lidar com Lizzie. Eu sabia que o senhor nunca concordaria. Foi tudo minha culpa.

O Caça-feitiço assentiu.

— Isso mesmo — falou, irritado —, você me deixou com um gosto amargo na boca em vários sentidos. Mas resolveremos tudo mais tarde. — Ao se virar para mim, sua expressão era severa. — Temos de tratar das coisas práticas: diga-me o que aconteceu, e rápido...

Depois que terminei, meu mestre balançou a cabeça.

— É um mau negócio. Temos de seguir a feiticeira e lidar com ela de uma vez por todas. Mas agora que se foi e não tem mais acesso ao poder daqui, nossa prioridade é o buggane. Andei pensando — e se conseguirmos destruí-lo, os túneis vão desmoronar e a caverna com o depósito de poder será enterrada. Isso vai evitar que os servos das trevas a visitem na forma espiritual. Eles não serão mais capazes de usá-la diretamente. E isso inclui você, garota! — disse ele, virando-se para Alice. — Resolve tudo muito bem.

— Isso não é justo! Eu estaria morto a uma hora dessas, se não fosse por Alice! — gritei.

— Ela ainda usou poder das trevas — e não foi a primeira vez, como você sabe muito bem. Mas não vamos falar disso agora. Iremos diretamente até a capela que fica bem no centro do domínio do buggane. Ele vai nos sentir ali e vai atacar.

— E quanto aos cães? Será que não vão nos ajudar? — perguntei ao meu mestre.

— Não há tempo para isso agora, rapaz. Eu os deixei no moinho, e temos de enfrentar essa criatura.

O Caça-feitiço deu meia-volta e começou a se afastar. Alice e eu seguíamos em seus calcanhares, enquanto Adriana e Simon caminhavam bem perto. De repente, meu mestre girou para encará-los.

— Isso é um negócio para os caça-feitiços — disse, erguendo a mão. — É trabalho perigoso, apenas para mim e o rapaz. É melhor vocês esperarem aqui até lidarmos com o demônio. E isso inclui você também! — completou, lançando um olhar severo a Alice. Ela abriu a boca para protestar, mas então balançou a cabeça. Não adiantava discutir com meu mestre depois do que acontecera.

Então, o Caça-feitiço e eu nos dirigimos para a capela. Apesar do desejo dele, eu torcia para que Alice não ficasse muito para trás. Ela não podia ficar muito distante do cântaro de sangue. Chegamos às ruínas e esperamos em meio às árvores, avistando os muros de pedra escura que desmoronavam. Os minutos se passaram, mas nada aconteceu; Lizzie estaria mais longe a cada segundo, pensei.

Era uma noite límpida, fria e seca, e a grama estava branca com a geada. Metade de uma lua minguante lançava sombras salpicadas no chão. De vez em quando, uma coruja piava, mas, além dela, só havia silêncio e nem um sopro de vento.

— Por que o buggane não ataca? — indaguei.

— Ele está próximo, posso sentir em meus ossos; mas não está se mostrando — respondeu o Caça-feitiço. — Muito provavelmente, estará encosta abaixo, próximo à beira da água, um local que queremos evitar. Ele vai assumir a forma de uma serpente do pântano no solo pantanoso, e serpentes do pântano são difíceis de matar. Mas que escolha temos? Vamos acabar logo com isso!

Acompanhei meu mestre até o declive. Eu estava segurando o bastão, nervoso. A última coisa que queria era enfrentar novamente uma serpente do pântano. Eu me lembrava de como ela podia cuspir veneno e arrancar um braço ou perna com aquelas fileiras de dentes afiados.

Enquanto descíamos, a encosta tornou-se mais íngreme e nossas botas afundavam no solo fofo. Não demorou muito para que descobrisse como era difícil ficar de pé. Abaixo, o murmúrio do rio era ainda mais alto, embora eu não conseguisse vê-lo entre as árvores. Elas ficavam mais próximas ali, entremeadas por arbustos densos e mudas, tornando difícil o nosso progresso e nos forçando a fazer desvios frequentes.

— Espalhem-se! — ordenou o Caça-feitiço. — Vamos oferecer mais de um alvo para distraí-lo.

Fiz como ele disse, obedecendo sem questionar e me afastando para a esquerda. Meu mestre era o especialista aqui e, depois de já ter enfrentado uma serpente do pântano, eu sabia que era o mesmo conselho que Bill Arkwright me daria: ele fora especialista em todas as criaturas que viviam na água e nos pântanos.

Estávamos bem perto da margem do rio agora e o Caça-feitiço, oculto da vista pelos arbustos e juncos compridos, embora eu ainda pudesse ouvir o barulho de suas botas.

Foi então que ouvi outro ruído nos juncos; um som pesado de algo úmido que deslizava, quase como se alguém tivesse caído de costas e estivesse escorregando pela encosta íngreme na direção da água. Mas o som tornava-se cada vez mais alto e mais próximo — encosta *acima*, bem em nossa direção. Meu coração quase parou de tanto medo.

Subitamente, alguma coisa emergiu dos juncos bem à minha frente e se lançou na minha cabeça. Eu me desviei para o lado, entrevi a criatura acima de mim, antes que recuasse para os juncos: um corpo sinuoso e comprido, como uma cobra gorda, olhos pequenos e furiosos e uma boca cheia de dentes pontudos.

Certamente, não era uma serpente do pântano — pelo menos, não do tipo que eu enfrentara — e as únicas cobras que eu já vira eram pequenas cobras d'água e, mais raramente, víboras. Mas esta era imensa. Tinha de ser o buggane, e assumira a forma de um grande ofídio.

Cego de pânico, fiz um esforço para ficar de joelhos. Foi na hora certa. A criatura atacou e, desta vez, eu a acertei com meu bastão. Ela sibilou e voltou a recuar. Eu me pus de pé com cautela e ouvi uma briga à minha direita. Então, o Caça-feitiço gritou alguma coisa — não entendi da primeira vez, mas, quando ele repetiu, percebi que era um grito de advertência.

— É a hidra!

Pelo que meu mestre me havia ensinado, eu sabia que estávamos com sérios problemas. Havia muitas formas de hidra: algumas eram reais; outras, simplesmente criaturas fantásticas inventadas pelos contadores de histórias. A hidra mencionada no Bestiário do Caça-feitiço era uma criatura chamada Scylla, que tinha sete cabeças. Certamente, todas as hidras tinham muitas cabeças — e esta estava atacando a mim e ao meu mestre simultaneamente.

Mais uma vez, ouvi o som de algo deslizando, e a cabeça semelhante a de uma cobra emergiu na minha direção, arrastando-se no solo, partindo os juncos antes de empinar-se na direção da minha garganta. Mas, desta vez, eu estava preparado, e usei meu bastão como uma lança, enfiando a lâmina entre seus dentes, direto até a garganta, com todas as minhas forças. A criatura guinchou e contorceu-se, e o sangue borrifou feito um arco da boca cheia de presas. Ela recuou imediatamente, quase arrancando o bastão da minha mão, mas eu o segurei firme e a cabeça do demônio retrocedeu, com a boca jorrando sangue.

Eu o segui através dos juncos na direção da beirada da água. Uma vez na margem do rio, pude ver o buggane sob a luz da lua. Seu corpo estava oculto debaixo d'água, mas suas muitas cabeças empinavam-se e contorciam-se, querendo me atacar. Rapidamente, contei nove, mas então desisti porque elas estavam se movendo com muita rapidez. A cabeça mais próxima de mim pendia mole, e sangue escuro escorria da boca aberta, girando na corrente. Era a que eu acabara de ferir. Agora o Caça-feitiço estava na margem do rio também, batendo furiosamente com o bastão. Mas eram muitas cabeças — todas rugindo e uivando de modo sinistro. Como poderíamos lidar com elas?

— Aqui, rapaz! — gritou o Caça-feitiço, lançando-se na forte corrente do rio. — O coração — precisamos abrir caminho até o coração. Eu golpeio o corpo, e você bate nas cabeças!

Pulei no rio a seu lado. A água chegava até a cintura e foi uma luta para ficarmos de pé. O corpo cinzento da hidra veio à superfície rapidamente, antes de submergir de novo. Ao ver isso, me enchi de esperança, pois ela não parecia ter as escamas duras de proteção de uma serpente do pântano e seria vulnerável às nossas lâminas. Não resta dúvida de que o demônio sacrificara aquela defesa em favor da capacidade de atacar daquelas muitas cabeças com presas. Continuei a balançar meu bastão, formando um arco e batendo diretamente em qualquer boca voraz que chegasse muito perto.

O Caça-feitiço começou a atacar o corpo da hidra, enfiando o bastão fundo e apoiando-se nele, enquanto eu defendia nós dois daquelas cabeças com seus dentes poderosos.

Quanto tempo esse combate durou, não sei dizer. Tudo que eu me lembrava é da água escura por causa do sangue, e das cabeças demoníacas que reluziam prateadas sob a luz da lua, enquanto tentavam pôr um fim às nossas vidas. A certa altura, quase fui dominado — dentes e bocas ferozes estavam por todos os lados —, e o Caça-feitiço teve de parar seu ataque ao corpo para me ajudar a enfrentar as cabeças. Mas então ouvi um grito vindo da margem e vi Alice parada ali, balançando a faca curta e gritando para o buggane, tentando atrair sua atenção.

Muitas das cabeças imediatamente moveram-se até ela. Tive medo por Alice, mas o demônio ficou distraído e isso nos deu uma chance. Furioso, o Caça-feitiço renovou seu ataque. Poucos instantes depois, a lâmina de liga de prata encontrou o coração do demônio. Houve uma rajada de ar fétido, e então a água ergueu-se acima de mim numa onda gigante e afundei, ainda agarrado ao bastão. Instantes depois, flutuei até a superfície.

No fim, eu e o Caça-feitiço nos arrastamos, esgotados, até a margem do rio. A expressão de Alice era de alívio. Eu parei a seu lado, tremendo e pingando.

— A criatura se foi, rapaz. Não restou nem um pedaço — disse o Caça-feitiço, curvando-se, exausto. — E quanto a você, garota, nunca vai fazer o que lhe digo?

— Se Alice não tivesse desobedecido, provavelmente nós dois estaríamos mortos agora — observei, indignado.

Meu mestre assentiu, relutante, mas não disse mais nada. Ele sabia que o que eu falei era verdade.

— Agora é hora de lidarmos com a feiticeira — murmurou.

CAPÍTULO 29

A QUEDA

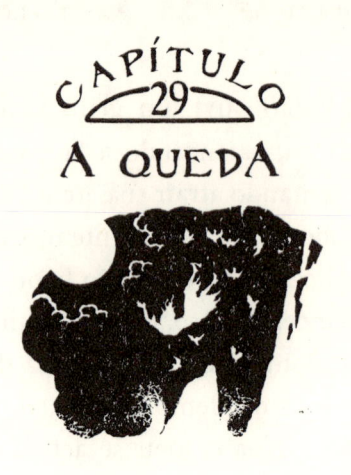

Nem bem nos juntamos a Adriana e Simon, o Caça-feitiço começou a procurar sinais de Lizzie Ossuda.

Eu sabia que ele era um rastreador experiente, mas apenas com a ajuda do luar, será que encontraria o rastro de Lizzie quando nem Alice era capaz de farejá-la? Observamos enquanto ele caminhava pela floresta, lançando olhares sistemáticos, trecho a trecho. De vez em quando, ele fazia uma pausa e se ajoelhava, examinando o solo. Será que não havia mais nada para encontrar? Será que Lizzie ainda estava se escondendo nos túneis?

Quase uma hora depois, meu mestre encontrou alguma coisa e fez um gesto nos chamando. Havia três pegadas na lama. Eram recentes e tinham sido feitas por sapatos de bico fino...

— E, com certeza, não são os meus — disse Alice. — Lizzie tem pés grandes, isso sim. Muito maiores que os meus.

— Então, ela está indo para o sudoeste — disse o Caça-feitiço. — É para onde deveríamos ir...

— Eu queria perguntar uma coisa... — interrompeu Alice.

— O que é, garota? — indagou o Caça-feitiço, impaciente. — Não temos o dia todo; portanto, fale de uma vez!

— O senhor não vai amarrar Lizzie; o senhor vai matá-la, não é? — perguntou ela. Não era realmente uma pergunta. Eu podia ver em seu rosto que ela sabia a verdade e que não parecia satisfeita.

O Caça-feitiço assentiu, confirmando, com uma expressão grave.

— Não tenho escolha, garota. Ela matou muitos inocentes. Não posso deixar uma feiticeira como ela à solta, especialmente uma com tamanha ambição. Se as coisas tivessem saído como planejadas, toda esta ilha teria mergulhado em seu governo de trevas. Quem sabe o que mais ela poderia tentar no futuro? A melhor coisa para você seria ficar aqui até voltarmos. Afinal, ela ainda é sua mãe. Você não tem que ir até lá. Já fez muita coisa, garota. Volte para o moinho com Adriana até isso acabar.

No entanto, eu sabia que Alice ia se negar a fazer isso. Tenho certeza de que ela não queria ser testemunha da morte da própria mãe, mas, se esperasse ali, estaria fora da proteção do cântaro de sangue. Ela tinha de me acompanhar.

Alice balançou a cabeça.

— Preciso ir até lá — disse, em voz baixa.

—Também vou atrás de Lizzie — disse Adriana para o Caça-feitiço. — O senhor poderia precisar da minha ajuda. Você vem conosco, Simon?

Simon Sulby assentiu.

— Sim — respondeu, parecendo determinado. — Vamos passar o resto da vida juntos; por isso, faremos isto juntos também.

Caminhamos o mais rápido que pudemos, mas, depois de meia hora, não vimos sinal da bruxa; meu mestre estava ficando preocupado.

— Temos que pegar Lizzie Ossuda, rapaz — disse o Caça-feitiço —, e dar um fim a ela de uma vez por todas.

—Talvez seja melhor voltar para o moinho para pegar os cães agora — sugeri. — Em pouco tempo, eles a caçariam.

— Não há tempo. Ela já está muito à nossa frente. — Meu mestre se ajoelhou e examinou o solo, antes de balançar a cabeça. — Esperem aqui. Verei se posso encontrar novamente seu rastro...

Ele caminhou até as árvores. Da mesma forma que antes, continuou parando e baixando os olhos para examinar o solo, mas havia mais nuvens agora e o luar era intermitente.

— Será que poderemos encontrá-la novamente? — perguntou-me Adriana.

— Ele é um excelente rastreador, mas é muito difícil — falei. — As feiticeiras de Pendle podem esconder-se usando magia negra para encobrir seus rastros. O sétimo filho de um sétimo filho ainda pode segui-las, mas não é nada fácil. Se ele não encontrar logo, ela conseguirá escapar.

Agora o Caça-feitiço estava fora do nosso campo de visão, mas, cinco minutos depois, ele apareceu na beira de um bosque e fez sinal nos chamando. Quando nos aproximamos, deu um de seus raros sorrisos e apontou para uma mancha de lama perto de um tronco de árvore. Havia duas pegadas nítidas. Mais uma vez, de sapatos de bico fino...

— Pelo menos, confirmamos a direção. Ela ainda está caminhando para sudoeste — disse ele. — Sem dúvida, espera fugir pelo mar — obrigando algum pobre pescador a levá-la para oeste até a Irlanda.

Partimos ainda mais rápido. Duas outras vezes, o Caça-feitiço encontrou os rastros de Lizzie, mas então perdeu a trilha.

Adriana pensou que, provavelmente, ela deveria estar indo para Port Erin ou Port St. Mary, onde havia embarcações capazes de fazer a viagem para oeste, mesmo em mares bravios.

Continuamos andando em meio à escuridão, tão rápido quanto podíamos, quando um lampejo intenso de um relâmpago ao longe transformou-a em dia. Depois disso, veio o ribombar baixo de um trovão, e então o vento começou a soprar. Uma tempestade estava a caminho. E que tempestade! Poucos minutos depois, uma chuva torrencial nos forçou a nos abrigarmos em um pequeno

bosque, enquanto trovões e relâmpagos furiosos irrom
piam das nuvens acima de nós.

— Se não soubesse que era difícil, eu diria que Lizzie
tinha enviado essa tempestade para nos manter a distância!
— disse o Caça-feitiço, enquanto esperávamos que a chuva
diminuísse.

Afastada do depósito de *animas*, era improvável que ela
tivesse o poder de criar tal tempestade, embora ainda estivesse muito forte, como descobriríamos por nós mesmos
em breve.

A tempestade agora se acalmou tão rapidamente
quanto surgira. As nuvens estavam se afastando com velocidade para leste, e num instante fomos banhados pela luz
da lua.

Estávamos quase saindo do abrigo das árvores, no
silêncio da tempestade, quando ouvimos uma confusão de
guinchos e gritos se aproximando, vindos do oeste.

— Ratos! — gritou Simon.

Instantes depois, ele mostrou estar correto. Uma horda
de ratos imensos e furiosos, com longos bigodes e caudas
sinuosas, apareceu diante de nossos olhos. Eu sabia que
uma feiticeira podia atrair ratos e beber seu sangue, mas
nunca soubera que eles eram usados para atacar os inimigos. Pouco depois, estávamos lutando por nossas vidas.
Dávamos golpes ao nosso redor com os bastões, batendo no
solo para esmagar os roedores e arrancando-os, desesperados, à medida que corriam por nossas pernas, mordendo
e arranhando enquanto abriam caminho até os nossos pes-
coços e rostos.

Ouvi Alice gritar e dei meia-volta, encontrando-a coberta de ratos. Ela tentava proteger a cabeça, mas estava perdendo a batalha. Arranquei um grande rato de sua cabeça, jogando-o com força no chão e pisando nele.

Ondas constantes de roedores cinzentos continuaram a nos atacar; então, subitamente, eles fugiram, deixando para trás uma massa de corpos sem vida e moribundos.

Por sorte, estávamos mais cansados que feridos.

— Isso foi coisa da Lizzie — falei.

— Sim, rapaz, não resta dúvida — respondeu o Caça-feitiço. — Mas só podemos especular por que razão eles nos atacaram e fugiram. Talvez Lizzie não queira gastar seu poder. Talvez esteja reservando o pior para mais tarde.

Ao anoitecer, paramos e descansamos durante algumas horas. Simon se ofereceu para ficar de guarda enquanto o restante do grupo cochilava. O Caça-feitiço foi o único que conseguiu dormir. No entanto, o cochilo não durou muito, pois ele acordou resmungando e suando. Lizzie estivera falando dentro de sua cabeça novamente.

Subitamente, Adriana começou a tremer; Simon virou-se para ela, preocupado, e pôs o braço ao seu redor.

— Qual é o problema, querida? — perguntou a ela.

— Tive aquela sensação de novo — disse ela. — Uma premonição de que não tenho muito tempo neste mundo.

— Mas você se sentiu assim quando eles a rolaram morro abaixo e sobreviveu à descida no barril, não foi? — observei.

— Sobrevivi, mas desta vez está mais forte que nunca. Tenho certeza de que vou morrer em breve.

Para mantermos nossas forças, compramos pão e queijo numa cabana. Foi então que Adriana se ofereceu para testar seus poderes mais uma vez. O Caça-feitiço não gostou, mas não tinha sugestão melhor para fazer.

Ela pôs as mãos em concha e deu um assobio alto. Poucos minutos depois, em resposta ao chamado, um par de gaviões-rapina desceu do céu e pousou em seus ombros. Ela os afagou carinhosamente com a ponta dos dedos indicadores, murmurando para eles, com a voz tão baixa que, mesmo estando perto dela, eu não podia entender o que dizia.

Eles voaram, mas retornaram uma hora depois. Desta vez, deram voltas acima de nossas cabeças, afastando-se numa direção diferente. Quando repetiram a manobra com precisão, Adriana apontou na direção que tinham seguido.

— Eles a encontraram — disse ela. — Esse é o caminho. Ela está indo para Port Erin.

Adriana era realmente uma feiticeira dos pássaros, sua magia conseguira rastrear Lizzie Ossuda.

Não demorou muito até que o Caça-feitiço descobrisse outra pegada de sapato de bico fino na lama. E, então, Alice confirmou: agora ela conseguia farejar a presença da mãe. Finalmente, no crepúsculo, vimos Lizzie a distância e, apesar do cansaço, apertamos o passo.

Ela estava em algum lugar à nossa frente, na escuridão crescente: mais uma vez, nós a avistamos a pouco mais de meio quilômetro. Mas agora estava praticamente escuro e uma chuva repentina irrompeu do céu, encharcando-nos até os ossos nos cinco minutos em que durou.

Adriana e Simon estavam correndo comigo e com Alice, e o Caça-feitiço seguia atrás de nós. A cada passada, nós nos aproximávamos da feiticeira de ossos. Logo ouvi o rugido zangado do mar ao longe e a pancada ritmada das ondas contra a costa rochosa. Finalmente, a lua saiu detrás de uma nuvem, banhando a cena com sua luz prateada; então, vi Lizzie a menos de noventa metros, e Simon percebeu alguma coisa no solo: um par de sapatos de bico fino atirados sobre a grama. Lizzie os largara em uma tentativa desesperada de ganhar mais velocidade.

— Ela está correndo direto para o cabo. Nós a desviamos do porto. Ela não tem para onde ir agora, além da água salgada do mar! — gritou o Caça-feitiço.

Ele tinha razão. Lizzie estava correndo direto para os rochedos. Muito em breve enfrentaríamos o que sobrara de seu poder. Será que ela ainda tinha forças? Será que nós cinco conseguiríamos dominá-la? Não era nada seguro, mas tínhamos de tentar.

Foi então que aconteceu o desastre. Alice escorregou na grama molhada e bateu com força no chão. Parei para ajudá-la, mas, quando ela tentou se apoiar no pé esquerdo, ele torceu sob seu peso e ela caiu de joelhos. Quando o Caça-feitiço passou por nós, virou-se e gritou para mim:

— Esqueça a garota, rapaz! Vamos ajudá-la depois. Preciso de você comigo! Agora! — Ele correu na direção dos rochedos, e seus passos diminuíram ao longe.

— Deixe-me, Tom! Torci o tornozelo. Ele tem razão: vai precisar de toda a ajuda que conseguir para derrotar Lizzie. Ela ainda está forte.

— Não, Alice, vamos ficar juntos — falei, pondo meu braço debaixo de seu braço esquerdo e erguendo-a para que voltasse a ficar de pé. — Você sabe que não podemos nos arriscar a ficar separados...

Alice apenas podia andar com dificuldade, gemendo de dor.

A feiticeira não era capaz de ir a parte alguma. Ela virou as costas na direção do mar para encarar o Caça-feitiço, Adriana e Simon. Eles diminuíram o passo, mas continuaram a avançar ao longo de um contraforte estreito e coberto de grama que se projetava acima do mar. As ondas quebravam nas rochas mais embaixo, antes de recuar para erguerem-se novamente.

Primeiro, nada aconteceu; depois, de repente, como um sopro no meu plexo solar, senti o poder de Lizzie mais uma vez. Ela me fez perder o fôlego, e meu coração quase parou. Mas não era *temor* e nem outro feitiço para nos imobilizar enquanto tirava nossas vidas com a faca. Era o feitiço de compulsão. Fui tomado por uma grande vontade de correr e me atirar do penhasco. Queria cair sobre as pedras e me fazer em pedacinhos, tornar-me um nada – como se nunca tivesse nascido.

Resisti, mas Lizzie era muito forte. Olhei para as ondas mais abaixo. Nunca quis tanto uma coisa.

Mais adiante, o Caça-feitiço agachara-se com o bastão ainda na mão esquerda. Com a direita, ele estava segurando um tufo de grama, como se isso fosse, de algum modo, prendê-lo ao topo do rochedo. Mas então, para meu desespero, Simon de repente correu direto para a beira do penhasco. Percebi que ele ia se atirar!

Ouvi o grito de Adriana, um longo lamento de angústia e perda. Simon pulara para o vazio e se fora. Sob a compulsão da magia negra de Lizzie, ele havia se atirado da beirada para a própria morte.

Mais à frente, Adriana esticava os braços acima da cabeça e apontava para o céu, arqueando as costas exatamente como Lizzie fizera antes. Então, ela começou a entoar, elevando suas palavras para o firmamento. Ela estava falando na língua antiga, falando rápido demais para que eu pudesse entender.

Em resposta, soou um trovão e um clarão de relâmpagos, e, de repente, acima de nos, o céu ficou cheio de pássaros. Eram corvos, corvos-imperiais, pássaros pretos, pintassilgos e andorinhas — e uma única gralha... por causa de sua tristeza.

Alice e eu quase tínhamos alcançado o penhasco, e ouvi Adriana pronunciar mais quatro palavras muito devagar e com clareza. Mesmo com meu pouco conhecimento da língua antiga, foi fácil traduzi-las. Era uma ordem: "Biquem os olhos dela!".

Os pássaros, do menor ao maior, obedeceram, mergulhando em ao mesmo tempo para atacar a feiticeira. Por um momento, Lizzie escondeu-se da nossa vista, atacada por todos os lados pelas aves que gritavam com estridência e estavam frenéticas.

Mas ela não seria derrotada com tanta facilidade. Houve um lampejo intenso de luz e um sopro de ar que me fez fechar os olhos. Quando tornei a abri-los, os pássaros estavam grasnando, caindo do céu, com as asas em chamas. Alguns caíram, enegrecidos, queimados e contorcendo-se, no topo do penhasco; outros caíram no mar, deixando um rastro de fumaça. Lizzie os explodira em pleno céu.

Adriana soltou um grande soluço e correu na direção dela, mas a feiticeira de ossos agarrou-a pelo pescoço, erguendo-a do chão.

Eu sabia que aquilo iria acontecer: soltei-me de Alice e caminhei com dificuldade para tentar ajudá-la, mas o mundo ainda estava girando ao meu redor e fui forçado a ficar de joelhos, com dificuldade para me manter no topo do penhasco e ainda consumido pelo desejo de me lançar sobre as pedras.

Enquanto observava, horrorizado, Lizzie ergueu Adriana sobre o penhasco. Ao cair nas pedras, ela soltou um grito agudo como um pássaro. E se foi.

A HISTÓRIA TODA

U m sorriso malicioso percorreu o rosto de Lizzie.

— Você sabe por que o garoto ficou para trás com a garota em vez de ir ajudá-lo? — perguntou para o Caça-feitiço. — Você sabe por que ele lhe desobedeceu? Ele precisa dela mais que de qualquer outra coisa nesse mundo, e ela age da mesma maneira com ele. Seu aprendiz vendeu a alma ao Maligno, e agora a única coisa que o mantém a salvo, assim como a garota, é um cântaro de sangue. Por isso, eles têm de ficar juntos. Ele está usando magia negra para salvar a ambos. Falta apenas um passo para pertencer às trevas!

O Caça-feitiço ergueu-se com dificuldade e me fitou. Quando nossos olhos se cruzaram, vi em seu rosto um misto de tristeza e decepção. Eu falhara com ele. Não era o aprendiz que ele pensara que eu fosse.

Lizzie deu uma risada longa e alta, e o som desagradável estava cheio de triunfo por saber que as trevas tinham vencido.

Mas a batalha não terminara ainda. Adriana estava morta, mas seu último grito não fora apenas de dor e choque; fora um comando. Novos grasnados estridentes soaram acima de nossas cabeças, e eu vi um imenso bando de gaivotas traçando círculos — aves ferozes e agressivas que Alice chamara uma vez de "ratos com asas".

Subitamente, elas mergulharam na direção da feiticeira, e os grasnados desagradáveis e estridentes encheram o ar. Lizzie Ossuda agitou os braços para espantá-las, girando-os como se fosse um moinho de vento numa tempestade. Talvez ela tivesse esgotado seu poder ou talvez fossem aves demais, e ela não tivesse tempo de se recuperar para resistir a seu ataque. As gaivotas voaram em sua direção, com as garras afiadas esticadas. Pouco depois, tudo que pude ver foram os pássaros — um redemoinho caótico de asas batendo e bicos bicando.

Por um momento, avistei mais uma vez a cabeça de Lizzie. Suas mãos cobriam o rosto e o sangue escorria entre seus dedos. Ela cambaleou na direção da beirada do rochedo, inclinando-se num ângulo impossível. Seus olhos eram buracos pretos sob a luz da lua, com a boca aberta num grito, mas o som perdera-se em meio ao grasnado das aves. As gaivotas voltaram a encobri-la; quando levantaram voo, ela se fora.

Corri até o penhasco e olhei para baixo. Por um instante, seu corpo esmagado podia ser visto embaixo. Então, uma onda grande a engoliu e, ao recuar, arrastou-a para o abraço salino do mar. A feiticeira de ossos já não existia.

— Bem, é o fim dela, rapaz — disse o Caça-feitiço, caminhando até parar a meu lado. — Se já não morreu, a água salgada vai matá-la rapidamente. Então, ela servirá de comida para os peixes. Eles comerão seu coração e tudo mais. Ela não vai voltar.

— A pobre Adriana e Simon também se foram — falei com tristeza. Não conseguia avistar vestígios de seus corpos nas pedras embaixo. O mar também os levara.

Meu mestre assentiu.

— Sim, foi um mau negócio, rapaz, mas a garota ajudou a salvar nossas vidas. E era mesmo uma feiticeira, disso não resta dúvida!

— Mas que tipo de feiticeira ela era? — indaguei. — Ela não usava magia de sangue nem de ossos, e não tinha um familiar.

— Era uma criatura nova para mim, rapaz. Certamente, nunca encontrei nada como ela antes. Talvez apenas tivesse uma habilidade especial, que não pode ser ensinada nem transmitida a outras pessoas.

— Adriana era uma feiticeira *benevolente* — insisti.

Meu mestre não respondeu. Eu sabia que ele não concordava. Adriana usara algum tipo de magia para matar. De acordo com seu raciocínio, o fato de ter matado Lizzie, uma feiticeira malevolente, era irrelevante. Ela empregara as trevas.

Ouvi um ruído atrás de nós, virei-me e vi Alice mancando em nossa direção. O Caça-feitiço olhou para nós dois, um de cada vez.

— O que Lizzie disse sobre você vender a alma e usar um cântaro de sangue... por favor, tranquilize-me dizendo que ela estava mentindo — disse em voz baixa.

— Não posso — respondi, baixando a cabeça. — É verdade. Eu devo minha alma ao Maligno. Alice fez um cântaro de sangue e ele é a única coisa que o mantém distante. Por isso, não podia deixá-la para trás. Se fizesse isso, o Maligno a reclamaria para vingar-se por me salvar.

— Por que você deu sua alma a ele? — perguntou o Caça-feitiço, franzindo o cenho. — Que tipo de tolo venderia a própria alma ao Maligno?

— Foi em Meteora, na Grécia. É uma longa história, mas, se não fosse por isso, estaríamos mortos agora e todo o mundo — não apenas o Condado — correria risco...

O Caça-feitiço suspirou; era um som cheio de tristeza e uma pontada de desespero.

— Vamos encontrar um lugar para descansar — disse baixinho. — Estou exausto. Conversaremos de manhã.

Cabisbaixo, ele deu meia-volta e começou a se afastar, dirigindo-se para o moinho, onde tínhamos de recolher as nossas bolsas. Assim que ele lhe deu as costas, Alice enfiou a mão no bolso da saia e retirou alguns objetos, jogando-os do penhasco para o mar. Ao cair, reluziram, prateados, sob a luz da lua, a mesma cor das lágrimas que brilhavam nos olhos dela.

Eram os ossos dos polegares do xamã.

Felizmente, não demorou muito até que nos deparássemos com as ruínas de uma cabana. Apenas três paredes mantinham-se de pé, e não havia teto, mas ela oferecia abrigo e, por sorte, não voltara a chover, por isso, nós nos acomodamos ali pelo restante da noite.

Acordamos de madrugada, frios e doloridos, e o Caça-feitiço acendeu uma fogueira próxima à construção, enquanto eu saía para pegar coelhos para o café da manhã. Consegui apenas um, e tiramos a pele e limpamos antes de Alice cozinhá-lo. Não havia muito realmente para comer, mas aplacou a minha fome.

Enquanto comíamos, começou a garoar e nuvens escuras se acumulavam a oeste. Um tempo pior estava vindo.

Finalmente, era hora de contar toda a história.

— Muito bem, hora de conversarmos! — ordenou o Caça-feitiço. — Não deixem nada de fora. Quero saber de tudo. Por pior que seja, não importa, quero saber de tudo. Vamos começar com você, garota. Conte-me sobre o cântaro de sangue. Foi você que o criou?

Alice assentiu.

— Tenho razão em pensar que você pôs seu próprio sangue nele — o sangue de uma filha do Maligno — com o sangue de Tom, meu aprendiz?

Alice assentiu mais uma vez, baixando a cabeça.

— Bem, rapaz, estou achando difícil de acreditar. Você deu realmente seu sangue para um feitiço de magia negra?

— Não! — gritou Alice em tom de desafio. — Isso não é verdade. Tom estava inconsciente quando eu tirei o sangue dele. Na Grécia, houve um desmoronamento dentro de uma caverna. Ele estava inconsciente, isso sim; então, tirei três gotas de seu sangue e acrescentei às minhas no cântaro. Tom nem sabia. Foi apenas mais tarde, quando o Maligno veio atrás dele, que eu coloquei o cântaro em sua mão. Depois disso, Tom teve de mantê-lo por perto para impedir que o Maligno voltasse e o arrastasse para as trevas. Também tenho de ficar perto de Tom, senão ele se vingará de mim!

— Então, diga-me o que conseguiu em troca de sua alma — indagou o Caça-feitiço.

Expliquei que o Maligno me dera três coisas: o local onde estava a nossa terrível inimiga, a Ordeen; uma hora antes que ela acordasse; e, finalmente, as vidas dele e de Alice, que iam encarar uma morte iminente.

— Além disso, ele me mostrou o futuro — disse. — Milhares teriam sido massacrados naquele dia: homens, mulheres e crianças. Se a Ordeen tivesse vencido, o Condado teria sido o próximo local a ser destruído. No passado, resisti às tentações das trevas — mesmo quando as vidas de minha família estavam em jogo. Dessa vez, era o Condado que estava em perigo. E o senhor sempre me ensinou que nós deveríamos protegê-lo, e que nossa obrigação primeira é com o Condado e seus habitantes. Por isso, no fim, fiz o que fiz. Não foi por Alice, nem pelo senhor — foi pelo Condado. Na hora, parecia valer a minha alma.

— Mostre-me — disse o Caça-feitiço em voz baixa.

Enfiei a mão no bolso da calça e retirei o pequeno cântaro. Segurei-o na palma da mão aberta para que ele pudesse vê-lo.

— Dê-me o cântaro — ordenou meu mestre.

— Até tirá-lo de minhas mãos é perigoso...

— Entregue-me, rapaz! — ordenou ele com raiva, elevando a voz.

Nervoso, fiz o que ele pediu. Meu mestre examinou-o com atenção e, por um instante, seus dedos seguraram a tampa. Um giro e ele estaria aberto, e o Caça-feitiço poderia derramar as gotas de sangue. Meu coração foi parar na minha boca.

— E se eu o quebrasse agora ou jogasse fora seu conteúdo? — indagou ele. — A garota poderia fazer outro?

— Impossível fazer outro para salvar Tom — disse Alice. — Você apenas pode usar um feitiço desses uma vez.

— E seria o meu fim e o de Alice — acrescentei. — O Maligno viria atrás de nós. Ele nos mataria e nossas almas seriam arrastadas para as trevas. Provavelmente, o senhor também, ele não pouparia a vida de um caça-feitiço.

— Não tente me assustar, rapaz. Farei o que é certo, custe o que custar.

— Eu não estava tentando assustar o senhor. Apenas estava lhe dizendo como estão as coisas. Pensei muito sobre isso — retruquei.

— Ele viria imediatamente? — perguntou o Caça-feitiço, pensativo. — Diga-me, garota. Você o fez, então deveria saber. Nunca me deparei com este tipo de cântaro antes.

— Poderia estar aqui num piscar de olhos — disse Alice.

— Que existência miserável vocês têm à sua frente — disse o Caça-feitiço, balançando a cabeça. — Viver com medo, com apenas este pequeno cântaro entre vocês e um destino terrível. Depois, quando morrerem, o que é inevitável, o Maligno estará à sua espera. Ele vai recolher suas almas no minuto em que derem o último suspiro.

— Não se Tom conseguir amarrá-lo ou destruí-lo primeiro...

— E como você acha que ele vai conseguir isso? — perguntou o Caça-feitiço.

Alice encolheu os ombros.

— A mãe de Tom acreditava que ele faria isso um dia...

— E ela chegou a dizer *como* poderia ser feito?

— Talvez o segredo estivesse enterrado entre seus papéis e cadernos, na Torre Malkin — sugeri.

— Bem, rapaz, poderia muito bem ser assim, mas, da última vez que estive lá, não encontrei nada disso. E a Torre Malkin fica a uma boa distância daqui, cruzando o mar, e agora está atrás das linhas inimigas. Não posso deixar de pensar que se sua mãe realmente *tivesse* sabido como amarrar ou destruir o Maligno, ela lhe teria dito antes de irmos para a Grécia. Afinal, como suas cartas nos dizem, ela acreditava que teria de sacrificar a própria vida para derrotar o inimigo. Não, acho que ela esperava que você pudesse descobrir um meio de fazer isso sozinho.

Fez-se um longo silêncio, e pensei no que vira dentro de mim mesmo: talvez isso pudesse me ajudar a encontrar um meio...

Então, Alice falou em voz alta.

— Conheço alguém que poderia saber, alguém que pensou muito tempo sobre isso: Grimalkin...

— A feiticeira assassina? — Meu mestre coçou a barba, irritado. — Isso está ficando cada vez pior!

— Uma vez ela me disse que odeia o Maligno. Disse que acreditava que ele poderia ser amarrado com lanças de prata — continuou Alice.

— O quê? Amarrado numa cova?

— Ele seria empalado com as lanças — explicou ela. — Então, talvez, o senhor pudesse enterrá-lo debaixo de uma pedra, como faz com os ogros. Será que funcionaria?

— Talvez, garota. Quando um demônio como um buggane ou o Flagelo toma forma material e você arranca seu coração, ele costuma ser destruído. Não acredito que seja suficiente para acabar com o Maligno — ele é muito poderoso. De qualquer modo, onde arrumaríamos lanças de prata? — perguntou o Caça-feitiço, balançando a cabeça.

— Grimalkin poderia fazê-las. Ela é uma serralheira habilidosa. Nós deveríamos chamá-la; trazê-la para cá.

— Você usaria um espelho, sem dúvida — disse o Caça-feitiço com expressão severa. — Mais magia negra...

— O que está feito está feito — interrompeu Alice —, mas o mais importante é manter Tom seguro. E Grimalkin é engenhosa. Com ou sem guerra, ela encontraria um meio de chegar até aqui.

— Preciso de tempo para pensar — disse o Caça-feitiço, devolvendo o cântaro para mim. — Saiam da minha vista por algumas horas, vocês dois!

Assenti e caminhamos sem pressa entre as árvores. Alice ainda estava mancando muito. Fiquei aliviado por ter o cântaro de sangue de volta no meu bolso. Alice ficou em silêncio por um longo tempo, com os lábios bem apertados, e seu rosto era uma máscara. Então, ela começou a chorar, e grandes soluços agitavam seu corpo. Coloquei meus braços ao redor dela, oferecendo conforto da melhor maneira que podia.

— Não estou chorando por Lizzie — disse Alice finalmente, quando a tristeza começou a diminuir. — Nem estou chorando pela pobre Adriana nem por Simon, embora lamente que eles tenham perdido a vida daquela maneira e que nunca vão poder desfrutar da felicidade que mereciam. Não. Estou chorando pelo que nunca tive. Chorando pela mãe que toda garota deveria ter — alguém que me amaria e se importaria com o que acontecesse a mim.

Depois de um tempo, ela sorriu e secou as lágrimas dos olhos com as costas da mão.

— Obrigada por me salvar lá nas masmorras, Alice — disse em voz baixa. — O buggane estava me drenando. Eu podia sentir minha vida se esvaindo. Eu estava tão frio e tão fraco.

Alice apertou a minha mão.

— No estúdio do xamã, assim que descobri como controlar o depósito, o poder de Lizzie começou a diminuir. Usei um feitiço para me ocultar. Passei por ela, e ela não me viu. Entrei nos túneis e comecei a trabalhar no buggane. Ele estava na forma espiritual, sussurrando para você, quando finalmente cheguei até ele com a minha mente. Foi bem na hora, Tom. Ele estava planejando drenar você de uma vez — como Lizzie ordenara. Por isso, chamei por você; disse para você lutar e, bem a tempo, você começou a resistir. Então, fui atrás de Lizzie novamente e consegui impedi-la de tirar seus ossos. Nessa hora, soube que tínhamos vencido. Eu estava mais forte que ela...

— Você ainda tem esse poder, Alice? — perguntei. — Toda aquela magia negra ainda está a seu serviço?

— Ainda tenho um pouco sobrando, mas está sumindo rápido. O poder ainda está lá embaixo naquela caverna, mas não posso mais alcançá-lo.

— O que você acha que o Caça-feitiço decidirá fazer? — perguntei.

— O Velho Gregory vai chamar Grimalkin, guarde minhas palavras. Ele não teria sonhado com uma coisa dessas, mas agora não tem escolha. Não é mais o homem que era. Coisas demais aconteceram: sua biblioteca foi incendiada, o Condado, saqueado, e agora isto — ser derrotado por uma feiticeira poderosa não uma, mas três vezes. Se não fosse por Adriana, acho que Lizzie teria matado a todos nós, incluindo o Velho Gregory.

"A partir de agora, você ficará mais forte e ele, mais fraco. Um dia, isso acontece com todos nós. Ele tem tido uma vida longa enfrentando as trevas, mas agora ela está chegando ao fim. Você será o novo caça-feitiço e seria melhor se preparar para substituí-lo."

Fiz que sim com a cabeça. Havia alguma verdade no que Alice dissera, mas eu não estava pronto para assumir a responsabilidade de meu mestre ainda. Coloquei os braços ao redor dela e a abracei novamente. Mais uma vez tínhamos sobrevivido e outros dois inimigos da luz já não existiam.

Ao caminharmos de volta para a cabana, vimos o Caça-feitiço esperando por nós na entrada. O que ele decidira fazer? Sua expressão era severa, e acreditei que fossem notícias ruins.

Mas eu me enganara.

— Pegue um espelho, garota, e chame Grimalkin — disse meu mestre. — Não temos escolha agora, a não ser amarrar o Maligno.

Mais uma vez, escrevi a maior parte dessa narrativa de memória, usando apenas o meu caderno quando necessário. Ainda estamos na ilha de Mona em pleno inverno frio, escuro e com tempestades, e permanecemos na cabana abandonada que Adriana nos mostrou. Nos últimos dois meses, estivemos ocupados com o ofício de caça-feitiço.

Meu mestre quase terminara de reescrever um livro sobre as feiticeiras de Pendle, e Alice oferecera-se para acrescentar alguma coisa ao começo da nova biblioteca. Ela começou por um relato dos dois anos que passara sendo treinada em feitiçaria por Lizzie Ossuda; isso aumentará nosso conhecimento das trevas.

Os túneis debaixo da capela desmoronaram, bloqueando todo acesso ao depósito de Grim. Por isso, meu mestre, Alice e eu perseguimos e matamos todos os outros bugganes conhecidos na ilha — cinco, ao todo — para evitar que algum deles cavasse e voltasse a encontrá-lo. Agora Mona é um lugar mais seguro para aqueles que trabalham para a luz.

Grimalkin concordou em se juntar a nós para tentar amarrar o Maligno de uma vez por todas, mas ainda não chegou, e Alice não consegue mais falar com ela usando um espelho. Agora teme que algo tenha acontecido à feiticeira assassina. Sem ela, nada poderemos fazer, e o cântaro de sangue é nossa única defesa contra o Maligno.

Não temos notícias boas do Condado. Parece que ele está sob o domínio do inimigo. E aqui em Mona, o Conselho Governante está novamente reunido e começou a devolver os refugiados pelo mar; não temos notícias de como eles foram recebidos — nem do capitão Baines. Os alabardeiros ainda estão buscando aqueles que evitaram suas prisões e, a cada dia que passa, a ilha fica menos segura para nós.

O Caça-feitiço tinha razão. As pessoas voltaram a agir como nos velhos tempos.

Pelo menos, com a morte de Lizzie, Bill Arkwright finalmente terá encontrado o caminho para a luz.

Desejo voltar para o Condado, mas o plano do Caça-feitiço agora é escapar para oeste, para a Irlanda. Vamos viajar daqui a uma semana. Mas sempre que penso naquela região, recordo-me de meu pesadelo e da ameaça feita pela feiticeira celta; recordo-me de Morrigan.

Em pouco mais de dois anos, terminarei o aprendizado de meu ofício. Meu mestre diz que poderia se esforçar menos então e me deixar fazer a maior parte do trabalho. Quando era um jovem caça-feitiço, ele trabalhou junto com o próprio mestre, Henry Horrocks, até a morte dele, e foi o melhor para ambos.

A decisão é dele. Ele é o Caça-feitiço e ainda sou apenas seu aprendiz. Em breve, navegaremos para procurar refúgio ainda mais longe das praias do Condado. Sem dúvida, estaremos rumando para perigos maiores ainda.

Thomas J. Ward